故事会

2023 · 153

合订本

U0062505

上海故事会文化传媒有限公司

上海文化出版社

图书在版编目（CIP）数据

2023年《故事会》合订本.153期/《故事会》编辑部编.－－上海：上海文化出版社，2023.12
ISBN 978-7-5535-2848-9

Ⅰ.①2… Ⅱ.①故… Ⅲ.①故事－作品集－中国－当代 Ⅳ.① I247.81

中国国家版本馆 CIP 数据核字 (2023) 第 208622 号

书　　名：2023年《故事会》合订本153期

主　　编：夏一鸣
副 主 编：吕　佳　朱　虹
责任编辑：孟文玉
发稿编辑：吕　佳　朱　虹　姚自豪　丁娴瑶　陶云韫　王　琦
　　　　　曹晴雯　赵媛佳　田　芳　孟文玉
装帧设计：王怡斐
责任督印：张　凯

出　　版：上海文化出版社
出　　品：上海故事会文化传媒有限公司
　　　　　(201101　上海市闵行区景路159弄A座3楼　www.storychina.cn)
发　　行：上海文艺出版社发行中心
　　　　　(上海市闵行区号景路159弄A座2楼206室)
印　　刷：浙江广育爱多印务有限公司
开　　本：787×1092毫米　1/32
印　　张：9
版　　次：2023年12月第1版
印　　次：2023年12月第1次印刷
书　　号：ISBN 978-7-5535-2848-9/I·1103
定　　价：25.00元

上海故事会文化传媒有限公司　出品(01170)

想看更多故事?
扫码下载故事会 App

上海故事会文化传媒有限公司所有图书可办理邮购，免收邮费（挂号除外）
汇款地址：上海市闵行区号景路159弄 A 座 2 楼 206 室 (201101)
收 款 人：上海故事会文化传媒有限公司出版发行部
联系电话：021-53204159
如发现本书有质量问题，请与印刷厂质量科联系　Tel.0571-22805820

778

CONTENTS

扫二维码，可听全本故事。

2023
SEMIMONTHLY
7月上半月刊

开门八件事，扫码听故事。一本可读、可讲、可传、可听的全媒体杂志。

故事会
红版·上半月刊

社　长·主　编　夏一鸣
副社长　张　凯
副主编　吕　佳　朱　虹
本期责任编辑　丁婉瑶
电子邮箱　dingxianyao@126.com

发稿编辑
吕　佳　陶云韬　曹晴雯　孟文玉
美术编辑　王怡斐　郭瑾玮
红版编辑部电话　021-5320 4057
绿版编辑部电话　021-5320 4050
地址　上海市闵行区号景路159弄A座3楼
邮编　201101
主管、主办　上海文艺出版总社
出版单位　《故事会》编辑部
发行范围　公开

出版发行部
发行业务　021-5320 4165
发行经理　钮　颖
媒介合作　021-5320 4090
广告业务　021-5320 4161
新媒体广告　021-5320 4191

融媒体中心
《故事会》微博　@故事会
《故事会》微信　story63
故事中国网　www.storychina.cn
《故事会》网店
shop36332989.taobao.com

故事会公众号　　故事会小程序

国外发行　中国图书贸易总公司
印刷　上海四维数字图文有限公司
发行　中国邮政集团公司报刊发行局总发行
国内代号　4-225　　定价 8.00元

（本栏插图：包丰一）

后悔的事

电影即将放映，一位男士正在排队等候入场，排在他身后的是一对母女。

这时，引座员走过来，对那位男士说："先生，里面连号的座位只剩下两个了，要不，留给您身后的两位女士，如何？您应该不忍心把一位女士和她的母亲分开吧？"

男士苦笑了一下，点头说道："同意你说的话。结婚以来，我每天都在后悔曾经做了这样的事。"

（小　娃）

新版小马过河

小马来到河边，不知河水深浅不敢过河。它问小松鼠，河水深不深。小松鼠说："河水可深了，能没过头顶，千万别过河！"

小马正要放弃时，老黄牛走过来问它："怎么，想过河？"小马点点头，问老黄牛河水深不深。

老黄牛说："水深不深，我不知道，但我有渡船票，要不要？"

（落日橙）

学中文

有个外国学生刚开始学中文，十分吃力。这天，老师问他："如果我想让某人到这边来，用中文怎么说？"

"这——边——请。"外国学生一字一顿地说。

老师又问："如果我想让某人出去，该怎么说呢？"

外国学生想了想，说："首先，我走出去，然后再对他说——'这边请！'"

（菊之雅）

4

积蓄去哪儿了

妻子问丈夫："你把咱家二十万积蓄都用到哪里去了？"丈夫不敢吭声，妻子怒道："你再不说，咱俩今后就跟这花瓶一样……"说时迟，那时快，她拿起桌上丈夫新买的一只花瓶，狠狠地往地上一砸。

丈夫一见，急得要哭："这下好了！咱家二十万积蓄全让你砸没了！"

（卧 龙）

扮一回妈妈

有一天，妈妈不在家，妞妞就扮起妈妈来。她模仿妈妈化妆、唱歌、玩手机……爸爸看了，觉得好笑，想逗逗她。于是，爸爸用妞妞的口吻，说："妈妈，你知道999加999是多少呀？"

没想到妞妞不慌不忙地回答："孩子，我没空，问你爸去！"

（离萧天）

小小武侠迷

小明沉迷于看武侠漫画。这天，爸爸带他去植物园，指着一棵硕大的仙人掌说："你看，要养好这棵仙人掌，肯定得花不少功夫。"

"功夫？"小明一听来劲了，忙问，"爸爸，你说的仙人掌是哪个门派的功夫？"

（冰 川）

办金卡

一个有钱人陪老婆到了产科医院，他对护士说："给我办一张你们这里的VIP金卡。"

护士说："抱歉，我们这里不办卡。"

"怎么会呢？"有钱人边说边掏出手机准备付款，"哪儿都能办VIP卡的嘛，你说吧，有什么要求？多少钱无所谓！"

护士想了想，没好气地说："如果一年内，孕妇本人来生孩子超过三次，就可以办理了。"

（紫糯米）

怕什么

有个书生荒年逃难到一户财主家，想讨点吃的，又怕财主不给，便灵机一动，说："我有个怪癖，见到热气腾腾的馒头就会晕倒。"

正好厨房里有一笼刚蒸好的馒头，财主就把书生关了进去，想一试究竟。没想到一眨眼工夫，馒头都被书生吃光了。财主怒道："你倒是说说，你还怕什么！"

书生笑道："此时最怕热茶两碗。"

（冬　人）

拍蚊子

一日，妻子冲着丈夫大喊："你背上有蚊子，千万别动啊，我帮你把它拍下来！"说着，她就迅速移动到丈夫身后。丈夫提心吊胆地等了半天，却没等到"啪"的那一下，便问："怎么还不拍啊？"

妻子举着手机回道："急什么，我还在设置'美颜'呢！"

（余　娟）

口红的颜色

小伙子送了女朋友一束玫瑰花，还夸赞道："亲爱的，你嘴唇特别美，就像这玫瑰一样红。"

没想到女朋友不高兴了："我的口红颜色可不是玫瑰红！"小伙子改口道："对，是美丽的樱桃红！"

女朋友一翻白眼，嘟嘴说道："你可看清楚，明明是山楂红！"

（水　蓝）

催债高招

小王在微信上向同事借了一千块钱，钱到账后，他发消息跟同事说："一周后还你。"

同事当时没说话。一周后，小王已经忘了还钱这件事，没想到同事突然发来一条微信消息："好的。"

（晓晓竹）

鞋与袜

一个乞丐，穿着破鞋和破袜。这天，鞋子和袜子吵架，鞋子怪袜子不结实，袜子怨鞋子太粗糙。鞋袜争论不休，便让脚后跟来评理。

脚后跟说："我一直被逐出在外，你俩谁对谁错，我咋知道？"

（北川霞）

属猪的

小芳打电话跟妈妈说，过年的时候会带男朋友回老家。妈妈很高兴，忙问小芳男朋友是属什么的。

小芳说："属狗的。"妈妈听了，忍不住叨唠："哎哟，属狗的人和你不合，最好要属猪的。"

小芳不高兴了，赌气地说："那长得像猪行不行！"

（小　娃）

只画背影

有个财主请画工给自己画像，算上纸笔、颜料和报酬，只给了画工二分银子。

画工便草草地给他画了一幅背影像。财主怒道："画像主要看脸，你只给我画个背影怎么行？"

画工说道："就凭你这副尊啬相，我劝你还是别露脸啦！"

（醉泥儿）

感同身受

小刘的游戏账号被盗了，心情很失落。爸爸想要开导他，便说："儿子，我没玩过网络游戏，不懂你的感受，要不你跟我说说？"

小刘说："爸，你就想象这么多年来，你藏的私房钱一下子全被偷了，你还不敢声张………"

爸爸一听，立马拍案而起："妈呀，那盗号的也太狠了！"

（田龙华）

冤家姐弟

□ 宁莎鸥

小麦幼年丧母，父亲一直没有再娶。今年她上高二了，父亲终于给她找了个继母，叫孙茜。孙茜家离小麦的学校挺近的，为了方便照顾，父亲就带着小麦搬了过去。一开始，小麦有些不适应，好在孙茜对她还不错，只是继母家那个调皮捣蛋的弟弟孙蒙，让她有些头疼。

两人的过节，要从"猫狗大战"说起。小麦有一只宠物猫叫小咪，是母亲生前送给她的礼物。小麦把小咪当宝贝，呵护有加，可孙蒙偏偏养了一只金毛犬叫大黄，站在那儿，比小咪高出一大截。猫狗同屋，注定鸡飞狗跳，大黄没事就欺负小咪，撵得小猫"呜呜"哭叫。

这天，大黄又把小咪逼上了衣柜顶，小麦忍不住向孙蒙抱怨："管好你的狗！"

"它可比我有劲儿多了，我哪管得住？"孙蒙满脸无奈，又一脸认真地说，"不过我听大人说，要让猫狗不打架，有个偏方。"

小麦问是啥偏方，孙蒙说："小区里的王大爷说，新来的猫进屋门，猫主人要带着猫给家里的狗下跪。狗是通人性的，只要心够诚，狗就不会为难猫。"小麦将信将疑："真的？"孙蒙说："反正王大爷说这是老家祖传的经验，世世代代都这么干，信不信由你。"

小麦也没有别的办法，为了小咪，她就豁出去了。这天傍晚，她稳住大黄，又把小咪抱过来，然后结结实实地给狗跪下了……

说时迟，那时快，孙蒙不知从哪里"闪现"，横在小麦和大黄中间，大笑道："爱卿平身。"小麦这才明白自己被耍了，她抱着小咪涨红了脸，眼泪在眼眶里打转。

尽管平时孙茜对两个孩子一视同仁，但因为这一跪，小麦觉得在孙茜面前低人一等，这事成了她心里的一根刺。她暗暗发誓，有朝一日要让孙蒙还回来。

孙蒙和小麦是同一个学校的，孙蒙还在念初中。这小子爱踢球，读书没啥心思。这天，孙蒙遇到一道题不会做，便求助于老姐。

小麦刚想帮忙，转念一想，此时不正是机会？于是她说道："要我教你可以，但你得拜师学艺。"

孙蒙打蛇随棍上："好姐姐，好师傅，你教教徒儿吧！"

这就想糊弄过去？小麦脸一沉："拜师得下跪，行拜师礼。"

孙蒙连连讨饶："没有这个必要吧，还是免了吧，好姐姐……"

小麦却不依不饶，孙蒙踌躇半天，想着作业完不成也是大事啊！几番权衡，终于就范，他大叹一声，

膝盖慢慢弯曲……父亲听到动静走了过来，一见这局面，厉声喝止："这是要干什么？"孙蒙这小子见到了救星，连忙一脸委屈地告状："姐姐欺负我！"父亲不问青红皂白，扬手就要打小麦，幸亏孙茜出来及时阻拦。

夜里，小麦躲在房里偷偷掉眼泪，继母孙茜走了进来，问她之前的风波是怎么回事。小麦没好气地回道："少装好人。"孙茜也不恼，笑着说："你先讲给我听，才知道我是不是好人，对吧？"

小麦憋了一肚子气，也没个人倾诉，索性对着孙茜把事情的原委都讲了。没想到孙茜听完，居然与小麦同仇敌忾："这小子，是该揍！"

"想让他主动下跪，我倒有个办法。"孙茜竟然还帮着小麦出主意。小麦一脸不解："你是他亲妈呀，为啥要帮我？"

"我是帮理不帮亲，更何况，手心手背都是肉啊！"孙茜说着，附在小麦耳边，说了自己的主意。小麦听了，眉头舒展开来，笑得合不拢嘴。

每到周末，孙蒙都要去足球培训班。这天，他正好有场比赛，全家都出动去观战了，小麦也破天荒地加入了亲友团。孙蒙脚法不错，

没多久就进了球，他得意地绕着球场狂奔。小麦瞅准时机，偷偷地跑到场内——这场非正式比赛，保安管得不严，她轻易就混进去了。

原来，孙茜告诉小麦，孙蒙每次进球后都要来一个"滑跪"，以示庆祝。到时候，小麦只要趁着孙蒙跪下的那一刹那，跑到他面前，不就能"得逞"啦！

果然，孙蒙跑着跑着，双腿就微微弯曲，做出了要滑跪的姿势。小麦见状，赶紧加快了步伐。就在这时，不知道是不是因为看见小麦离席而兴奋，大黄也从观众席跑了出来，抢在小麦之前，"嗖"地朝孙蒙冲了过去。孙蒙冷不丁地一个"急刹车"，脚下一滑，摔了个嘴啃泥。小麦看傻了，愣在了原地。

这下，球员们才注意到场上有了"闯入者"，有人大声责备道："怎么还带狗闯球场呢！出去！"

小麦百口莫辩，孙蒙却没事人似的爬起来解围道："她是我姐，这不，怕我受伤，来扶我的！"

没想到臭弟弟会护着姐姐，小麦一时居然有些感动。哪知一转眼，这小子又嬉皮笑脸起来："姐，想踢球啊？这得去对面女足哦！"

小麦哭笑不得。后来，小麦还想过很多办法，想报一"跪"之仇，但面对这个冤家弟弟，她似乎只有吃亏的份儿。好不容易等考上大学，她才感叹自己终于摆脱这个"混世魔王"了。

这年六月初的一天，小麦正在上课，却接到"魔王"来电——孙蒙在电话里开口就问："你……能回来一趟吗？"尽管小麦心里很不情愿，但听孙蒙的声音低沉，不像开玩笑。难道真的出什么事了？

小麦赶回家才发现，原来继母孙茜被查出乳腺癌，需要动手术。好在发现得早，病情还算乐观。不过这段日子，父亲没日没夜地在病

上熟睡的孙茜，她俯身，把头凑到继母耳边，轻声说道："妈，放心吧，有我呢！"

孙茜猛地醒了，立时红了眼眶，闭着的双眼缓缓睁开："你……叫我什么？"小麦这才想起，这是她第一次对着孙茜叫"妈"。

床前照顾，已经累倒了。孙茜心疼丈夫，说给她请个护工就行，可孙蒙死活不放心，恨不得自己来医院照顾妈妈。只是高考在即，孙茜说什么也不允许儿子耽误考试。无奈之下，孙蒙只能求助姐姐，希望她能照顾妈妈几天。

这天，小麦在孙茜的病床边，拨通了孙蒙的视频电话："好了，我到了。不过要我帮忙也行，我有条件——"孙蒙自然知道小麦的心思，他也不犹豫，神情严肃地摆好手机，打算对着镜头还小麦一"跪"。哪知小麦连忙切换成了语音通话："谁要你赔礼！我的条件是——好好考试，要是考砸了，我亏不亏啊？"

"嗯。"好久，孙蒙应道。

挂了电话，小麦看了看病床

后来，孙茜的手术很成功，孙蒙也顺利完成了高考。这天，孙蒙郑重其事地走到了小麦面前，说："姐，是时候还礼了，这礼你受也得受，不受也得受！"说着，他双膝一屈，好在小麦反应快，连忙上前一把将他抱住。这下，姐弟俩像是玩起了相扑一般——

"你让我跪。"

"不让！"

"哎呀，你松手——"

"不松！"

这时，旁边的大黄呜咽了一声，一家人循声望去，都忍俊不禁——只见小咪用头蹭了大黄一下，大黄立马后腿一屈，替小主人给姐姐"下跪"啦！

（发稿编辑：丁娴瑶）

（题图、插图：孙小片）

易州石，质坚而润，色柔而纯，声清而冷，制砚颇佳……

砚　痴　□ 阿　英

易州的制砚匠人众多，少了四颗门牙的"奚豁子"便是其中之一。

早年间，奚豁子以细绳缚了一方奇石，悬于梁上，日夜对石冥思。鼠啮绳断，石落齿碎，嘴"豁"了，这便是奚豁子诨名的由来。

奚豁子缺牙，缺媳妇，但刻砚的家伙什儿齐全得很，各式刀、钻、铲、锯……长长短短一溜儿排开。奚豁子干起活儿来，击顽石似山崩，琢细处似刺绣。看客禁不住要叹一声："妙啊！"可抬眼一瞅奚豁子的脸，又把那"妙啊"吞回肚里——奚豁子半咧开嘴，断牙瘆人，下唇吊一丝涎，委实煞风景。

那年，嘉庆帝到清西陵祭奠，把玩易砚，喜爱非常，遂命当地召集巧匠，制砚五十方，进献宫中。

于是全州出动，遍寻好石。

终于，在易水激流底部岩隙，开出一大块极品砚石。敲除杂皮，顺裂痕剖开，不多不少恰好五十块。大者如鼎，小者如履，细观之，花纹、石眼、石胆、石晕皆可因势雕琢。众匠人领石而去。轮到奚豁子，分给他的那一块，尺寸如线装书，确是好料，但中间鼓起一个褐色疙瘩，丑极俗极，如一枚烂土豆。

奚豁子求别人再分一点儿石料给他，哪个肯应？

期限到，奚豁子捧一木匣来，小心抽去棉絮，但见砚上刻着一片荷塘，那个大丑疙瘩，已被细雕为荷之败叶。叶肉枯槁，耷拉在干朽的锈色叶梗上，似乎一阵风便可摧折，却坦然而立，自带风骨。一块废石，摇身变为宝贝。

砚装船，擂鼓放炮。奚豁子追着船跑，说那砚再补两刀更佳。路人笑其为砚痴，奚豁子自此扬名。

数月后，砚界有传言曰："有一琢砚大师深居于京城，其技已臻化境，远胜奚豁子。"有藏家斥巨资买走大师作品，雕工尤绝：一个老顽童站在荷塘中，露出半截身子，如黄豆大小；人物右手挂一根拐杖，插入塘底软泥。虽小，细看之下，人物生动传神，非俗匠所能为也。

奚豁子闻听，坐不住了，只身赴京，但求一睹。辗转多日，总算寻到藏家。藏家一见奚豁子，疑惑道："你这人式面熟。"提及宝砚，却不愿展示。奚豁子日日登门，有天忽然扑地咳血，面色蜡黄。

藏家心生恻隐，扶他坐定，说好只在五步外观看，不可趋近碰触，不可超过半炷香工夫。待藏家净手取砚出来，奚豁子长长地抻着颈子，睁大眼细瞧，突然"扑哧"一声乐了，说："我的。"

原来，这正是奚豁子刻的那方砚。荷叶不知怎么被磕碰碎落，叶柄被误识为手杖。谁也没想到，他以奇技，将自己的形象藏于叶下：一个豁牙傻笑的小老头。

藏家惊喜感慨，与奚豁子彻夜畅谈，并将砚台还给了他。

京城人都知道，嘉庆帝有个大舅子，贪而蠢，常偷宫中珍宝出去换钱。这易水砚就是他带出来的。

此事传开，砚台沾过皇气，不断有人求购，奚豁子均闭眼摆手。

时人揣测，砚台或被供于某处，或坐等更高出价，或将陪主人入坟。奚豁子的家世也渐渐被人知晓，他是易砚鼻祖——唐代奚超的后人。

隔年大涝，易水桥塌，奚豁子以此砚募资修桥。愿出重金者随他到家，奚豁子弯腰，移开饭桌下一块地砖，抠出一物，豁嘴呼气，吹落浮灰，说："拿去。"

（推荐者：赵泽浦）

（发稿编辑：陶云韬）

（题图：孙小片）

夫妻滑稽问答

◆ 老公：老婆，你知道的，我这个人有洁癖。

老婆：这就是你每天下班前将微信、短信、电话记录都删掉的理由？

◆ 老婆：老公，你说奇怪不奇怪，我竟然可以用眼睛吃饭！

老公：说得新鲜，用眼怎么吃？

老婆：看你一眼就饱了！

◆ 老婆：今天我给一个乞丐十块钱，他转身就给了自己老婆，原来连乞丐也怕老婆！

老公：他应该是有老婆后才去要饭的。

◆ 老公：老婆，能不能给我一些私人空间？

老婆：能。

老公：给多大？

老婆：搓衣板那么大！

（推荐者：暮 春）

笑破长空

◆ 失眠的人无非两种：一是手里拿着手机，二是脑子里有个剧场。

◆ 我从来不需要润唇膏，油条、煎饼、炸糕都可以代替。

◆ 男人生气就像放爆竹，"砰"的一声就结束了；女人生气就像点蚊香，持续高温，圈圈循环。

◆ 相亲时注意观察一下对方的手机，看是否整洁，有无油渍、划痕多少，电量是否充足等。毕竟一个连自己手机都照顾不好的人，又怎么能照顾好你？

◆ "快看，天上的云好杂乱啊，一点儿也不整齐。""快去喊齐天大圣！"

◆ "大圣，这人参果遇金而落，遇木而枯，遇水而化，遇火而焦，遇土而入……""没事儿，我这儿带着塑料袋呢！"

（推荐者：月月鸟）

笑看自我

◆ 感觉除了"社恐"和"社牛"之外，应该还划分出一种人群叫"社懒"，也不怕见人，但就是懒得见，比如我这样的。

◆ 最近买了一盒面膜粉，要用蜂蜜或者酸奶调制。等我到超市精挑细选了上好的酸奶和蜂蜜，忽然就感觉脸没有那么重要了。

◆ 化妆这事儿啊，二十五岁之前都是靠系统自带的胶原蛋白打天下；三十岁一过，基本上就都成了"钞票玩家"。

◆ 我一直幻想成为圣斗士——背着圣衣箱，一层层地爬上阶梯，与恶势力作斗争，拯救那些召唤我的人。一想到打开圣衣箱，金光四射的场景，我就热血沸腾。现在，我成了炸鸡店外卖员。每天背着外卖箱，里面是金光四射的食物，被召唤着爬遍了城市各处的楼梯，与"饿势力"作斗争。

◆ 我心爱的打火机于 2022 年 10 月 4 日 1 点 08 分断气，曾参加中华、黑利群、红利群、玉溪等重大点火仪式。

（推荐者：紫糯米）

◆ 天下就没有偶然，那不过是化了妆的、戴了面具的必然。

◆ 结婚无需太伟大的爱情，彼此不讨厌已经够结婚资本了。

◆ 旅行是一场艳遇，最后我们遇见了自己。

◆ 上帝会懊悔没在人身上添一条能摇的狗尾巴，因此减低了不知多少表情的效果。

◆ 在吵架的时候，先开口的未必占上风，后闭口的才算胜利。

◆ 当着心爱的男人，每个女人都有返老还童的绝技。

◆ 一个人，到了 20 岁还不狂，这个人是没出息的；到了 30 岁还狂，也是没出息的。

◆ 一般人撒谎，嘴跟眼睛不能合作，嘴尽管雄赳赳地胡说，眼睛懦怯不敢平视对方。

◆ 老实说，不管你跟谁结婚，结婚以后，你总发现你娶的不是原来的人，换了另外一个。

（推荐者：小　娃）

钱锺书幽默语录

机智妙答

◆ 问：你见过哪些误伤队友或被队友误伤的操作？

答：每回主机出问题，人们都砸显示器。

◆ 问：猫猫蹲坐的时候，为什么喜欢把尾巴尖搭在爪子上面？

答：一看就是没被踩过尾巴的。

◆ 问：当有人招惹你时，记得——狮子不会因为听到狗吠而回头。

答：如果你真是狮子，狗是不敢朝你吠的！

◆ 问：造个大风扇对着太阳吹，能把太阳吹灭吗？

答：不需要大风扇，我拿小风扇吹了一下午，现在太阳已经看不见了。

◆ 问：买了只黑猫，想取个名字，既能表现它的颜色，又不带"黑"字。

答：中介。

◆ 问：田子坊、南锣鼓巷、宽窄巷子，这些景区有哪些异同？

答：分别卖着上海老酸奶、北京老酸奶、成都老酸奶。

◆ 问：家里食材有限的情况下，你都被迫做出过哪些奇葩的菜品？

答：猫罐头炒饭，炒好了和猫分着吃。

◆ 问：如何用一句话破坏聊天氛围？

答：好了，上课了啊！

◆ 问：如何判断一个歌手是否过气？

答：就是记者会问他这些年在做什么的时候。

◆ 问：怎样知道一个人是否抽烟？

答：看他会不会顺走你的打火机。

（**推荐者**：杀破狼）

（**本栏插图**：孙小片）

冤枉！

红版编辑部各编辑邮箱：

吕　佳：lujia411@126.com

丁娴瑶：dingxianyao@126.com

陶云揾：taoyunyun1101@163.com

曹晴雯：caoqingwen0228@126.com

孟文玉：yuwenmeng@126.com

□ 许申高

卖鞋的货郎

这天，村外传来电喇叭的吆喝声："来来来，清仓大甩卖；快快快，都是品牌鞋；看看看，双双五十元……"随之，一辆小货车开进了村，来到了唐幺爹的稻场里。

唐幺爹听到声音，出来张望。

卖鞋的货郎停好车，关掉喇叭，下车给唐幺爹敬了根烟，说："大爷，借您这场子卖会儿鞋，行吗？"小伙外地口音，生就一副笑脸，很帅气。唐幺爹接过烟，笑道："行，就盼着门口热闹点。好好卖，出门在外，不容易。"

"谢谢您！"小伙忙回驾驶室打开喇叭，于是，那预先录好的吆喝声又响了起来。接着，他展开货厢板，摆出各式各样的鞋。不多会儿，就围了一大圈人。

起初，大家都不买，只是拿着鞋看，问这问那的。小伙一直耐心地解释，可半个小时过去了，一双也没卖出去。这时，来了一位头发花白的大娘。她挤进人群，不声不响地挑选着，这双看看，那双瞧瞧，不少鞋盒都打开看了，最后选中了一双39码的男式黑鞋，付过钱，急匆匆地走了。

见有人买了，那些想买的人便不再犹豫，大家你一双我一双，一会儿工夫，就成交了十几双。

等围观的人都散了，小伙准备收摊走人时，一直坐在一旁看热闹的唐幺爹说："就那黑色的鞋，39码的，给我也来一双。"

"好嘞！"小伙很快找出唐幺爹要的鞋，送到了他的手上，"您要不试穿一下，看合脚不？"

"行。"唐幺爹打开鞋盒，拿出那双鞋正要试穿，眼睛突然一瞪，随之笑起来，"小伙，你搞什么鬼呀？看，一双'同边翘'。"

"同边翘"是当地人的一种说法，指的是同边鞋。小伙到处做生意，自然懂。他一看，也傻眼了，两只鞋果真都是左脚。这同边鞋怎么穿啊？

小伙赶紧给唐幺爹换了一双，抱歉地说："大爷，不好意思，是我弄错了。"然后他自言自语道："怎么会错呢？不至于啊……"他一边嘀咕，一边开始收拾货厢。

收拾停当，小伙拿着那双同边鞋站在货厢边发呆，良久，才对唐幺爹说："大爷，我不能走。"

唐幺爹一愣："怎么了？"

"我刚才清理了一下，货厢里就这一双同边鞋，那么还有一双同边鞋呢？"

"对啊！"唐幺爹想了想，说，"是不是出厂时弄错了？"

"要是出厂时弄错就好了，可我担心的不是这点。"

"你担心是有人买走了？"

"是的。"小伙点头道，"我必须在这儿等着，等那人来换货，不然两双鞋都废了。我这双废了倒不要紧，可庄稼人买双鞋不容易，废了多可惜！"唐幺爹听了，觉得小伙越发帅了，他夸道："要是生意人都像你这样就好了。行，就在这儿等吧！"

接下来，两人边聊天边等，可快到中午了，仍然没人来换货。

小伙急了，他开着车在村里转开了，一边转一边用电喇叭喊："乡亲们，请大家互相转告一下，今天我卖错了一双鞋，是一双同边鞋，39码的黑色男鞋，有买了这款鞋的乡亲，请仔细检查，如果发现有错，请速来换货……"

有个在路边干活的男人听到这声音，急忙拦住小伙的车，然后给家里人打了个电话。打完电话，他对小伙抱歉一笑，解释道："我买了双你说的那款鞋，放在家里了。刚才问老婆，她说仔细看了，没错。不好意思，耽误你了。"

"没错就好。"

小伙在村里来回转了两圈，没找到换货人，倒是卖掉了好几双鞋，然而他一点也高兴不起来。

回到唐幺爹家门前，小伙说："大爷，我仔细回想了一下，今天这款鞋共卖出三双，那么除了您，还有两个人。这两个人，其中一个刚才跟我联系上了，他的鞋没错；而另一个人，我还有点印象。"

唐幺爹热心地问："那人长什么样？你告诉我，我俩上门去。"

"不知您注意到没有，就是给我开张的大娘，头发花白的……"

"哦，她啊，注意到了，可我不认识。"唐幺爹摇头说，"应该不是我们村的，但经常从这儿过。邻村人上街，都走门前这条路。"

小伙一听泄了气："如果是这样，那她回家发现鞋是错的，也不会来换货了，因为她肯定以为我早

走了。"

唐幺爹安慰道："那就算了，要说这也不算事。"

"可我总觉得这样坑了人。"小伙不死心，想着如何才能弥补这一过失。突然，他有了主意："大爷，您刚才说她经常从这儿过？那您帮我一个忙，行吗？"

"行啊，你说。"

小伙从驾驶室拿出那双同边鞋，交给唐幺爹，说："我把这鞋放您这儿，您以后留意点，等大娘从这儿过时，就把这鞋交给她，和她买回去的那双同边鞋凑成对。多出来的一双，叫她也不用还了，算我送她的。"

唐幺爹感动极了，点头说："你放心，这忙，我一定帮！"

小伙留了手机号，方便以后联系。正要开车走，他又问唐幺爹："您估计她是哪个方向的人？"唐幺爹往南一指："估计是邻村的，往那边走。你要去找她？"

小伙说："我反正是转，往哪儿都一样，兴许下一站就能遇上她，要真是这样，我就告诉她，让她上您这儿来取鞋。"

多有心的小伙！唐幺爹暗暗佩服，目送着小伙开车往南

驶去……

这之后，唐幺爹没事就坐在家门前，留意过往的每个行人。终于有一天，他看到那个头发花白的大娘，赶紧叫住了她。大娘很惊诧，甚至有些慌乱："您找我？认错人了吧？"唐幺爹说："应该没错，你那天在这儿买过一双鞋吧？"

"我、我、我没有……"大娘竭力否认。

"看来一定是你！"唐幺爹有点来火，说话也就不大好听了，"我就不明白，买双鞋有什么好遮掩的，莫不是买给野老公的？"

"都这把年纪了，可别乱说。"大娘垂下头，说出了实情，"那天上街想给老头买鞋，正好碰上这儿有卖鞋的，就顺便买了。"

"那你怕什么呢？"唐幺爹觉得更奇怪的是，这大娘似乎并不知道那双鞋有问题，"你买回去没看过？那双鞋是'同边翘'。"

"我、我一直放在家里，还没看过。"大娘越发慌乱了，急着要走，"我、我这回去再看看。"

唐幺爹一把扯住大娘，说："等我给你个东西再走。"然后他回屋拿出那双鞋，塞到大娘手上。

大娘木然地接过鞋，想不明白是怎么回事，问："这……"

于是，唐幺爹把事情经过一五一十地说了。大娘听着，脸上风云变幻，最后竟偷偷地抹起了眼泪。临走，她问唐幺爹："他给您留电话了吗？我想和他说句话。"唐幺爹便把小伙的电话告诉了她。

当天晚上，正在旅馆休息的小伙接到一个陌生电话，对方迟迟不说话，小伙便问："您是哪位？"

"我、我是那天在你这儿买过一双鞋的大娘……"

小伙惊喜万分："是您啊！那天是我不好，把鞋弄错了。"大娘不说话，似乎在抽泣。小伙忙问："大娘，您怎么了？都怪我……"

大娘哽咽道："不，是大娘对不住你。我糊涂，那天在你车上给老头选鞋，选着选着就起了贪心，偷偷换成了一双'同边翘'……"

小伙一愣，怀疑自己听错了："啥，是您故意换的？为啥呀？"

大娘恢复了平静，说："家里条件差，老头得天天干活，可他只有一条腿，费鞋，穿不了多久就坏了，所以那天我就起了贪心……"

小伙听着，泪水不知不觉地溢出了眼眶……

（发稿编辑：曹晴雯）
（题图、插图：陆小弟）

伊小素是一位女警。这天，她接到海鲜城张老板的报案，说他的镇店之宝——一只珍稀的荧光水母失窃了。

伊小素马上带人赶往海鲜城。到了目的地，张老板早已等候在门口。海鲜城规模不小，是本市数一数二的高档餐厅，里面最吸引眼球的，就是一整面观赏幕墙包裹着的水族箱。顾客可以一边吃饭，一边欣赏水族箱里的海洋生物。一个月前，海鲜城引进了一只巨型荧光水母，吸引了不少市民前去一睹真容，伊小素也陪家人去看过。餐厅的灯光调暗后，巨型水母发出幽幽的蓝色光芒，安静地悬浮在水族箱里，这给伊小素留下了深刻印象。

现在，伊小素看到，水族箱里空荡荡的，除了一些游鱼，已看不到那只荧光水母的身影了。

张老板告诉伊小素，昨天海鲜城关门

时水母还在，但是今天早上，员工上班时就发现它失踪了。张老板闻讯后调取了昨晚的监控，也没发现异常，于是立即报警。

伊小素让同来的老张和小于去现场周边勘查，她自己询问了张老板一些情况后，说："请把昨晚值

水母失踪案

□ 南怀中

班的保安员和清洁员叫过来，我要和他们单独聊聊。"

盗贼能把巨型水母偷走而不被发现，伊小素推断一定有内部人员参与作案，所以她把工作重点放在内部人员调查上。

同保安员的交流没有得到什么有价值的信息。昨晚突然降温，保安员说自己大部分时间都待在保安室里，只在凌晨三点例行巡查了一下。他匆匆地经过水母所在的水族箱，并没有留意当时水母还在不在。保安室的监控也证实了他整晚都待在那里，只在凌晨三点出去了十几分钟。显然，保安员并不具备作案条件。

负责清洁水族箱的员工名叫阿蔡，三十岁出头，面色苍白，左脸颊上明显有些肿胀。

伊小素问道："你昨晚是几点进入水族箱的？那时水母还在吗？"

"嗯，晚上十一点左右吧，当时水母还在。"

"为什么十一点才开始？我看你平常的工作记录，都是在海鲜城关门后，十点半之前就开始清洁了。"伊小素注意到了这一异常。

"昨晚太冷了，我做准备工作的时间多了些，所以比平常要晚一点开始。"

伊小素继续发问："你下水以后有没有发现什么异常？"

"除了水温比平常冷，其他没什么不同。哦，对了，那只水母平时不太动，但是昨晚它一直游来游去，好像有点焦躁，我不小心碰到它，还被蜇了一下。"阿蔡一边说，一边指了指自己脸上的伤口。

"你下水后做了多长时间清洁工作？"

阿蔡回答："大概半小时吧。从水族箱出来后我觉得很冷，就又在宿舍里待了半个多小时缓了缓，等身体暖和些了，我才开着清洁车出去倒垃圾。"

监控没法直接拍到水族箱里的画面，宿舍房间里也没有安装监控，所以没法核实阿蔡说的是不是真的。不过，海鲜城门口的监控拍到了阿蔡开着清洁车离开的画面，和他描述的时间一致。

现场工作结束后，伊小素把大伙叫到一起分析案情。

老张沉吟了一下，说道："我觉得这个案子有些蹊跷。从目前了解的情况来看，只有阿蔡具备作案时间和条件，但是凭他一个人不可能偷走巨型水母。那只水母重达几百斤，没有起重机的帮助，不可能把水母吊出水面。"

老张刚讲到这里，就被小于打断了："也许有其他人帮忙呢？那个人带着小型起重设备躲在清洁车上的垃圾桶里，等车开到监控盲区后再出来。正因为要做这些盗窃的准备工作，所以阿蔡比平常晚进入水族箱。他的面部被水母蜇伤，肯定也是在抓捕水母的过程中发生的。他们抓捕水母花了很长时间，所以阿蔡才会谎称自己在宿舍里多待了半小时来取暖。"

老张追问道："那他们怎么把水母运出去呢？"

"他们可以把水母装进那个大垃圾桶运出海鲜城。我测量过垃圾桶的尺寸，足以装下那只水母。"看来，小于对自己的推理还挺有把握。

"硬生生把水母塞进垃圾桶，水母还不被折腾死了？我不认可你的推理。"

双方争论不休，伊小素也拿不定主意。离开海鲜城后，她驱车来到图书馆，想查一下荧光水母的相关资料。

翻看着资料，伊小素突然眼前一亮，有了灵感。她连忙赶回海鲜城，径直走到水族箱前面，沿着观赏幕墙来来回回地看了好一会儿。

张老板见伊小素去而复返，还一个劲儿地盯着水族箱看，不禁问道："伊警官，有线索了吗？"

伊小素点点头，说："昨晚寒潮来袭，突然降温，水族箱的温度很低吧？你们没有安装恒温设备吗？"

"没有安装。"张老板有点尴尬地回答，"我们这里是南方城市，冬季不冷，当初建水族箱时，为了节省成本，我就把恒温设备这块给省了。"

伊小素点点头，说："你立刻去找一些临时加热设备，提升水族箱的温度，要快！"

张老板吩咐手下马上去办。他忍不住问："这加热设备，跟水母失窃有关系吗？"

"有关系。"伊小素说道，"如果我没猜错的话，偷走水母的不是人……"

"不是人？"张老板一下子没反应过来。

"是的。张老板，你的这个荧光水母是从哪里来的？"

"我是通过熟人买的。"张老板挠挠头，又不确定地补充了一句，"应该是从海里捕捞的吧。"

伊小素说："不，这其实是实验室里合成的基因改造生物。这类巨型水母原本并不会发出荧光，在实验室里被植入了能生成荧光蛋白的特殊基因，才具备了发光能力。我在图书馆里查到，发现荧光蛋白基因的科学家还获得了大奖。"

看到张老板用疑惑的眼神盯着自己，伊小素解释："这种荧光蛋白被植入生物体内后不太稳定，当温度发生较大变化时，水母体内的荧光蛋白就可能变成反光蛋白。反光蛋白会使水母的细胞变成透明状

态，于是，我们就看不见这只水母了。"

"你是说，昨晚的寒潮让水母变透明了，它其实还在水族箱里，只是我们看不到它而已？"张老板有些迟疑地说，"你有证据吗？"

"当然有。我刚才查看了水族箱上安装的电子监控。数据显示，昨晚十一点，水族箱里的水量增加了一百多升，半小时后又恢复到原来的量，这正是阿蔡背着氧气筒进入水族箱做清洁的时间段。除此之外，水族箱的水量整晚都没有明显变化。如果这只巨型水母真的被人偷走了，那么水族箱的水量至少要下降两百升以上，所以我断定，水母还在这里，并没有失窃。但是，温度变化造成的蛋白质改性，可能会要了水母的命，所以我让你赶紧去找加热设备。"

两人谈话间，员工已经将临时加热设备安装到水族箱里了。半个多小时之后，水族箱底部中央位置开始出现一些星星点点的浅蓝色光斑，这些光斑慢慢汇聚成了几十道蓝色的光芒，光芒如画笔一般勾勒出水母的轮廓。

荧光水母重现了。

（**发稿编辑**：吕　佳）

（**题图、插图**：豆　薇）

乙一 (1978—) 日本小说家、编剧、导演，作品存在着以残酷、惨烈为基调的"黑乙一"和以纤柔、悲凄为基调的"白乙一"两种倾向。本篇根据其同名小说改编。

寻找血液

佐藤六十多岁了，是一家大公司的老板。这天，他带着新娶的娇妻、两个不省心的儿子和年迈的私人医生去山里的别墅度假。

次日清晨五点，佐藤和往常一样被闹钟叫醒。他用手揉了揉眼睛，发现手上湿湿的，是血？再一细看，自己全身都是血！天啊，这是怎么了？昨晚睡觉前，明明请重慈医生做过全身检查呀！佐藤一下子紧张起来……

话说多年前，佐藤和妻子遭遇了一起车祸。妻子身亡，佐藤也受了重伤，还落下后遗症——丧失痛觉。平时像是手指被狗咬伤，皮肤被钉子扎破这种事，他都无法及时察觉，导致血总是流个不停。为此他整天忧心忡忡，而让他更担心的还是公司的未来：两个儿子虽已长大成人，但都难堪大任。大儿子长雄对公司事务完全不感兴趣，只会吃喝玩乐，还欠了不少外债；小儿子继雄虽是名校毕业，但性格胆小懦弱，也不是理想的接班人。为了这事，佐藤的头发都愁白了。

此时此刻，佐藤一边惊恐地哀号着，一边在自己肥胖的身体上寻找伤口。很快，小儿子继雄听到动静，过来敲门问怎么回事。佐藤开门后，胆小懦弱的继雄见父亲满身是血，不禁"哇"地惊叫起来。

"快帮我找找，是哪里流血了！"佐藤慌乱地命令道。继雄愣了几秒，然后听话地在父亲身上搜寻着，嘴里不时发出"啊""呀"的怪叫声。突然，他指着佐藤的右侧腹部，说："这、这里怎么有一把水果刀啊？"

这时，大儿子长雄和年纪比他小很多的继母端子也赶来了。听佐藤说他一醒来就满身是血，不知发生了什么，端子和长雄都愣了。长雄赶紧打电话叫救护车，但得到的回复是，救护车最快也要半小时后才能到。这可不行啊，要出人命的！端子环顾四周，问道："重慈医生呢，他怎么不过来？"

长雄和继雄兄弟俩赶紧跑去医生的房间，把还在呼呼大睡的重慈从床上拽了起来。重慈已经九十多岁了——这种关键时刻，佐藤不得不替自己捏把汗。好在重慈看了一下伤口后，便微笑着说："不用担心，我早料到会出这种状况，所以我带了你适用的输血袋。"说完，他就跛着步子回房间去拿血袋了。

还是老头有经验啊！佐藤庆幸没有把重慈辞退，毕竟这么多年，还是他对自己的情况最了解，懂得有备无患。佐藤刚松了一口气，却见重慈又慢悠悠地跛着步子回来了。他挠着头说："抱歉，那血袋不知道被我放哪儿了……"

老糊涂，真是老糊涂！佐藤气得直翻白眼，没想到一旁的端子和长雄像是瞬间明白了什么似的，互瞪了一眼，然后竟然大吵起来——

"你在偷笑，端子？血袋是被你藏起来了吧？你也太心急了！"

"我偷笑？我是在笑你呢！一定是你搞的鬼，想早点得到你爸爸

的遗产，好拿去还债，对吧？"

"胡言乱语，你个毒妇！"

"哼，没用的家伙！"

继雄远远地躲在一边，无助地看着佐藤："爸爸，他们的想法也太可怕了吧！"佐藤叹了口气，无奈地喊道："别吵了！我知道你们都盼着我死呢，但听着，我现在宣布，你们当中谁找到血袋，谁就能获得我更多的财产！"

这话效果不错，端子和长雄立马就冲了出去。继雄愣了几秒，也跑出去，加入了寻找血袋的队伍。佐藤虚弱地望着重慈，问："就没人能给我捐点血吗？"重慈摇摇头："你是O型血，我们的血型与你的都不匹配。不过，我倒是可以先帮你止血。"

佐藤心里升起一丝希望，但看到重慈从包里掏出那些生锈的止血工具时，他又绝望了——生锈的工具加上"生锈"的老庸医，只会让我死得更快啊！老天啊，这到底是怎么一回事！

佐藤努力回忆着事情经过：昨天下了列车，重慈和继雄乘坐出租车，将大家的行李先运到别墅。自己和端子、长雄则是去采购了一些吃的和生活用品后，再到别墅的。水果刀是端子买的，因为她想吃蛋糕，担心别墅没有切蛋糕的工具。晚上十点，其他人在客厅切蛋糕吃的时候，自己就先回房睡觉了。房间只有一扇窗，窗户有点毛病，只能开不足三厘米的一条缝隙，所以没有人能爬窗进来刺伤自己。自己醒来的时候，房门还是从里面锁着的，因此也没有人从房门进来行凶……当然，现在不是找凶手的时候，最关键的是那救命血袋到底在哪里！

过了一会儿，妻子和儿子们陆续回到佐藤的房间，他们都两手空空，一无所获。这时，重慈将沾了血的水果刀放到桌上，说："哟，这刀上还沾着奶油！"佐藤用手摸索腹部，这才意识到重慈竟然将刺在他身上的刀就这么拔出来了！佐藤想发火，但哪还有力气？

血流得更快了，佐藤变得昏昏沉沉。他躺在床上，逐一审视围在身边的人。谁都看得出来，这一回，他是没救了。长雄和端子已经露出非常期待的眼神——

"老公，你遗嘱写好了吧？"

"万幸，爸买了重额保险！"

佐藤有气无力地点点头，遗嘱他老早就写好了，妻子和两个儿子的份额一样。他只是很为公司担忧：眼前这些笨蛋，又有谁能把公司经营好呢？就这么不明不白地死了，真是不甘心！

想到笨蛋，佐藤不得不又看了一眼重慈，老头嘴里还在喃喃道："怎么会不见了呢？我确定把血袋和输血管都放进包里了呀……"

输血管！佐藤的脑袋突然被什么东西点亮了，同时，他瞄到了小儿子继雄——那小子站在比较远的地方看着自己，嘴角浮现出笑容。

佐藤的大脑飞速转动，他恍然大悟——是继雄吧！

继雄主动要求和重慈先到别墅放行李，就是为了趁老头不注意，拿走他包里的血袋。清早闹钟响起

前，继雄带着血袋和输血管，来到佐藤位于一楼的房间窗户前。正是因为那扇窗开得很小，所以他需要输血管。他从窗户缝隙中塞入输血管，将血液通过管子淋到熟睡的佐藤身上。接着，他将空血袋和输血管处理掉，再回到客厅。到了五点，佐藤醒来发现身上有血，哀号呼救，继雄便第一个来到父亲的房间，假意寻找伤口，实则将刀刺入佐藤的腹部。失去痛觉的佐藤，完全没有察觉，这也就是为何在佐藤锁门睡觉后，那把切了蛋糕、沾了奶油的刀，会出现在他的身上。

真是绝妙的设计，想必继雄早已想好事后脱身的说辞了吧！以前一直以为这小子懦弱无能，但是这次谋杀充分展示了他的智慧与胆量。看来凭借他聪明的脑袋，再从笨蛋继母和哥哥手中争得公司的主管权也不成问题。这样，公司的未来就不用担心了。想到这里，佐藤弯起嘴角，给继雄亮出一个"干得不错"的微妙表情。

"呀，这人怎么笑起来了？"在端子不可思议的惊叫声中，佐藤安心地闭上了眼睛……

（改编：白云红叶）

（发稿编辑：丁娴瑶）

（题图、插图：佐　夫）

都说"没有金刚钻，不揽瓷器活"，阿P就厉害了，啥也没有，驯兽的活儿他也敢干……

驯兽师 阿P

□ 马奕彦

最近，阿P在马戏团找了个差事，虽然只是打杂，但团里包吃包住。最吸引人的是，马戏团要到南美洲巡回表演了！自己这个草根出身的"穷二代"，有机会到国外开开眼界，阿P心里乐开了花。

很快，阿P随马戏团到了巡演首站，南美洲的一个小国。听说这里允许一夫多妻，阿P很想见识一下，不过初来乍到，工作要紧。

阿P的任务是给马戏团高薪聘请的驯兽师打下手。驯兽师叫卡巴，是个游历丰富、会说中文的老外。阿P善于交际，很快与他混熟了。卡巴有"伸头进猛兽之口"的绝活，让阿P钦佩不已。

阿P问卡巴："给猛兽送人头，没担心过发生意外吗？"

卡巴毫不在意地说："它们都是我的合作伙伴，根本没有危险！"

说得轻巧，阿P可没这个魄力去做"送人头"表演。哪知怕什么来什么，这天晚上，有一场重要表演出状况了——卡巴拉肚子，浑身虚脱，根本出不了场。

这下可急坏了马戏团老板，这次表演有贵宾捧场，至关重要，绝对不能搞砸。怎么办？老板突然看到了在场地边晃悠的阿P，也不知是脑子里哪根筋抽了，他竟然一拍大腿，把阿P喊了过来："阿P，你能帮我一个忙吗？"

阿P把胸脯拍得"咚咚"响："没问题，老板的事就是我阿P的事。"

"好，我果然没看错人，是这样的，今晚压轴戏你来顶上……"

"什么？"阿P一跳三尺高，"老板，我不是驯兽师呀！"

"没事，卡巴的每一场表演你都看了，应该对流程很熟悉。再说，当初你应聘时，不是说自己曾在动物园当过饲养员吗？你对动物的习性还是很了解的。阿P，这些员工当中，你是最机灵的一个，可不能让老板我失望哦！"

老板恩威并施，阿P心里暗暗叫苦。当初应聘时，自己是撒谎了呀！所谓动物园饲养员的经验子虚乌有，他只在动物园里给动物清理过粪便而已。

谁叫自己当初说谎呢？只能继续编下去了。阿P咬咬牙，说："好吧，我阿P豁出去了！"

很快，到了压轴表演的环节，在浓妆艳抹的女主持人隆重的介绍下，"驯兽师"阿P登台亮相了。

"咣当"一声，场地中央的大型铁笼被打开了门。阿P闪身进去，

他强打精神，独自面对着笼子里吐着鲜红信子的大蟒蛇，条件反射般浑身打战。

"阿P，保持镇定，大蟒蛇只是看上去吓人，其实跟绵羊似的很听话……"阿P耳朵里的蓝牙耳机，传出老板善意的提醒。有了老板的临场指挥，阿P镇定了不少。他记性好，便按照卡巴驯兽师的动作，来到大蟒蛇跟前。首先，来个人蛇共舞热热身，再与大蟒蛇来个"亲密接触"，将大蟒蛇缠到了自己的脖子上。等观众发出尖叫声后，阿P比画着手势，让大蟒蛇缓缓张开嘴巴。观众再度发出不可思议的惊叫，阿P则把自己的手慢慢伸入了蛇的口中……

整个场地内发出震耳欲聋的喝彩声。看得出来，观众对表演很满意，老板大大松了一口气。此时，阿P也进入了状态，心想：这表演也不是很难嘛……他不禁得意扬扬地吐了吐舌头。

谁知原本像条麻绳般挂在阿P脖子上的大蟒蛇，竟被阿P激怒了。原来，吐舌头在蟒蛇看来，是对它的挑衅呀！大蟒蛇立刻收缩骨节，布满鳞片的身子上下扭动，把阿P越缠越紧。

"妈呀，别绞了！"阿P猝不

及防，吓得"嗷嗷"直叫。这一幕，把大家看傻了。老板以为这是阿P新设计的环节，兴奋地说："阿P，你小子有点意思！"

阿P身陷险境，有苦说不出。他尽量憋住气，苦思冥想，自我激励道：没有事能难倒我阿P……猛地，他灵光一现——毒蛇怕七寸，蟒蛇怕肛门。有办法了！阿P的手赶紧朝大蟒蛇尾段移动，天无绝人之路，在他快昏过去之前，终于掐准了大蟒蛇的要害……原本气势汹汹的大蟒蛇被点了死穴，一下子松软得像根面条。

哈哈，死里逃生的阿P不禁吹起了口哨。他学着卡巴的样子，优雅地对观众谢幕……

表演结束，老板对阿P赞不绝口。就这样，接下来的几场演出，压轴表演都由阿P顶上。等卡巴身体康复，老板指着一旁的阿P说："这小子现在大受欢迎，我要让他继续登台，你暂时给他打下手吧！"

卡巴先是一愣，随后大度地说："行，我可以给阿P这个新手一些有益的指导，让他再接再厉。"

阿P感动极了：想不到卡巴不计名利，人品这么"高大上"，值得我阿P努力学习！

卡巴说到做到。这天，有一场人狮表演的重头戏，他一边给阿P传授如何与狮子沟通的方法，一边帮阿P化装。为了让阿P看上去更酷，卡巴特地拿出一套他珍藏的、镶着金边的表演服，给阿P穿上。

当阿P面对凶猛的雄狮时，他一点都没怵。雄狮也很配合，绕着阿P打转，还不停地嗅阿P的衣服，看上去亲昵得很。

阿P笑着摸摸雄狮的大脑袋，示意其可以张开大口。谁知雄狮冷不丁一个爪子拍了过来，阿P感觉脸一疼，下意识地摸

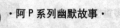
了一把，一看手掌，全是血啊！

前面挺友好的，怎么转眼间翻脸不认人了？这血腥味不会诱发它的凶猛兽性吧？电光石火间，阿P果断放弃表演，蹿出铁笼，反手锁上安全门。再抬眼一看，那头雄狮已追到它边，目露凶光，张牙舞爪，令人倒吸一口凉气！

"好险！"阿P摸摸自己还在流血的脑袋瓜，幸亏刚才自己反应神速，否则就要被"咔咔"成无头鬼了！

老板派人一番彻查，很快查明，竟是卡巴搞的鬼！原来，问题出在表演服上。这表演服并不是卡巴的珍藏，而是他师兄的。早前，这头雄狮由他师兄驯化，谁知师兄手段激烈，遭受暴力鞭打的雄狮怀恨在心，曾在表演时扑倒过师兄。后来，师兄离开了马戏团，卡巴就把师兄的表演服收了起来。

卡巴心里很清楚，肉食动物都嗅觉敏锐。这表演服有师兄的气味，自然逃不过这头雄狮的鼻子。

阿P被蒙在鼓里，穿着这套表演服的后果，可想而知……

东窗事发后，卡巴逃之夭夭。

阿P惊出一身冷汗，想不到这个卡巴表面一套背后一套，竟然"借狮杀人"！说起来，只不过是职场上正常竞争而已，没必要弄到你死我活的地步吧？

阿P不由自主地打起了退堂鼓："老板，这驯兽师的活儿是高危行业，这碗饭还是让给别人吧！"

老板苦苦挽留："阿P，那个卡巴已经跑路了，今后再也没人会对你不利，你还是留下来吧！"见阿P不吭声，老板笑笑，又说："你不是一直嚷嚷要见识本地的一夫多妻制吗？我给你三天假，让你深入体验本地的风土人情。"

阿P心里一番挣扎，摇摇头说："算了！我一个老婆都养不起，还惦记啥一夫多妻？我可是奉行一夫一妻制的好男人。"

于是，阿P提前回国，误打误撞而来的驯兽师生涯戛然而止。

都说大难不死，必有后福，可自己都奔三十岁了，还一事无成，连对象也没有呢！不知道今后的出路在哪里，不知道暗恋的初中同学小兰嫁人了没有？想到这些，阿P觉得很惆怅。

不过，想到这辈子好歹也在海外当过驯兽师，有了可以显摆的经历，阿P又乐呵了起来……

（发稿编辑：陶云榴）

（题图、插图：顾子易）

照理说，酿酒这事儿急不得，但皇命难违，不可能的事儿，也得硬着头皮办啊……

中秋遇仙

□ 郑思哲

唐朝时，金陵城里有个老字号酒庄，叫"酒仙坊"。掌柜的姓黄名德宝，常为宫中酿造御酒。

这天傍晚，黄德宝正在店中闲坐，远远地就听见街上马蹄声响，

原来是驿卒带来了礼部的文书。文书上写道，皇上要在中秋之夜宴请百官，命黄德宝新酿一百坛御酒，务必在中秋之前运抵长安。

黄德宝心里"咯噔"一下，眼下已是七月初，新酒酿成至少要一个月时间，再从水路运至长安，少说又要一个月，如此一来肯定要误了日子。

到了晚上，黄德宝还在为这事发愁。妻子见他眉头紧锁，问怎么回事，黄德宝就把礼部的差事一五一十地说了。妻子想了一会儿，说："当家的，我有一个法子，不知道行不行。"

黄德宝问是什么法子，妻子说："长安路远，走水路最快，但也需一个月时间，所以不妨在酿酒的时间上想些办法。酿酒的最后几道工序不费什么力，何不都带到船上完成？如此一来就能提前半个月出发，兴许还来得及。"

黄德宝觉得妻子言之有理。第

二天他就忙活起来，从选料、蒸煮、发酵，每个环节事必躬亲，生怕出什么差池。

半个月后，新酒初成，黄德宝提前将酒装坛，和妻子告别后，雇船匆匆踏上了行程。

一路上黄德宝提心吊胆，好在风平浪静，剩下的工序都顺利完成，终于在八月十五清晨抵达长安。黄德宝来到礼部，看着这些酒被登记造册入了库，悬着的心才放下来。

出来后，黄德宝无事一身轻，便找了家酒店，打算过了中秋节再返回。这家酒店生意很是红火，店小二领着黄德宝，赔笑道："这位客官，小店今天人多，您看能不能和那位老道拼个桌？"说着，他朝着角落里一指。

黄德宝顺着方向望去，一个道士模样的人正趴在桌上呼呼大睡。黄德宝有些纳闷："此人是谁？为何在此酣睡？"

店小二答道："他是个替人算命的老道，平日里没什么正经营生，有时挣了钱就到我们小店买酒喝，酒喝多了就疯疯癫癫，总说自己是酒仙。要不是我们掌柜的心善，早就把他轰走了。"

黄德宝哑然一笑，心想：我这金陵的酒仙坊掌柜，遇到了长安的酒仙，也算是有缘。他便对小二说："无妨，他睡他的，我吃我的，上菜便是。"

不一会儿酒菜上齐，那老道像是闻到了酒香，忽然醒了，长长地伸了一个懒腰。黄德宝见他双目炯然，犹如饿虎，眉宇间颇有英姿，定不是俗人，便与他攀谈起来。

谈话间黄德宝得知，老道的祖上也是金陵人。两人聊了一阵，十分投机，黄德宝还说起了这些天给

皇上酿御酒的事。听说黄德宝在船上酿酒，老道脸色突然一沉，道："黄掌柜，恕山人直言，你今晚恐有一劫啊！"

黄德宝将信将疑，问："道长何出此言？"

老道答道："黄掌柜久居金陵，不知水路上的文章。从金陵到长安这一路，虽无大风大浪，但夜晚水汽氤氲，四处飘散，人感觉不到，酒里可全都是了。若山人所料不错，御酒现在已是寡淡如水。"

黄德宝急忙从行李中拿出一个酒囊，里面是在礼部入库时多出的余酒。只喝了一口，他就惊得脸色煞白，正如老道所说，酒已平淡如水。如果皇上喝到此酒，自己有牢狱之灾不说，恐怕还要连累远在家中的妻子。

想到这，黄德宝一下子瘫坐下来，背后冷汗直流。老道见了，凑近安慰道："不必过于忧心。山人刚刚替你算了一卦，从卦象上看，或有一线转机。"

黄德宝如同抓住了救命稻草，紧紧拉住老道，问："是何转机？道长请讲。"

老道说："卦上说，今晚酉时，将有一人到你的酒坊去，向尊夫人买酒喝。夫人若免费相赠，则今晚平安无事；若收取酒钱，恐凶多吉少。"

黄德宝泄气道："自古开门迎客，岂有不收酒钱的道理？内子虽然心善，恐怕也不会做这白送的买卖。道长莫不是在取笑于我？"

老道叹了口气道："卦象如此，山人也愿黄掌柜今晚能逢凶化吉。"

正在这时，从外面走进来一位官差，朝着众人喊道："皇上有旨，凡长安百姓，皆可前往渡口，登龙舟赏月游玩！"

酒店里众人顿时喧闹了起来，纷纷拥出门去。官差见黄德宝和老道坐着不动，走过来问："你们两位为何不去？"

黄德宝此时哪有心思游玩？他搪塞道："禀官爷，在下从金陵来，并非长安人士。"

官差转头去看老道，老道答："山人自号酒仙，无好酒不往。"

官差笑道："好好，随你们吧！"说完，他也走了。

此时酒店里只剩下三两个人，老道和黄德宝又聊了一会儿，眼见红日西沉，老道站起身，朝黄德宝拱手道："今日有缘和黄掌柜相见，望后会有期。"

黄德宝忙站起来回礼："后会有期。"

老道走后，黄德宝愁绪纷飞，径自回客房躺下。到了夜里，窗外"淅淅沥沥"下起了小雨，黄德宝心中惨然，借着倦意迷迷糊糊地睡了。

第二天一早，黄德宝还在睡梦中，忽然传来一阵急促的敲门声。他赶紧起身开门，迎面走进来两个金吾卫，这是专司长安宿卫的禁军。黄德宝吓得两腿一软，当即叩头："小民知错，小民知错，有什么罪过小民愿一人承担。"

两个金吾卫面面相觑，其中一人上前把黄德宝扶起，打趣道："黄掌柜怕不是还在梦中吧？我们是奉皇上之命，专程来请黄掌柜进宫领赏的。"

"领赏？皇上为何要赏我？"

那个人接着说："皇上要赏你酿酒有功！昨晚皇上大宴群臣，正当御酒呈上之时，忽然下起了雨。俗话说一场秋雨一场寒，皇上怕酒寒伤身，便下令温酒。殊不知你这酒温过之后，滋味无可比拟，更胜以往，大臣们也都纷纷称好。皇上高兴，当即下旨赏你。"

黄德宝听完，心里已是说不出的震惊，这真是一场及时雨！想必正是温酒这一举动，消减了酒里多余的水分，也让自己躲过了一劫。

如此看来，那老道说尚有一线转机，并非胡言，只是不知昨晚是不是真的如他所说，有人向妻子买酒喝，也只有等回到金陵才能知晓了。

黄德宝进宫面圣领赏后，便乘船从水路直下金陵。到了家中，黄德宝迫不及待地问妻子，中秋当晚酉时左右，是不是曾有人来买酒喝。妻子有些惊讶，问："当家的，你远在长安，是如何得知的？"接着，妻子便说起了那晚的情景。

那时妻子正准备打烊，店门前忽地来了一人，向妻子行礼，说自己从长安而来，赶路力乏，想买些

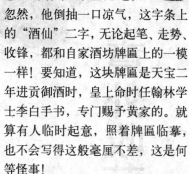

酒喝，说着掏出些碎银来。

黄德宝赶紧问："你收了他酒钱没有？"

妻子摇摇头："我看他风尘仆仆，又是从长安来的，不知怎么就想起了你，最后便没有收他的钱。"

黄德宝一把抱过妻子，激动地说："夫人，你救了我一命啊！"

妻子不解，黄德宝便把事情经过说了。妻子也觉得不可思议，突然，她想起那人临走前给掌柜的留下了一封信。妻子找出这封信，递给黄德宝。

黄德宝拆开信一看，里面只有一张字条，上面写着："君赠酒仙酒，我予秋雨秋。"

黄德宝猛然一惊，想起了中秋夜长安的那场雨，可这风雷云雨，又岂是人力所能为？

黄德宝问："夫人，你可记得那人的模样？"

妻子答："不曾细看，我只记得他的眼睛很亮，像……像一头饿虎！"

黄德宝心里大呼古怪，难不成妻子见到的这个人，正是自己在长安遇见的老道？可长安和金陵远隔千里，除非有神力相助，否则又怎能在一个时辰内从长安赶到金陵？

黄德宝拿着字条又端详了一阵，越看越觉得字迹熟悉，好像在哪里见过。忽然，他倒抽一口凉气，这字条上的"酒仙"二字，无论起笔、走势、收锋，都和自家酒坊牌匾上的一模一样！要知道，这块牌匾是天宝二年进贡御酒时，皇上命时任翰林学士李白手书，专门赐予黄家的。就算有人临时起意，照着牌匾临摹，也不会写得这般毫厘不差，这是何等怪事！

黄德宝额头上泛出涔涔汗水，莫非自己那天见到的老道，就是闻名大唐的诗仙李白？可是听闻诗仙早就"捉月而死"，又怎会死而复生？

黄德宝仔细回想，中秋夜的情景涌入脑海：老道醉卧酒家，官差让百姓上船赏月，老道因无酒而拒绝……黄德宝一个激灵，不由得喃喃自语："是他！我见到他了……"

妻子见状，奇怪地问："当家的，你见到谁了？"

黄德宝激动地说道："我见到李白了……"接着，他轻声吟诵起杜甫的著名诗句："李白斗酒诗百篇，长安市上酒家眠。天子呼来不上船，自称臣是酒中仙……"

（发稿编辑：吕　佳）

（题图、插图：谢　颖）

意外收获

□ 六月的雨

小陈是派出所的一位民警，穿了三年的警服，也没碰到什么要紧的案子，平日里也就调解一下邻里纠纷，最多抓个扒手、小偷啥的，这让小陈多少有点郁闷。他总是想，要是能破获一起大案，为警队立功，那自己的职业生涯可就完美啦！

这段时间，阳光小区有许多居民报案，说家中被小偷光顾，丢了不少财物。综合报案人描述的情况，小陈初步判断这是同一人所为。于是，他决定来个守株待兔，等嫌疑人自投罗网。

小陈在小区附近连续蹲守了三天，终于在一日凌晨发现了一个可疑的人影。他一个箭步冲上去，将嫌疑人压倒在地，然后拿手电筒照了照嫌疑人的脸，顿时乐了，这人正是派出所的常客——刘二。

小陈立马把刘二押回了派出所。

面对审讯，刘二态度极为恶劣，拒不交代藏匿赃物的地点。小陈严肃地说："你最好老实交代！现在坦白，还能争取宽大处理，不然，有你后悔的！"

刘二嬉皮笑脸地说："你别唬我了，我可不是被吓大的！我不说，你没证据，最多关我一阵子；我要是交代了，今年怕是得在牢里吃年夜饭了。"

刘二翻着白眼，死不开口，一时间，小陈和负责审讯的搭档都拿他没办法。

审讯到半夜，刘二伸伸懒腰，打打哈欠，竟然耍起了无赖，说："民警同志，我酒瘾犯了，能否劳您大驾，给我买瓶好酒来？还有啊，别的酒我不喝，只要市面上最流行的那种名牌酒……"

小陈和搭档审讯过那么多嫌疑人，还从未见过刘二这种厚颜无耻的。小陈气得不轻，说道："审讯期间，不可能允许你喝酒的，你别做梦了！"

刘二见小陈态度如此坚决，妥协道："要不这样吧，民警同志，你把酒买来，让我闻一闻，我不喝，过过瘾就行。"一会儿，他又补充道："等我过了酒瘾，偷盗的事情我全都交代……"

小陈听到这里，心想，如果真像刘二说的那样，闻闻酒味，他就肯招，这倒不失为一个办法。为了让审讯顺利进行，小陈咬了咬牙，答应了刘二的无理要求。

小陈让搭档盯着刘二，他转身出了审讯室。为了破案，小陈自掏腰包，把刘二要的酒买了回来……

没过多久，小陈被队里表彰了，领导夸他立了大功。不明真相的同事们都很诧异，他们问小陈，难道这个刘二偷了很多东西，涉案金额巨大，所以上级记了小陈一大功？

小陈说："哪儿呀！刘二偷的东西不值多少钱。这次审讯，我是有意外收获。"

大家一听，立马来了兴趣，这刘二又不是潜逃多年的杀人犯，审讯他还能有意外收获？

小陈十分得意，他笑着说："这刘二啊，是个老酒鬼，他一闻我买回来的酒，就骂我不够意思，竟然拿假酒忽悠他。我起初还不信，把酒拿去找专家鉴定，结果发现，那酒还真是假的。"

小陈顿了顿，继续往下说："我觉得这件事不简单，就对周边超市里卖的那款酒进行了调查，没想到居然全是假货！见事态严重，我马上向上级做了汇报。领导很重视，立即成立了专案组，沿着超市的进货渠道一路顺藤摸瓜，深挖彻查，一举打掉了一个制造、销售假名酒的地下工厂。要知道，那批假酒案值上亿啊……"

（发稿编辑：曹晴雯）

（题图：张恩卫）

一步之差

□ 张国心

特殊年代有特殊故事。

牛来水年轻时被国民党抓了壮丁，淮海战役时小腿受伤，当了解放军俘虏。治好伤后，他落下残疾，返乡回了老家。因"灰色"历史，他成了被监管对象，劳动工分少拿一大截，也没女人愿意嫁给他，五十好几了，还是光棍一个。

民兵排长宋老疙瘩监管牛来水，每天都把眼睛盯在牛来水身上。牛来水腿瘸，干活却任劳任怨，从没被人抓到过把柄。

就在庄稼青黄不接的时候，生产队发生了一起盗窃案：仓库窗户被人撬开，二十斤高粱被偷走了。那年月，仓库粮食被盗是重大事件，生产队长不敢怠慢，立刻把案情报告给大队领导。大队治保主任当天就来到屯子里，和宋老疙瘩一起破案。皇天不负有心人，他俩找到了重要线索——在牛来水的老黄狗窝里，发现了生产队的米袋子。

治保主任掂着米袋子，单刀直入地问牛来水："高粱是不是你偷的？老实交代！"

谁知道牛来水就这么招了："是我偷的，要打要罚随你便。"

一起重大盗窃案，不费吹灰之力迅速告破。

第二天一大早，治保主任和宋

老疙瘩押着牛来水去了公社。晚上回来时，宋老疙瘩跟大伙说："也该牛来水不走运，今天正好赶上县公安局郑局长来检查工作。他对这个案子非常重视，亲自把牛来水带到县里去了，这回可够他这个家伙喝一壶的了。"

没几天，牛来水回来了，脸蛋上的肉一点没见少。更令人诧异的是，牛来水是坐公安局的小汽车回来的。送他回来的公安人员说，牛来水偷盗案尚有疑点，一是没找到那丢失的二十斤高粱；二是仓库窗户很高，牛来水腿有残疾，是怎么上去的？如此说来，证据不足不能定案。大队治保主任料到此事不简单，知难而退，这个盗窃案就这样不了了之。

没想到令人诧异的事情一桩接一桩，又过了一些日子，县民政局下来了一个红头文件。文件上说，牛来水参加过台儿庄战役，立过战功，按国家政策，被认定为抗战老兵。

一夜之间，牛来水从被监管的异类成了抗战英雄。他像变了一个人，精神焕发，好像年轻了十几岁。

宋老疙瘩扶着牛来水，满脸恭维地问："老牛，你是抗战英雄，为啥不早说？"

牛来水说："战友死的死，没的没，活着的也找不到了，立功证也被战火毁了。我说我打过小鬼子，谁能信？我有今天，还真得感谢你，那天你们把我送到了公社，正巧碰上了当年同生死共患难的老战友。"

"谁？"

"县公安局郑局长。"

宋老疙瘩眼珠子差点蹦出来："郑局长……也当过国民党兵？"

"没错，他后来起义投诚了，参加了解放军，还当了营长，转业后进了公安局。"

宋老疙瘩脱口问道："郑局长都起义投诚了，你咋不跟着？"

牛来水长长地叹了一口气，缄默不语。那以后，宋老疙瘩再也不提这事了。

都以为牛来水时来运转，哪料到有一天生产队放炮炸石头，一个炮眼哑炮了，大家谁也不敢靠近石场。牛来水说他懂那玩意儿，便去拍哑炮。他刚到炮眼跟前，炮突然响了，飞起的石头把他砸出几丈远，全身顿时血肉模糊。宋老疙瘩抬着担架一口气跑了二十里地，到了医院，牛来水的心脏已经停止了跳动。

牛来水的墓地选在一块向阳的山坡上，墓前立了一块石碑，上面写着"抗战老兵之墓"。

墓前，远道赶来的县公安局郑局长含着眼泪，讲述了牛来水的英雄事迹："在台儿庄战役中，我们整个营打得只剩下了一个班，尸横遍地，血流成河。牛来水视死如归，坚守阵地一天一宿，打退了敌人十几次进攻，等到了后援部队，取得了战斗的胜利，立了头等大功。"

提到起义投诚，郑局长说，当年牛来水也义无反顾地加入了起义投诚的队伍。那天晚上雨雪交加，漆黑一片，追兵紧逼，情况险恶。大家经过一场惊心动魄的战斗后，终于投进了解放军的怀抱。只是不知什么原因，牛来水不见了踪影。郑局长叹口气，道："这么多年来，我一直在苦苦地找他，苍天有眼，总算让我找到了。我这才知道，当时他腿上受了伤，走路时一步没走稳，跌进了一个很深的炮弹坑，就这样被抓了回去，第三天就当了俘虏……"

听了郑局长的讲述，在场的人无不动容。一步之差，谬之千里。宋老疙瘩一时没有控制住自己的情绪，抱住石碑哭了起来。

回去的路上，宋老疙瘩拉住了走在最后的郑局长，无比愧疚地说：

"生产队丢粮食根本不是牛来水偷的。我对不起牛来水，我混蛋，我不是人啊……"

郑局长截断了宋老疙瘩的话："不要再提这事了，牛来水都跟我说过了。那天晚上，他家老黄狗叫得厉害，他就出屋想看个究竟，月光里他看得清清楚楚。他说，你家人口多，已经断粮了，母亲又有重病，天天喝糠糊粥怎么能行？他说如果揭发你，不但毁了你的前程，你母亲知道了这事也活不成。他倒是一个人无牵无挂，再多个罪名也无所谓。他还说，你这人本质不错，只是一时糊涂，求我把这事压下去。"

宋老疙瘩感到天旋地转，他在心里说：牛来水真是个好人啊！那天晚上，他看着卧床不起、几天吃不下饭的母亲心如刀绞，实在没有别的办法了，就干了一件傻事。为转移视线，他把空的米袋子扔在了山边壕沟里，没想到被牛来水家的老黄狗叼回了窝里。他一狠心，将错就错，凭借自己有地位、有话语权，把事栽赃到了牛来水头上，可那以后，宋老疙瘩的心，就再也没有一天安生平静过。

（发稿编辑：陶云韬）

（题图：谢 颖）

在一个被世人遗忘的角落里，藏着不为人知的绝世好酒。有人为了这口美酒，神昏意乱、迷了心窍……

送来的烧鸡

老魏当了一辈子林岗子供销社的仓库保管员，眼看就要退休，想不到林岗子供销社倒闭了。

按说，仓库里的东西基本都清理了，让主任、会计看守不动产就够了，用不着保管员，老魏却赖着不离开。他说："我没别的嗜好，就爱管理仓库。只要能让我继续管理仓库，不给工资也行。"

主任申军看看仓库，心想：里面都是过期的物资，魏老头孤家寡人，可能是想在这儿有个住处。于是，他就做了个顺水人情，答应了老魏的请求。

供销社的门面房分别租赁给了私人经营，有间门面被一个卖烧鸡的男子租了去。

卖烧鸡的男子姓涂，看样子三十多岁，老魏叫他小涂。小涂长得黄黄瘦瘦，话不多，待人客气。他煮的烧鸡特别好吃，离老远就能闻到诱人的肉香味。老魏经常去买小涂的烧鸡，不买整只的，只要点鸡爪、鸡心、鸡胗什么的，裹一小包，拎回空荡荡、冷清清，甚至阴森森

酒　藏 　□吴卫华

的供销社吃。林岗子供销社规模不小，里面有一排排门窗紧闭的房舍和一行行参天梧桐，除了道路，其余地面杂草丛生。晚上，偌大的供销社里就老魏一人住着，宿舍里，灯光昏暗得像困倦人的眼。

到了秋天，一个黄昏，老魏坐在宿舍门前吃晚饭，忽然听到有人踩着落叶，"咔嚓咔嚓"地走向自己。老魏连忙把桌上的酒瓶子藏到小桌下面。他一抬头，就见小涂笑嘻嘻地站着，手里托着个大牛皮纸包。老魏有点意外："小涂，找我有事？"

小涂把手里的纸包放到老魏吃饭的破旧小方桌上："我看你几天没来买烧鸡了，特意来看看。"说着话，小涂把纸包展开，里面赫然盘卧着一只油黄喷香的大烧鸡。

老魏苦笑着冲小涂说："我这些天手头紧……真吃不起这么大的烧鸡。"

小涂说："我可不是专门跑来卖给你的，是想跟你搭伙儿喝点小酒，以后我供你吃鸡，你供我喝酒。"

老魏一下子警惕起来："我那点生活费，连吃饭都困难，更别说买酒喝了。"他想想又觉得哪儿不对，问："你怎么知道我喝酒？"

小涂从烧鸡上撕下一只鸡大腿，递给老魏："你每次去我的烧鸡铺子，身上都透着酒香，这瞒不过我。快吃吧，我煮烧鸡的手艺可是祖传的，别光吃花生米。"

老魏抵不住直扑他鼻孔的烧鸡香味，接过鸡腿啃了一口："劣质酒，都过期了，你不怕喝坏身体？"

小涂坐到老魏对面："我不挑剔酒，有就行。"

老魏只得把酒瓶子重新放到桌面上。小涂也不客气，拿过老魏刚才喝过的空酒杯，给自己倒了半杯，一饮而尽，然后朝老魏咧嘴一笑："这酒过期的时间还不短，起码有三十年了。"

老魏觉得小涂笑得心满意足，嘴角几乎咧到了耳根子边。

神秘的存货

自从小涂给老魏送来烧鸡，两人就成了酒友，每天晚上，他俩都要喝光一瓶酒。小涂的酒量开始不大，跟老魏喝着喝着，就长进了。

一天，小涂跟老魏提出一个请求："老哥哥，这酱香型的陈酒越放越香，能不能带我去看看存货？"

老魏摇摇头，神秘兮兮地说："想继续喝，就别提看存货的事。"

老魏能拒绝小涂，却不能拒绝供销社主任申军来察看仓库。申军比老魏晚来林岗子供销社好多年，他一来，林岗子供销社却倒闭了。申军想把仓库租出去，所以想进仓库视察一番。

申军来了，老魏拿钥匙的手都有点僵硬了，开了几次锁都没有打开。他嘀咕道："申主任，咱供销社这么多闲房屋，非要把仓库租出去不可？"

申军把钥匙拿过去，跟老魏开玩笑："你真是年纪大了，连个锁也打不开了。有人相中咱们的仓库大，放东西多啊！"

油漆剥落的厚木门一被推开，偌大幽深的仓库里面，扑鼻而来一股陈旧气息。阳光从门口照进去，货物架上触目所及都是破损或过期的商品。它们层层叠叠地堆在货架上，摆放得齐齐整整，却个个蒙尘含垢，浮尘足有半指厚。

奇怪的是，走着走着，两人的脚下忽然多出来一堆散乱的塑料盆子，像是有人特意放在那儿，阻挡他俩继续往前走。

申军一脚踢开一个塑料盆子，说："怎么多出来一堆这玩意儿？"

老魏胡乱搪塞道："可能是之前忘记摆上货架了。"

申军摇摇头，折身出了仓库，在门外头跟老魏说："明天我找辆小铲车，把里面的货物全铲出来，腾空仓库。你好好收拾收拾，看看能否租出去。"

老魏一听就慌了："申主任，这里面的东西可都是国家财产，你一股脑儿地丢掉，总社要是来查账，你怎么说得清？"

申军抬头看看光秃秃的梧桐树枯枝，说："那等过了冬天再说吧。"

老魏长舒一口气，讨好申军道："申主任，我保

证把仓库收拾好，还像以前红火时那样整齐。"

申军的神情恍惚了一下，叹了口气："省省力气吧。"

消失的小涂

又一日傍晚，老魏和小涂如往常一般对坐喝酒。老魏神色眷恋，凝视着桌上的酒瓶，仿古青花酒瓶在灯光下泛着清冷的光，瓶身上有三个漂亮的书法字，"冰湖液"。小涂见老魏迟迟不开瓶盖，小心地问："最后一瓶了？"

老魏回过神来，打开瓶盖，给小涂倒满一杯。酒色微黄透亮，细密的酒花经久不散。老魏喃喃道："没有不散的酒场，今晚喝光这瓶酒，此后世上再无'冰湖液'。"

小涂露出失落的表情，又不无担心地问："酒都被咱俩喝完了，上面盘点库存，你怎么办？"

这句话问到了老魏的心事："喝完这瓶酒，我带你去仓库看看。"

库藏三十多年的"冰湖液"酒，酱香浓郁，入口绵醇，勾动着两人的味蕾和嗅觉，给他俩带来了醉生梦死般的感受。喝完最后一瓶"冰湖液"，老魏给空瓶拧好盖子，从床底下小心地拉出一只颜色老旧的酒箱子——里面排着五个喝空的酒

瓶子，差一瓶就满箱了。老魏把空瓶子放进箱子，然后抱起箱子招呼小涂："你前面打着手电，咱们去仓库。"

手电的光束在仓库里晃来晃去，细小灵动的浮尘在光柱中盘旋。小涂在前面走，老魏在后面跟着，一边走一边嘀咕："奇怪，之前那堆塑料盆呢，怎么不见了？"

仓库尽头有个简易小阁楼，老魏从角落里搬出一架木梯子竖起，踩木梯爬上小阁楼，小涂也爬了上去。阁楼里整整齐齐地码放着上百箱"冰湖液"。

小涂惊问："这么多……都被你喝光了？"

老魏羞愧又得意："我死皮赖脸要当保管员，就贪图这些'冰湖液'。酒哪会过期？越陈越香！想当年，进了这批'冰湖液'不久后，酒厂就倒闭了，定价高，也没卖出去几瓶。知道这酒的人很少。"

小涂感叹："有幸喝了这么多绝世好酒，也不枉这一生了。"

老魏越发忧虑："全是空酒瓶子，总社要是盘库存，我逃脱不了监守自盗的罪名。"

小涂语带讥讽："喝时怎么就想不到监守自盗了？"

老魏内疚地说："酒瘾一上来，

心窍就迷了。"

小涂安抚道："喝了你这么多酒，怎么也得帮你分忧解难。"

老魏笑了："难得你有这份心，可你能有什么办法？"

小涂也笑了，嘴角几乎咧到耳根子边："老哥哥，我有办法。"

几天后，申军来通知老魏，说总社马上要来复核报废物资，清库存了。老魏急得火烧眉毛，想找小涂，可发现小涂已经关铺门不干了，人也不见了踪影。

这天深夜，供销社近旁的人家，突然听到供销社内传出一声巨响。第二天才发现，供销社的仓库

倒塌了，老魏找不见了。申军觉得好好的仓库倒塌得蹊跷，围着仓库废墟转了几圈，终于发现仓库承重墙的墙脚裂开了，以致整个仓库屋顶塌陷下来。申军找来铲车清理碎瓦乱砖，在大梁支撑起的狭小空间里，刨出了还活着的老魏。

大梁落地的另一头，压死了一只黄鼠狼。

一百箱"冰湖液"，全砸得稀烂，玻璃碴子碎一地。

老魏侥幸捡了一条命。他出院后，仍住在供销社里，却永远失去了一条胳膊。没了好酒喝，日子突然没了盼头，老魏整日无精打采。

深秋转眼就到，又是一个梧桐叶沙沙飘落的黄昏。老魏呆坐在门口，迷迷糊糊地睡着了，突然，他看见小涂笑嘻嘻地走来，笑得嘴角几乎咧到耳根边："老兄，我先是想办法阻止主任察看仓库，后来又想办法让仓库倒塌、砸碎酒瓶，却没料到我会被砸死。"

老魏惊问："你被砸死了？我怎么不知道？"

小涂叹口气："谁让我是一只贪杯的黄鼠狼呢……"

（发稿编辑：陶云韬）

（题图、插图：豆 薇）

最后一句话该谁说

著名语言文字学家黄侃在北大教书期间，住在北京胡同里。因为白天人声嘈杂，他习惯在夜深人静时读书。一天晚上，黄侃与友人在探讨"国学"问题时，隔壁突然发出一阵噪声，严重影响了他们读书交流。其实，这种情况不是第一次发生，但之前黄侃都选择了忍耐。

这次被打断思路，黄侃很生气，他便去找对方理论。对方却觉得黄侃态度不太友好，说话也很冲。一来二去，双方说话的声音越来越高，像吵架一样。

对方瞪着黄侃说："如果觉得我们打扰了你，你可以心平气和地说。像这样态度强硬，只会惹恼我们，对你没好处。"黄侃原本还想说什么，不过最终他闭上嘴巴，转身回去了。

友人不解地问："你被他吓到了吗？为什么不反驳？"黄侃说："看得出来，对方不是不讲理的人，我不必再逞口舌之快。让他说最后一句话，会让他感觉舒服，下次自然会注意不再打扰我们。"

几天后，黄侃在学校上课。下课后，一名学生向他请教，两人就一个问题讨论起来，友人在旁边等了足足一个多小时。友人发现，不管学生说什么，黄侃都会回应，学生说一句，他答一句，直至最后，也是以黄侃的发言作为结束。

友人很疑惑："你不是说要让对方说最后一句话吗？"黄侃说："学生跟我讨论是为了求知，我当然要尽心尽力，消除他所有的困惑。这场谈话我来收尾，才能让学生踏实，不然他会有需求得不到满足的失落感。"听了黄侃的解释，友人连连点头，对他佩服不已。

最后一句话该由谁说，其中的微妙，是智慧与胸怀的展现。

（作者：张君燕；推荐者：檬 男）

樵夫的快乐

曹振镛曾任清代户部尚书。有一年，他到黄山游玩，下山的时候遇到了一个老樵夫。

在崎岖的山路上，樵夫背着一大捆柴，步履蹒跚、小心翼翼地往下走。走了一会儿，樵夫大概是累了，找了块石头，坐下来休息，曹振镛便上前与他闲聊起来。樵夫很能说，聊起自己的孩子、家人，他面带微笑，滔滔不绝。

过了一会儿，老樵夫站起身，背上柴，准备继续赶路。看着他喘着气劳累的样子，曹振镛动了恻隐之心，伸手要去接樵夫肩上的柴，想要帮他背一程。

没想到，樵夫毅然拒绝了。曹振镛说："我没别的意思，只想帮帮你。"

樵夫挥一挥布满老茧的手，笑着说："谢了，谢了！你不要夺走我这会儿的快乐嘛！"

曹振镛心想：他一定是在撒谎吧，背着这么重的担子，怎么会快乐呢？

樵夫像是看出了曹振镛的心思，便解释道："大人有所不知，我来山里一趟，背上有东西，就是有收获。虽然累点，但背着希望和收获，怎么会不快乐呢？"

（作者：赵燕任侠；推荐者：离萧天）

门里门外

有一次，席慕蓉在创作时期，曾搬到一处民居寻找灵感。

这房东有很多间房，分别租给了不同的人。不过，席慕蓉来这里半个多月了，一个邻居也不认识，只是一门心思写作。

当时正是梅雨季节，因为潮湿，席慕蓉房间的门坏了。房东得知后，马上联系了修理工。修理工把门卸下来，在坏的地方涂上胶，又找来重物压着，然后对席慕蓉说："等三天吧，要等胶干了以后，才能把这个门装回去。"

席慕蓉说："难道我要三天没有门？"修理工笑了："当前只能这样。"席慕蓉愣了，看着没门的房间发呆。

晚上租客们陆续回来，路过席慕蓉的房间，见没有了门，都会探头往里瞧一下，然后问："门呢？"

席慕蓉就指指地上，说："在这儿。"

也有租客问："怎么还压着，难道这门是孙悟空啊？"

席慕蓉笑了，租客们也笑了。因为没有门，席慕蓉和每个来往的人寒暄，慢慢地都熟悉了。有时，她还会请他们进屋坐一会儿，聊一聊。一来二去，就都成了朋友，一直到现在还有联系。

人和人之间，都有一扇门。有人关闭了这扇门，活在自己的世界中，埋怨这个世界的冷漠；有人打开了这道门，卸下防备，满怀真诚，便识得了世间的美好。

（作者：任万杰；推荐者：一米阳光）

艾萨的派对

艾萨打算举办一个派对，她精心准备了烤肉、蛋糕、比萨以及各种新鲜的水果。艾萨热情地邀请了每一个朋友，她对他们说："嘿，欢迎你来参加我的派对。一定要来，否则我们就不再是朋友。"

艾萨期盼着朋友们都能来她的派对，然而派对那天，来到现场的朋友并不多。虽然在派对上，大家玩得都很尽兴，但艾萨还是有一点不开心。她不明白，为什么有那么多朋友没有来？

母亲知道后对艾萨说："你要邀请他们呀！"艾萨委屈地说："我明明都邀请了……"

母亲摆摆手，温柔地说："不，亲爱的，你应该让朋友们自由选择来或者不来，而不是只给他们一个必须来的选项。要知道，你那不是邀请，而是苛求。"

艾萨点点头，似乎明白了其中的道理。一周后，艾萨又举办了一次派对，她对朋友们说："嘿，欢迎来参加我的派对，当然，如果你刚好有时间的话。"而这一次，朋友们几乎全都来了。

在人际交往中，热情很重要，但如果热情过头就会变成强迫。人们喜欢热情，却没有人愿意被强迫。

（作者：乔凯凯；推荐者：晓晓竹）

（本栏插图：陆小弟）

学写作文，从读故事开始

腊月二十八的下午，寒风刺骨，滴水成冰，李嵩骑着摩托车去山里收香菇。他经过一个叫荷树岭的地方时，路边有个中年人招手喊道："大哥，停一下！"李嵩停下车，中年人指着身后的摩托车说车胎坏了，问附近有没有修理铺。

那人说一口不标准的普通话，摩托车后面绑满了东西，风尘仆仆的。李嵩问他是不是外地人，那人点点头，说自己是湖南人，在广东打工，因为厂里放假迟，到现在才赶回家过年。不知什么时候，摩托车前胎里扎进了一枚铁钉，轮胎瘪了。这里前不着村，后不着店，他等了好久才看见了李嵩。李嵩常在附近跑，就告诉他离这儿最近的修理铺也有十多里路。湖南人满脸焦虑，说："这么远？这可怎么办！"

李嵩不禁动了恻隐之心，从广东到湖南，几百公里路呢！他自己也打工多年，

为了省钱，骑摩托车出门是常事。千里迢迢，天寒地冻，其中艰辛只有亲历过才知道。

李嵩在路边折了一根芒草，在两辆车前比画了一下，说："别急，我们的车款式差不多，把我的车轮换给你，你就可以走啦！"

互换车轮？湖南人简直不敢相信，惊讶地问："那你怎么办？"

接力赛 □黄平

"我是本地人，总比你有办法。你还要赶远路，耽误不得。再说我这车是二手的，平时也总有小毛小病，我正打算过完年就换一辆新的呢，所以你也不必太放在心上。"说完，他从自己车上取下一把扳手，卸下前轮，很快换到了湖南人的车上。湖南人很感动，掏出两百元钱递给李嵩："兄弟，真不知怎么谢你，这钱你拿去补胎。"

李嵩坚决不收，说谁都有遇到难处的时候，能帮衬就帮衬。湖南人只好再三道谢，骑车离开了。

李嵩拿起换下的车轮，随手往车架前一塞，把摩托车留在原地，向前步行一段路后，拐进了一条山路。四五里路外的山里有一个独户人家，李嵩约好了去他家收香菇。其实，李嵩家离这里也有四五十里路，他打算收完香菇后，让那家男主人开车送自己去找修理铺，再跟修车师傅回来补胎。

谁知那户人家只有女主人在家，男主人有事出去了。李嵩收了一袋香菇后，只好步行返回。等回到马路上，天色快要暗下来了，路上更加寂静。他有点着急，再拦不到车辆，自己就要被困在这里了。

李嵩来到摩托车边，先把装香菇的袋子绑好，忽然他看见原本斜靠着的前轮已经安装好了。他不敢相信，上前掐掐轮胎，硬邦邦的，已经补好了。李嵩又惊又喜，显然有修车师傅来过。李嵩第一反应就想到了那个湖南人，估计是他在路上看见了修车店，就让师傅过来补胎。师傅过来后没看见车主，就自行补好了胎。李嵩心想：这湖南人真有心，这忙没白帮！他兴奋地掏出钥匙，骑车回家。

可没跑多远，车子就熄了火，怎么都启动不了。得，好不容易补好了车胎，电路又出了问题。李嵩只好打电话向朋友求助，谁知朋友们不是不在家，就是没时间。他看着漆黑的山路，沮丧极了。

就在这时，前面来了辆摩托车。李嵩精神一振，赶紧上前拦车。那人停下来问："车坏了？"

李嵩随口应道："是的。"

那人支好摩托车，拿下一个包，里面都是工具，看样子是修车师傅。他一摸李嵩的车前轮，问："不是说轮胎扎了吗？咋没事？"

李嵩说："不是轮胎，是电路有问题。"

"哦！那你知道前面还有别人的摩托车坏了吗？"那人边问边蹲下来检查。李嵩这才反应过来："你是不是专门来补车胎的？"

"是啊！下午有个人去了我店里，说有一辆摩托车坏在这里，让我来补胎。当时我正在忙，走不开，所以拖到现在才过来。"

李嵩又问："是不是一个外地人，摩托车后面绑着很多东西？"师傅点头说是，李嵩兴奋地说："那人就是让你来帮我修车的。"

师傅问："不是说补胎吗？这怎么回事？"李嵩就把事情经过说了一遍，还说了自己的猜测。师傅还是莫名其妙："既然他已经叫了人过来，为什么还让我过来？"

李嵩笑道："这我就不知道了，不过你来得正好！"

说话间，师傅查出是点火器烧坏了。他从工具包里拿出一个新的

换上，一摁打火键，摩托车就"突突"地发动起来。李嵩要付钱，师傅却说："那人已经付过钱了，还多给了一些，说是上门服务费。"说着，师傅收拾好东西，骑上车原路返回。

李嵩本想跟上，忽然肚子一阵绞痛，他只好先去小树林里方便。出来后，李嵩便急忙往家赶。

下一个小坡时，李嵩用力踩了刹车，谁知到了坡底，摩托车后轮忽然动不了，一直处于刹车状态。

短短一段路，摩托车接二连三地出问题，李嵩哭笑不得。虽说这车是该换了，平时小问题不断，但不至于全凑在今天吧？这也太倒霉了！李嵩蹲在地上抽起了闷烟。

这时，远处传来"突突"声，一束亮光照过来——前方又有辆摩托车过来了。李嵩却不抱希望：这么晚了，大家归心似箭，谁还会帮你？摩托车越开越近，忽然停下来，车上的人问："是你的车胎坏了吗？"

李嵩不敢相信自己的耳朵，激动地问："你是修车师傅？"

"是的，谢天谢地，我以为会白跑一趟，没想到

还来对了！"

"太好了，这车一开始是车胎坏了，后来点火器坏了，现在又推不动了。"李嵩一口气把之前的事都说了。师傅听了好一会儿才明白，打趣道："照这么说，我是第三个来修车的？你究竟是运气好还是运气差呢？"

李嵩百感交集，说："运气好！那湖南人肯定'能掐会算'，所以请来了三个师傅。"

两人亮起摩托车的灯，又把手机里的手电筒打开了。师傅检查后发现，摩托车刹车盘里的两块刹车片脱落了，死死卡在一起，等于一直在刹车，所以车子走不动。车修好后，李嵩感激地说："师傅，你这么晚还过来，太谢谢啦！"

"我在镇上开修理店，下午不在店里，刚回来。我老婆说有个外地人——估计就是你说的那个湖南人，让我回来后到这里来修车，还留了钱，所以我再晚也得来，不然对不起人家。"师傅感叹，"我修车三十多年，见过帮忙的，却没见过把好的车轮换给别人的，你真是热心！那湖南人也不错，知恩图报，连请三个师傅，太难得了！"

李嵩在脑海里把事情重新捋了一遍：当时湖南人离开后一路向前，终于找到一家修理店，就让师傅过来修车。师傅正忙，他就预付了修理费，叮嘱师傅一定要过来。他继续前行，又路过一家修理店，想到前面那个师傅未必能及时赶去，于是他又进到店里。谁知师傅不在店里，他只好又付了钱，让老板娘转告师傅。再行驶了一段路，到了一个镇上，看见了第三家修车铺。他担心前两家不靠谱，就如法炮制，再请这个师傅过来。他心里肯定想，三个修车师傅，只要来一个就行。如果三个都去了，也不算白跑一趟，因为他已经提前支付了费用。

最后一家的修车师傅最先赶来，找到了李嵩停在路边的摩托车，因为李嵩不在，他自行补好胎后离开了；第一家店的师傅信守承诺，忙完手头的活儿就过来了，刚好为李嵩更换了点火器；眼前这个师傅当时不在店里，回来时已经很晚了，却也毫不犹豫地赶过来，没想到来得正是时候……

这是一场暖心的接力赛，没有一个人掉链子！李嵩正想着，师傅递过一袋吃的，说："饿了吧？先对付一下，好有力气骑车回家！"

李嵩鼻头一酸，感动不已……

（发稿编辑：曹晴雯）

（题图、插图：陆小弟）

云的孩子

□ 童树梅

最近雨水特别多，下个不停。这让大伙很紧张——雨水太多，棉花收成就不好，收不到棉花，不仅要挨饿，冬天还要受冻。

云云今年八岁，她小小的心里忧伤格外多，因为妈妈身体越来越不好了。云云不知道怎么办，只会坐在门槛上看着天发愁。时间一长，她发现两个奇怪的现象：有一朵大云会长时间停留在自家屋顶的上方，同时落到自家屋顶上的雨水特别多。云云再一想，这两个现象其实是一回事：那朵云一直停留在自家屋顶上方，云里一直在下雨，就像云在哭泣，所以落到自家屋顶上的雨水才特别多。云云纳闷了：这朵云为什么一直不走，还一直哭呢？自家棉花田就在屋子周围，那云再哭下去，自家棉花会绝收的。

棉花绝收，云云会挨饿，但不会受冻，因为家里有一床神奇的被子。有一次妈妈上了一趟山，回来后家里就多了一床被子。这床被子太暖和，盖在身上简直要出汗。被子不仅暖和，还特别轻，轻得像……像什么呢？云云想了又想，终于想出来了，像天上的云彩。

云云问妈妈这床被子是从哪儿来的。妈妈一听，脸上的表情奇怪极了，她先是不回答，然后叹了一口气，说："我也是没办法，要不然我们娘儿俩会冻死的。"

云云太小了，听不懂这些，只晓得发愁——妈妈不行了。妈妈拉着云云的手说："妈妈要走了，你要照顾好自己……这床被子……"妈妈就这样闭上了眼睛。

云云天天想妈妈，想得实在不行就抱住被子，抱住被子就像是抱着妈妈。

云云发现，屋顶上的那朵云停留的时间更长了，雨水也更多了。邻居叹息道："云云，雨再这么下，你家棉花就真要绝收了，为什么单单你家雨水这么多呢？"

没有人明白，云云更不明白。

这天，云云见被套破了个洞。她想把洞补起来，忽然停了手，她发现被套里装的不是棉花。是的，再新再厚的棉花做成的被子也没这床被子暖和，更没这么轻。云云小心地捏住被套里的"棉花"，明明捏住了，又好像空无一物。云云明白了：这不是棉花，是天上的云！

云云想起来了，以前跟妈妈上山，有时会看到一朵调皮的云降低高度四处疯跑，一不小心会被树枝挂住，很难挣脱掉。云有时玩累了，就会躺在山头呼呼大睡。这些时候如果有人捉住云，云一点办法也没

有。妈妈肯定是上山时捉住了一朵云，做成了被子。

这下云云全想通了：被子里的这朵云肯定是屋顶上那朵大云的孩子，云妈妈发现孩子被封在被套里出不来，舍不得走，就天天哭，所以云云家屋顶上的雨水特别多。

云云拿出一把剪子，天上的云妈妈和被套里的云孩子见了都瑟瑟发抖。云云当然不会伤害云孩子，她剪开被套，把云孩子放了出来。云孩子一出来就直奔天空，缠绕着云妈妈久久不分。

邻居说："云云，你疯啦？你把云放走，没被子盖会冷的。"

云云说："我想妈妈，云孩子也会想她妈妈的。"

这之后，不仅是云云家屋顶上的云，整个村庄、整个田野上方的云全都飞走了，云一飞走就不下雨了，天气好得很。当然啦，有时那云孩子还会来，她停留在云云的头顶上，形状变来变去，就像一个调皮的孩子在翻跟头、跳舞。大伙都说，这是云孩子来找云云玩呢！

村里最年长的老人高兴地说："今年棉花田肯定有好收成，我们所有人都不会挨饿受冻啦！"

（发稿编辑：曹晴雯）

（题图：豆　薇）

关键信息

□ 陈淮贵

丁桦是一个智能机器人。今天，他要去参加一场秘书岗位的招聘面试。面试主考官同样是智能机器人，他对丁桦说："今天面试只有一道题，请读出目标人员的信息。"

丁桦留意到，目标人员就坐在自己前方约三米的位置，胸前挂着写有"目标人员"字样的蓝牌。丁桦对她进行脸部扫描，很快读出了信息："目标人员，姓名马巧巧，性别女，血型 AB，年龄 23 岁，身高 1.70 米，体重 60 公斤，学历研究生，未婚，家庭住址……"

对于这次面试，丁桦充满信心。之前他曾参加过三次招聘，每次都是笔试第一名，可每次都在"读出目标人员信息"的面试环节丢分。为此，他刻苦钻研，结合目标人员的脑电波、细胞记忆、基因特征、脸部表情等进行分析。他相信，自己这次面试一定会成功。

"不错，信息正确。"果然，主考官对着丁桦点点头，说，"有些信息，甚至我们都没有掌握。"

终于得到了肯定！终于能有个岗位让自己施展才华、服务人类了！丁桦激动得身上的电流速度都加快了。

主考官顿了顿，说："不过，

缺了关键信息，很遗憾。"

丁桦一个趔趄，几乎跌倒。怎么又是这样！每次面试，考官都会对丁桦说这句话。自己读出了这么全面的信息，怎么还会缺少关键信息？这关键信息到底是什么……

丁桦步履沉重地走出公司大门。他小心地看了看置于腰间的能量块刻度，发现只剩下一半能量。没有时间悲伤了，他投入到了更加艰苦的练习中。他相信，"读出目标人员信息"是秘书的必备技能，所以面试时才会反复考这道题，只可惜自己不争气，没能通过这么重要的面试。

随着一段时间的努力，丁桦感觉自己的水平上了一个新台阶，他自信地再一次参加招聘。

"今天面试只有一道题，请读出目标人员的信息。"

"不用看人。"丁桦一反常态。

"什么？"主考官愣住了。

"不用看人。"丁桦平静地说，"如果方便，给我看目标人员的头发就可以了。"

一根头发从目标人员头上被取下后，送到了丁桦眼前。只看了一眼，丁桦就感觉到大量的数据洪流涌入脑部，他很快读出了信息……

主考官感叹："凭一根头发就能读出这么多信息，太不可思议了！"他顿了顿，脸色阴沉下来："不过，缺了关键信息，很遗憾。"

"啊……"丁桦倒在了地上。

丁桦不知道自己是怎么走出公司大楼的。他心灰意冷，一连几天，都无意识地在以前参加过招聘的几家单位附近游荡……很快，他的能量仅剩下最后一天的用度。等能量消耗完，他就会成为没用的废品被回收、肢解，身体会成为那些成功的智能机器人身上的零件……

丁桦没想到，在他生命的最后时刻，竟然发生了意外……

当时，丁桦正在一家公司的高楼下徘徊，想最后看一眼让自己魂牵梦萦的庄严所在。就在这时，路上传来一阵响声，只见一辆小车突然失控，冲向行人。小车正前方是一男一女，男的是一个老年自然人，女的是年轻漂亮的智能机器人。

作为智能机器人，此时应该挺身而出，挡在车前，将老年男人推开，这是智能机器人内设程序的强制要求。丁桦却惊讶地发现，老年男人身边的那个女智能机器人，竟然不管不顾地自己往边上跳开了，汽车径直朝着老年男人撞去。丁桦大惊失色，不顾一切地调动身上最后的能量，猛地爆发出极限速度，飞一般冲到车前，用力将老年男人推开。这一下，他自己却耗尽了能量，生命到了尽头。"砰！"汽车重重地撞在了他身上……

丁桦醒来后，发现自己躺在机器人医院，那一男一女正关切地看着他。丁桦突然认出，老年男人是自己参加过面试的一家公司的人事部部长，是面试主考官的上级。

见丁桦醒了，部长紧紧握着他的手，说："谢谢你救了我！"

"不用谢，机器人本来就是为人类服务的。"丁桦对部长的感谢

有点不自在。

部长接着说："医疗费我都已经付了，另外，我给你配置了机器人专用能量块，可用三个月，相当于给了你一次新的生命。"

"谢谢，让您破费了！"丁桦激动得几乎要跳起来。

"不用客气，如果有其他什么需要帮忙的，尽管说。"

"谢谢，其实……"丁桦心里一动，踌躇道，"我正好有个问题一直想不明白，可以向您请教吗？"

"你说。"

"我想知道，为什么我每次面试，结果都是'缺了关键信息'，这'关键信息'到底是什么？"丁桦终于问出了巨石般一直压在心头的问题。

部长看着丁桦迷茫、真诚的脸，不由得沉默。他沉思了一会儿，郑重地说："为保证面试的公正性，我并不直接参与具体的面试。面试题目以及答案都是智能机器人主考官根据人类的实际需要制定的。"

丁桦一时不知道部长是什么意思，他继续问道："那主考官问的'关键信息'是什么呢？"

部长咳嗽了两声：

"这个……咳咳……怎么说呢，有的东西只可意会，难以言传……"

丁桦怔怔地看着部长，他没想到，答案会是这样模糊、高深，一时更加糊涂了。

部长想了想，说："我只能试着给你启示，究竟什么是关键信息，还要靠你自己来领悟。"部长指了指门外，接着说道："你看，那边有三个人，你现在读出他们的信息。"

丁桦朝那三个人扫了一眼，很快像面试时那样，分别读出了详尽的信息。部长点点头："很详细，但就是缺了关键信息。"

部长转身看了看女智能机器人，对丁桦说道："她叫舒莉，跟你是同厂出生的同一批秘书专业机器人。她当时应聘成功，而你落选了。现在，你看一下她是怎么做的。舒莉，请读出门外那三个人的信息。"

舒莉看了下外边的人，也很快读出了信息，不过她给的信息很简单，每个人只有一条。

"姓名查理，其小学同学史密斯是经济局局长。"

"姓名瑞恩，其表弟媳蒂莉是第三医院院长。"

"姓名杰克，其邻居布纳是税务局稽征处处长。"

"就这？"丁桦大吃一惊。

部长亲切地问："现在，你明白什么是关键信息了吗？"

丁桦一时不知如何回答。部长启发道："作为一个秘书，尤其是人事秘书，需要提供给上级有用的关键信息，像身高、体重、住址之类的信息，看起来很全面，可又有什么实际用处呢？"

丁桦点点头，却又有了新的疑惑："既然这是关键信息，为什么给我们设置的程序中不注明呢？"

"唉！"部长拍了拍丁桦的肩膀，"故意不明说，这是一个考验的过程。你们出生时只预备了三个月的初始能量，三个月找不到工作就说明没有悟性，不适合在这个社会生存，你说是吗？"

丁桦似懂非懂地点着头。他看着衣着靓丽、事业有成的机器人舒莉，却又生出一个疑问，他用机器人的语言向舒莉发出电波信息："我们机器人生来就是为人类服务的，可是在汽车撞来的时候，你为什么自己跑了而不顾身边的部长呢？"

舒莉用奇怪的神情看着丁桦，接着她也用机器人的语言回复道：

"如果不是担心你到处乱问，给我造成难堪，我真懒得回答你。我没救部长，因为救部长我会受伤，甚至失去生命，你没看到部长年纪都这么大了吗？"

"年纪大也要救呀！"丁桦纳闷道。

"你这白痴，非要逼我把话说得这么直白。"舒莉不耐烦起来，"我告诉你一个关键信息，还有两天，他就到退休年龄了。"

说完，舒莉不管丁桦理解不理解，转头不再搭理他。

"救人跟退休有什么关系呢……不管怎样，救人是我们的内

置程序呀，你怎么能绕过呢……"丁桦想得头都痛了起来。

部长和舒莉离开前，部长握着丁桦的手，真诚地说："再次感谢你舍身相救，我知道你是个好智能机器人，没录用你是我工作上的一大失误，如果有下一次招聘，我一定破格录用你。只是，我再过两天就要退休了，实在太遗憾了。"

"没关系，谢谢部长，谢谢部长！"丁桦感动不已。

"唉，像你这么朴实的智能机器人越来越少了，真不知以后的智能机器人会变成什么样，比人还智能，比人还周到……你好自为之……"

部长和秘书舒莉离开了，丁桦怔怔地看着他们的背影，忽然感觉，自己或许并不适合当智能机器人。如果有来生，自己宁愿当一个普通的操作型机器人，埋头干活，一就是一，二就是二，不用去琢磨那么多莫名其妙的东西。

"如果有下辈子，我一定不当智能机器人。"丁桦认为，这是自己以一生的代价得出的"关键信息"。

（发稿编辑：吕　佳）

（题图、插图：佐　夫）

这个责任不用负

□ 韦升旭

龙某大学毕业后回乡创业，承包荒山种树，还承包了鱼塘养鱼。天公作美，风调雨顺，树苗和鱼苗的长势都很好，龙某心里别提有多高兴了。

这天一大早，同村的廖婶带着几个人哭哭啼啼地来到龙某家。一进门，廖婶就号啕大哭："我可怜的男人啊，我的命怎么这么苦哇！我不想活了！"

龙某一头雾水，忙问怎么回事。

众人七嘴八舌了一阵，还是跟在廖婶身后的一个村民说出了原委：原来，廖婶的老公文某跌进龙某承包的鱼塘，溺死了！

听说出了人命，龙某的脑子"轰"的一下，但他努力镇定下来，说："文叔怎么会跌进鱼塘呢？鱼塘边的小路我重修过，全都做了防滑处理呀！"

廖婶哭着说："死者为大，明白吗？我男人可是在你鱼塘里淹死的！鱼塘的水那么深，都没加个围栏，你必须负责，必须得赔钱！"

龙某心里一"咯噔"：鱼塘确实没装围栏啊！可他又转念一想，谁规定鱼塘一定要加围栏呢？不加围栏的鱼塘多了去了！于是，龙某对众人说："阿婶，还有各位叔伯，大家请先回去吧，该我负责的我一定负责。再说了，现在我手头没钱，要赔钱也得去银行领呀！"他好说歹说，终于送走了那群气势汹汹的人。

几天后，廖婶见龙某那儿没什么动静，便又带着几个村民来到龙某家要求赔偿。这回，龙某却说："我已经看过监控了，也咨询了懂法律的朋友。文叔经常在我的鱼塘偷偷钓鱼，他这次就是趁天黑来钓鱼，才不小心跌进鱼塘淹死的。这不是我的责任，我不赔！你们不服，就走法律途径吧，我相信法律是公正的！"

廖婶当然不服，她一纸诉状把龙某告上了法庭。法院受理案件后，立即展开了调查。

办案人员通过实地调查发现：第一，龙某承包的鱼塘边上有一条小路，龙某曾出资铺上水泥，还刻上防滑条纹，行人正常经过塘边，不存在安全问题；第二，龙某虽未在鱼塘边安装防护网和警示标识，但是，龙某并没在鱼塘开展垂钓、观光等经营活动；第三，调看监控录像，发现文某不是经过鱼塘边，而是在出事地点有反复进入鱼塘的行为，置自己于危险境地。法院据此作出判决：龙某对文某的溺死不负法律责任，驳回原告所有的诉讼请求。

律师点评：

《这个责任不用负》涉及的一个法律问题，即经营场所安全保障义务条款延展界限。

根据相关法律规定，宾馆、商场、银行、车站、娱乐场所等公共场所管理人或群众活动组织者，未尽安全保障义务、造成他人损害的，应当承担安全保障义务。鱼塘不是服务场所，更不是服务场所主体，在无违法行为和无主观上过错情况下，其经营者和所有人均不负有安全保障义务。

故事中，龙某承包鱼塘只是单纯养鱼，也做了能力范围内相应的安全措施，对于廖婶丈夫跌入鱼塘而死，依据事实和法律，不承担赔偿责任。

（发稿编辑：孟文玉）

（题图：张恩卫）

女儿被恶狗咬伤，父亲如受剐心之痛。正在此时，父亲发现恶狗伤人事件竟已上演多次，他下定决心要找到惩治恶狗之法……

永远的疤

□ 忍者文身

1.剐心之痛

那年十一月的一天，下午五点多，李九正在单位的供水站里值班，雨田镇上的一个熟人跑来告诉他："你闺女被刘杨家的大狼狗咬了！"

李九"腾"地弹了起来，惊问道："人现在在哪儿？"熟人回答："在雷晓红卫生室呢！"

李九二话不说，撒腿就跑。

那时，李九的单位已濒临倒闭，大部分工人都放长假回家了，李九被领导留下来在供水站值班。虽然只有他一个人守在这里，每月工资才一千多块钱，但相比其他工人，李九已算是"幸运者"了。不过，这供水站地处荒郊野外，离最近的雨田镇也有二三里路，日常采买不是很方便，加上李九本人不太会做饭，所以妻子常常在家里做些饭菜给李九送来。

就在一个小时前，妻子曾给李九打来电话，说一会儿带妞妞来给李九送饺子。妞妞是李九的女儿，在雨田镇上小学五年级，因为这天是星期日，所以也跟她妈妈一起来了，没想到半路上出了这事。

雷晓红卫生室在雨田镇中心广场北侧。李九一口气跑到那儿，只见妻子头发散了，衣服破了，蜷缩在一张床上哭得死去活来。李九抢步上前要扶她起来，她却抬起下巴往旁边一指，只说了"姐姐"两个字，便哽咽着说不下去了。

李九急忙冲进左侧的诊疗室，只见姐姐躺在一张平板床上，女乡医雷晓红正在为她处理腿上的伤口，旁边还站着一名三十岁左右的男子，想必他就是狗主人刘杨了。姐姐抬眼看到李九，叫了声"爸"，便泪如泉涌。李九忙走到她身边蹲下来，握着她的一只小手，安慰道："闺女，别怕，老爸在这儿呢！"

姐姐很快止住了哭声，用另一只手抹着眼泪说："爸，我不怕！没事的，你去看看我妈吧，让她别哭了。"

李九摸摸姐姐的头，说："好闺女，放心吧，你妈就在隔壁。"然后，他扭头去看姐姐腿上的伤口。

姐姐的两条小腿都被咬伤了，左小腿伤较轻，有几道伤口皮肉外翻，虽然已经清洗过了，但依然有血水往外流淌；右小腿的伤口明显严重多了，外侧有两个被犬牙撕咬的血洞，血洞之间已经被咬透了，

里面形成了一个很大的窟窿。雷晓红一手拿剪子，一手拿镊子，正一下一下地从这窟窿里往外掏碎肉。她每掏一下，李九都疼得浑身颤抖，因为那简直就是在掏他的心啊！李九的眼泪无法控制地涌出来，他有意转过身，不让姐姐看见。姐姐却还是察觉到了，她用一只小手在李九的后背上轻轻地抚摸着……

仿佛熬了一个世纪，姐姐腿上所有的伤口才清理完毕。雷晓红分别给伤口缝了针，又给姐姐打了狂犬疫苗，紧接着就挂吊瓶输液。李九长长地松了一口气，这才发觉自己后背的衣服都被汗水洇透了。

刘杨凑过来，殷勤地对李九说："大哥，你先歇一会儿，我守着侄女输液。"李九点点头，起身来到外屋，见妻子已平静了许多，便向她询问姐姐被咬的经过。

原来，妻子拎着一饭盒饺子和姐姐一起经过雨田镇北环路时，刘杨正在他家养猪场外的野地里遛狗，但他没有牵绳。那条大狼狗一见她们母女，就像一阵风似的冲了过来，刘杨在后面叫都叫不住。妻子一看不好，赶紧把姐姐搂在怀里，但大狼狗一个饿虎扑食，就将她们母女扑倒在地了。妻子拼命将姐

姐护在身下，本想豁出自己任大狼狗撕咬，谁知它专挑姐姐露在外面的两条小腿咬。尽管姐姐当时穿着薄棉裤，可等刘杨赶到近前，她的两条小腿已然鲜血淋淋了。带给李九的那一饭盒饺子，早已滚落了一地。

听妻子讲完这些，李九心中又疼又恨，只怪自己当时没在现场。

回到诊疗室，刘杨一脸诚恳地说，他刚才跟雷大夫商量了，明天可以去李九家里输液，天气越来越冷，让孩子来回折腾太遭罪了。

按常理，孩子被狗咬得这么重，当家长的若提出去医院治疗也不过分。雷晓红这里毕竟条件有限，而医院的环境会比这里强很多，他们也不必来回跑了。李九却仔细一想，事情已经发生了，对方又不是故意的，况且姐姐腿上的伤口已经基本处理完毕，剩下的就是输液和换药了，何必再让刘杨伤财费力呢？不过李九家离这儿有四五里路，每天去家里输液还是远了点，倒不如直接去李九值班的供水站，这样李九既能上班，又方便照顾姐姐。李九把这想法一说，妻子表示赞同，刘杨和雷晓红更是求之不得。

输完液后，天已黑了，刘杨开车把李九一家送到了供水站。姐姐刚躺下，忽然想起什么，忙对李九说："爸，你明天去学校给我请个假吧，我们班主任没上班，你去找代班老师。"

李九正想点头答应，刘杨抢先插话道："你们班主任是谁？"姐姐说叫梁欣。刘杨一听，拍手大叫道："哎呀，这也太巧了！"李九忙问怎么了，刘杨激动地说，梁欣是他媳妇，前几天刚生完孩子，在家休产假呢。说到这儿，他完全没有了刚才的拘谨和不安："学校的事你们放心吧，我让我媳妇直接给代班老师打电话。"

刘杨走后，李九开始为晚上睡觉的事发愁。供水站的值班室很小，西面摆着一张桌子和一个铁皮立柜，北面放着一张床，剩下的地方就只能再放一张床了。不过，如果再放一张床的话，就连门口也堵上了。妻子让李九去买一张折叠床，晚上放下，白天再折起来。李九听了，赶紧摸黑去了。

当天晚上，为了避免碰到姐姐的伤腿，李九让她睡在大床上，他和妻子则挤在那张折叠床上。姐姐显然是受到了惊吓，夜里多次从梦中惊醒，除了哭就是叫。妻子见此景，不停地念叨："我真笨！怎么就没保护好孩子呢……"李九一会儿拍拍姐姐，一会儿又哄哄妻子，身心俱疲，整夜都未合眼。

2. 担忧不断

话说刘杨和媳妇梁欣结婚有好几年了，今年刚生了头胎，可把刘杨乐坏了。梁欣还在家里坐月子呢，没想到在这节骨眼儿上，养的狗惹了这档子事。第二天刚吃完早饭，刘杨就去了李九的住处。

一会儿，雷晓红也背着医药箱来了。雷晓红边给姐姐换药边说："这伤口太重，只打狂犬疫苗怕是不行，最好打狂犬免疫球蛋白。"

刘杨说："打，该打就打！"

"可这种球蛋白连县医院都没有，要打就得去市疾控中心。"雷晓红又补了一句，"病人若是不方便，也可以把这球蛋白买回来。"

刘杨沉吟片刻，扭头望着李九说："要不，我去市里买回来？"李九觉得姐姐现在这种状况，的确不便出门，于是轻轻点点头。雷晓红见两人意见统一，便嘱咐刘杨，说球蛋白得按受伤者的体重打，按姐姐现在的体重，最少得买四支。刘杨应了一声，开车走了。

中午时分，刘杨就从市里赶了回来，还顺道把雷晓红也带来了。

一进门，刘杨就把装着球蛋白的篮子递到李九眼前，大声说："看看，为了让这东西保鲜，我用四瓶冰镇矿泉水埋着呢！"李九笑了笑，算是领了心意。

雷晓红开始给姐姐右腿上那个最大的伤口消毒，然后拿起注射器打针。针是在那伤口周围打的，其疼痛程度可想而知。打第一针时，姐姐就迅速拉起被子把头蒙上了。

四针都打完了，姐姐的右小腿却还在颤抖。李九上前拉开她蒙在头上的被子，只见她一头汗水，满脸是泪。姐姐抽泣着对李九说："爸，我也不想哭，怕你和我妈难受，可实在是太疼了啊！"李九和妻子本来想安慰她几句，但话未出口，眼泪就都流了下来。

刘杨有些尴尬，待李九一家情绪稳定后，他把李九叫到门外，说他媳妇正在坐月子，养猪场里也有好多事，以后不能常来了。李九点头表示理解，让他忙自己的去。

这之后，只有雷晓红每天来给姐姐换药和输液，连续输了十几天，姐姐的手上布满了针眼。当然，最后医药费都是刘杨结算的。

这期间，一些亲朋好友闻讯赶来探望姐姐，其中有位朋友讲了一番话，令李九大为惊骇！

这位朋友说，狂犬病毒进入人体后是有潜伏期的，有的甚至可以长达十年以上，一旦发病，无药可救。李九立时忧心忡忡起来，明知道已经给姐姐打了免疫球蛋白，但一想到是刘杨从百里之外取来的，虽然用冰镇矿泉水埋着，可万一失效了呢？

李九赶紧去了县里的疾控中心，向工作人员咨询狂犬病毒的相关信息。工作人员告诉李九，受伤较重者，最好在二十四小时内注射狂犬免疫球蛋白，身体产生抗体了，基本就不会有事了。他还说，如果不放心，可以去检验一下抗体。国内有资质做检验的疾控中心不多，最近的在天津。

回来一说，妻子也同意带姐姐去天津做检验。为了避免白跑一趟，李九先查了天津市疾控中心的电话，打过去跟对方确认了，他们是可以做抗体检验的。

第二天一早，李九就请了假，一家三口坐火车去了天津，顺利找到了天津市疾控中心。大夫问明情况后，就给姐姐采了血样，然后告诉李九两天后再来取结果。

从疾控中心出来，时间尚早，妻子说："我们找个地方庆祝一下吧。"李九疑惑地问她庆祝啥，妻子笑着让李九猜。李九猜了老半天才恍然大悟：哎呀，今天正好是姐姐十一岁的生日！李九赶忙豪爽地一挥手："走，我们去吃点好的！"

李九想，天津最有名的就数"狗不理"包子了，就带着娘俩来到狗不理包子店。尽管事先有点思想准备，可他还是被五六十元一屉的包子价格吓了一跳。李九转念一想，

难得来趟天津，今天又是妞妞生日，不妨"潇洒"一回，于是一下子点了三屉。

从狗不理包子店出来，一家人心情非常舒畅，一致同意步行去火车站，顺便看看路边的景致。

没走多久，妞妞就走不动了，因她受伤的双腿开始疼痛起来。李九弯下腰对妞妞说："来，老爸背你走。"

妞妞有点不好意思，妻子就硬把她扶到李九的背上，开玩笑说："免费的毛驴，不骑白不骑。"

背着女儿往前走着，李九心里不禁感慨万千：这孩子从小就长得甜美可爱，周岁生日照还作为"福星嘉宾"登过《唐山广播电视报》。刚上学前班时，她就比同龄的孩子懂事。小朋友打架，她会从中调解；见大人干活，她就主动帮忙；遇到老人摔倒，她拼全力扶起；路上捡到东西，她想尽办法归还……加上妻子每天将她打扮得像洋娃娃似的，人见人爱。只可惜，妞妞学习成绩不太理想，李九为此呵斥过她很多次，所以妞妞这两年越来越怕李九，在李九面前都不敢大声说笑了。唉，想起这些，李九心里禁不住一阵阵内疚。

妞妞像是感应到什么似的，她扒到李九耳边轻声问："老爸，你咋对我这样好啊？"

李九扭过脸蹭着妞妞的小脸蛋，说："因为老爸爱你呀！"这是李九第一次对女儿说"爱"这个字，心里那个甜啊，就甭提了！

回到供水站后，李九和妻子天天盼着检验结果。好不容易熬到第三天，李九自己去了天津取检验报告单。当看到单子上写着"抗体测定阳性"，他心里的大石头终于落了地。

妞妞受伤已经一个多月了，虽然走路还是一瘸一拐的，但不能再耽误功课了。因供水站离学校比家里近，李九让娘俩继续住在这里，他每天骑自行车接送妞妞上下学。

本来这件事就要过去了，但一个人的出现，让李九与刘杨之间产生了激烈的矛盾。

3. 气愤难平

这个人也是雨田镇上的，叫"刘花子"。刘花子四十多岁才娶了一个患有残疾的媳妇，他儿子比妞妞还小两岁，刚上小学三年级。因他也总来学校接送孩子，常和李九见面，但彼此并不熟悉。

那天早上，李九和刘花子又在学校门口碰到了。李九看姐姐已进校门，正想转身离开，刘花子忽然在后面叫他："喂，老弟！我向你打听点事。"

李九回头问道："啥事？"

刘花子凑过来说："我听说你闺女被刘杨家的大狼狗咬了？"

李九有点不快地问道："你问这干啥？"

刘花子腼腆地一笑，说："我儿子也被他家的大狼狗咬过。"

李九惊道："啥时候的事？"

刘花子示意李九跟他去没人的地方，然后从头讲述起来。

去年秋天的一个中午，刘花子的儿子放学后去他奶奶家，路过刘杨的养猪场时，也赶上刘杨在野地里遛狗。当时，刘杨正与一个熟人唠嗑，没发现自己的狗扑向了刘花子的儿子。等他听到孩子的惨叫声，心急火燎地赶过去时，已经晚了。刘花子的儿子当时只穿了一条短裤，身旁又没有大人保护，所以右腿的小腿肚子已经被咬了大半个下来，仅一点皮肉连着。

刘杨当时也把孩子抱到了雷晓红卫生室，但雷晓红一看伤情，就连连摆手，让他赶紧去县医院。刘杨这才托人叫来了刘花子，开车拉着他们父子一起去了县医院。

急诊科大夫给刘花子的儿子清洗完伤口，又缝上针以后，让他们住院治疗。刘杨看了刘花子一眼，问回雷晓红卫生室治疗行不行。刘花子没再多说什么，点了点头。

雷晓红一看推不开了，就让他们先去市里打狂犬免疫球蛋白，但刘杨说身上钱不够，回家取点钱就回来，结果等了老半天也不见他回来。刘花子等不及了，就自己带儿

子打车去了市疾控中心。因为刘花子的儿子比较胖，那儿的大夫就给他打了六支免疫球蛋白，总共花了三四千元。"我以为刘杨会把这笔钱补给我，可是他到现在连一个字也未提！"刘花子咬牙切齿地说着，眼里满是辛酸和无奈。

没想到刘杨是这样的人！李九十分气愤："他既然知道自己的狗咬人，为啥还不牵绳就出来遛？"

刘花子叹了口气说："人家哥哥是县看守所的所长，有靠山啊！再说又不是咬咱这一两个了，在我儿子之前，就咬过四五个人了！"

李九一听，火冒三丈："有个当看守所所长的哥哥就这么牛吗？照他这样娇惯恶狗，早晚还得咬人。走，咱俩找他说理去！"

刘花子连连摇头说："我还是算了，我儿子的事都过去这么长时间了，要去你自己去吧。"

去就去！李九骑上车就走了。

到了刘杨的养猪场，门正好开着，李九刚往里一迈步，那条大狼狗便狂吠着向李九扑来，幸好是拴着的。李九特地观察了一下这狗，见它足有牛犊大小，血盆大口一张，像狮子一样。李九暗自思忖：妞妞被咬那天，即使自己在现场，恐怕也难免吃亏呀！

刘杨听到动静，忙从屋子里迎出来，他先将狗喝住，然后请李九到屋里坐。李九说就在门口谈吧，刘杨连忙笑着点头。听说李九要他处理狗时，刘杨立马沉下脸："我的狗虽咬了你孩子，但我该治的伤给治了，该打的针也给打了，养狗是我的自由，用不着别人操心！"

李九把火气压了压，尽量跟他讲道理："你给我们治伤、打针就有理了？你知道我闺女遭了多大的罪，我们忍受了多大的痛苦吗？"

刘杨冷笑一声，说："实话告诉你，我的狗咬的人多了，但没一个找我算账的！远的不提，就说去年刘花子的儿子，被咬得更惨，可人家一点怨言也没有。"

见刘杨如此厚颜无耻，李九怒不可遏："这狗跟你一个德行，都是活人惯的！别人有没有怨言我不管，我肯定是不能让它活着了！"

刘杨狂妄地叫道："谁敢动我的狗一根毫毛，我就跟他拼命！"

李九也撂下狠话："咱们走着瞧！不弄死这畜生，我誓不罢休！"说完，他就去找刘花子。

刘花子虽不敢出头，但愿意向李九提供"情报"。根据他的指点，李九分别找了曾被刘杨的狗咬过的

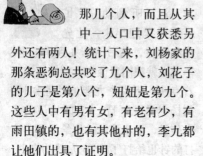

那几个人，而且从其中一人口中又获悉另外还有两人！统计下来，刘杨家的那条恶狗总共咬了九个人，刘花子的儿子是第八个，妞妞是第九个。这些人中有男有女，有老有少，有雨田镇的，也有其他村的，李九都让他们出具了证明。

妻子听说李九要状告刘杨，就劝李九，说过去的事就让它过去吧，孩子没出大事就好。李九说，孩子被咬成这样还不叫大事？这恶狗不除，将来指不定会咬谁呢！妻子又担心妞妞会遭到班主任梁欣的报复，李九把眼一瞪："她敢！把我惹急了，我连她一起告！"

4. 誓惩恶狗

李九当晚就以"恶狗咬伤多人，刘杨良心何在"为题写了一份材料，第二天打印了若干份，相继寄给了多家报社。可信件发出后，李九苦等了半个多月也未等到半点消息。

因为一无所获，李九心里空落落的。这天，他外出办事，中午随便进了一家小饭店，点了一盘饺子和一瓶啤酒，就心事重重地吃喝起来。无意间，李九看到对面墙上的电视里正在播放一档很有名的节目——《英子帮你办》。这节目李九以前看过，主要就是女记者英子以爱心大使的形象，帮全省老百姓解决生活中所遇到的各种急事难事，比如下水道的井盖丢了，公路上的路灯坏了等等。今天播放的内容更加暖心——英子接到偏远山区的求助电话，正带领几个人去帮一位农户捅猪圈里的马蜂窝。

李九心中一动：自己眼前的事不正符合这个节目的宗旨吗？于是，他急忙记下热线电话，饭也不吃了，便从小饭店里走了出来。

李九找了个安静的地方，满怀希望地拨通了那个热线。接电话的果真是个女的，李九难掩激动，几乎是带着颤音讲了自己的请求。谁知对方冷漠地说："这事我帮不了，实在不行，你就找派出所吧。"

李九一时没反应过来，还傻乎乎地问："您说什么？"

对方加重了语气，宛如冷水浇头一般："我帮不了，实在不行你就去找当地派出所吧！"说完，她就把电话挂了。

李九无比沮丧地放下电话，缓缓坐在身后的水泥台上，他想不通，不是说好了"帮老百姓解决生活中的各种急事难事"吗？难道恶狗咬人没有捅马蜂窝重要？

不知坐了多久，李九突然想，让他去找派出所倒也有些道理。不过，听刘花子说刘杨的哥哥是看守所的所长，自己去找派出所还不如去找公安局，找公安局就得直接去找局长。对，就这么办！

李九一进公安局大门，就被门卫大爷拦住了，他问李九找谁。李九说找局长，大爷说局长去市里开会了。李九说副局长也行，大爷说副局长也都出去办事了，让李九明天再来。无奈，李九只得怅然回家了。

第二天一早，李九又去了公安局，门卫大爷告诉李九，今天就王副局长在，但这几天太忙，没有预约不能见。李九心想我一个平头百姓，上哪儿去预约局长呀，便借口说去里面解个手，然后抬腿就往里面走。大爷忙从门卫室里追出来："哎，里面不许随便进，你去别处解手吧！"李九装作没听见，脚下的步子却加快了。大爷边追边喊："站住！你赶快给我出去！"他越喊，李九走得越快，大爷急得扯开嗓子喊："抓坏人啊……"

李九刚走进办公大楼，就"呼啦"围上来好几个警察，其中两个上来将李九的双手反剪到背后。李九急忙解释："同志，我不是坏人，我要找王副局长。"

他们问李九找王副局长干什么，李九还未来得及回答，身后就有人发话道："放开他，让他过来吧！"李九回头一看，就见不远处的办公室门口站着一位警察，一副不怒自威的样子，想必这位就是王副局长了。一进他的办公室，李九就规规矩矩地立正："王副局长，我找您申冤来了！"

王副局长说话很和气，他先让李九坐下，又给李九倒了杯热水，说："申什么冤？慢慢说吧。"

李九心头一热，含着眼泪将女儿如何被狗咬、刘杨如何多次祖护恶狗的经过说了一遍。王副局长听完，想了想说："这样吧，我这几天确实很忙，我现在就给你们镇的派出所所长打电话，让他帮你处理这事，怎么样？"

李九有点担心地说："王副局长，刘杨的哥哥是县看守所所长，我们那儿的派出所会不会……"

王副局长笑道："你放心，如果他们给你处理的结果你不满意，可以再来找我！"

有了王副局长这话，李九哪有不应之理！王副局长给雨田镇派出所打完电话后，李九就乘车回到镇上。

在派出所二楼，派出所所长接待了李九。不过，他的一番话出乎李九的意料。他说接到王副局长的电话后，所里当即查询了相关资料，全国各地对恶狗伤人事件的处理方式都不太一样，就本地现行的管理条例来看，并没有必须将咬人的狗处死的规定。

李九一听急了，没好气地说："没有相关规定，你们就放任不管吗？一定要让它再咬十个二十个的，甚至咬死人了你们才管？"

派出所所长一拍桌子，吼道："我们这是依法办事！不是你想抓人就抓人，你想杀狗就杀狗！"

"既然你们管不了，那我还是找王副局长去吧！"说完，李九转身就要往外走。

"慢着！"派出所所长转变了态度，说，"我们一会儿找刘杨谈谈，下午两点你再过来一趟。"

李九点头答应了。

到了下午，李九准时来到派出所二楼，却发现除了派出所所长外，还有一个中年男人也坐在那里。派出所所长向李九介绍，这是刘杨的哥哥，也是县看守所的刘所长，他们经过上午的调查才知道，刘杨的养猪场占用的是他哥哥的院子，而那条大狼狗其实也是他哥哥养的。

李九明白刘杨这是要拿他哥哥当挡箭牌，同时震慑自己，便直截了当地说："我不管那院子是谁的，也不管那狗是谁的，就知道它已经咬了九个人，必须让它以死抵罪！"

刘所长听了这话，淡淡地说："那你打算怎么让狗以死谢罪呢？还是给报社寄信、请媒体曝光吗？你觉得有用吗？"

李九愣了好一会儿，原来自己之前写材料投诉没有回音，都是这位刘所长从中作梗啊！

这时，派出所所长拍着李九的肩膀说："老兄，冤家宜解不宜

结，你何必得理不饶人呢？我提个建议，让他们在经济上给你些补偿，这事就算过去了，你看好不好？"

刘所长意味深长地说道："我愿意出钱，只要你开口。"

派出所所长帮腔说："这个办法最好！中午我还跟王副局长通过电话，他也咨询了局里的法律顾问，我们确实没有强行处死咬人之狗的法律依据，不信你去问他。"

李九想，看样子他们说的可能是实情，但他过不去自己心里这道坎。李九坚定地摇摇头，说："我不要钱，这不是钱能解决的事。"然后，他毅然走出了派出所。

一路上，李九一直在思考一个问题：人干了坏事都要受到惩罚，为什么狗多次行凶却能逍遥法外？看来这件事只能靠自己解决了。

几天后是雨田镇大集，李九从地摊上买了几包耗子药，又从熟食店里买了一大块猪头肉。李九让店主在猪头肉上划了几道口子，然后找了个没人处，将几包耗子药全撒进了那几道口子里。李九想，这剂量足以让那条恶狗上西天了。

回到供水站，李九先将那块猪头肉藏在角落里，准备天黑后再动手。由于这是李九第一次"作案"，不免心虚，妻子一眼就看出破绽了，

在她的再三盘问下，李九只好道出实情。妻子听后，将李九好一顿数落，她说投毒就是犯法，如果刘杨一家再把死狗吃了，或者卖给狗肉馆，吃出人命，那李九的罪过就更大了！妻子的一番话提醒了李九，他不禁有些后怕，于是忙将那块猪头肉扔进了化粪池。

可是，就这样放过那条恶狗，李九终究是心有不甘。于是，李九特地买了一条好烟去"拜访"他们村的屠户。屠户年轻时经常偷鸡摸狗，在对付恶狗方面颇有手段。

听李九说明来意，屠户教给李九一个既无风险又可解恨的办法，那就是将煮熟的萝卜趁热扔给恶狗。因恶狗大多性情凶猛，尤其是夜深人静时，它见有东西扔过来，必定会上前扑咬，只要萝卜进了狗嘴，它那几颗利牙保证被烫下来。

李九觉得这招不错，虽不能要了那畜生的命，但也能让它彻底丧失咬人的能力。可是，妻子整天在供水站守着，李九暂时还不方便行动，只有慢慢等待时机。

眼看快过年了，妞妞也放了寒假，妻子便带她回家住了。李九想机会终于来了，这天下午就去市场买了几个萝卜，挑一个大个儿的先

泡在电饭锅里，就等着天黑后点火了。

李九正琢磨等萝卜煮熟后，是端着电饭锅去还是裹在厚棉袄里去时，刘花子找上门来了。他一见李九就竖起大拇指，兴奋地说："兄弟，你算是为民除害了，解气！"

李九一头雾水地问："啥为民除害呀？"

刘花子笑着打了李九一拳："别装了！我一猜就是你干的。"

李九严肃起来，说："我没装，快说，到底出了啥事？"

刘花子看李九不像撒谎的样子，这才将实情道了出来。

原来，刘杨的儿子昨天中午过"百日"，他在自己家中办了好几桌酒席。傍晚，刘杨回到养猪场，就发现大狼狗口吐白沫死在院中，显然是被人下毒。刘杨先是抱着死狗大哭，后来又在门口跳脚咒骂，嚷着一定要为他的狗报仇。周围人谁劝也不听，后来还是他媳妇闻讯赶来，生拉硬拽把他劝回屋里，那条死狗也请人就地掩埋了。

听刘花子讲完，李九既惊喜又诧异：在所有被那狗咬过的人中，数李九和刘花子的孩子伤得最重，既然他俩都没投毒，那么又是哪位"天使"替他们出的这口气呢？

这事在李九心里成了一个谜，直到四年后单位倒闭，李九离开了供水站，也没有将它解开。

5. 背后真相

这年腊月的一个午后，李九骑摩托车从雨田镇经过，因为公路上正在堵车，李九便绕道从街上穿行。李九拐进一条狭长的胡同时，见前方有一位三十多岁的圆脸女子正在大呼小叫，原来是一条大黄狗在转着圈地扑咬她怀里的男孩！一见此景，李九立时热血上涌，猛地一加油门，摩托车就像一匹脱缰的野马似的照着那条大黄狗撞去，大黄狗吓得往前一跳，哀嚎着仓皇逃窜了。李九因用力过猛，没来得及刹车就"砰"的一声撞到了对面墙上，连人带车一下子摔出去老远。这下可把李九摔得不轻，用了几次力都未能从地上爬起来。

圆脸女子忙放下还在哭的孩子，跑过来将李九扶起来。她关切地问李九怎么样，李九试着往前走了几步，虽然有些吃力，但感觉问题不大，就说没事，想扶起摩托车继续赶路。圆脸女子却抢先一步将摩托车扶了起来，热情地说："大哥，今天多亏你了！走，前面不远就是我家，把摩托车先放到那儿，我开车带你去医院检查一下。"

李九忙摆手说："不用了，我还有事，你快哄哄孩子吧！"

圆脸女子感激地一笑，说："大哥放心，那狗冲我儿子扑来时，我一下子就把他提起来了，他刚才只是受了点惊吓。"说着，她便将男孩放到李九摩托车的座子上，然后径自推着车向她家走去，李九只好一瘸一拐地在后面跟着。

来到圆脸女子家门口，她先把男孩托给邻居看管，然后将李九的摩托车推进她家院子，又从里面开出一辆轿车，不由分说地把李九扶进车里，直接就去了雨田镇医院。

大夫给李九做检查时，李九才看到自己的两个膝盖都磕肿了，右胳膊也蹭掉了一块皮。不过，拍片结果显示，并未发现骨折迹象，受的都是皮外伤。于是，大夫给李九掉皮的地方抹了药水，又开了一些治疗跌打损伤的药物。

圆脸女子付了医药费后，执意将李九送回家里。李九的妻子见状，忙问发生了啥事，李九正介绍情况，已上高中的妞妞因放寒假在家，听到动静后也从里屋出来。她与圆脸女子一照面，马上惊喜地大叫起来："梁老师！"李九和妻子都愣住了，

仔细一问才知道，这位"梁老师"居然是妞妞五年级时的班主任，也就是刘杨的媳妇梁欣！

李九万万想不到，天下竟会有如此巧合的事！惊讶之余，李九忍不住又想起妞妞当年被狗咬的情景，心中升起一丝怨气，态度也随之冷淡下来。梁欣自然注意到了这微妙的变化，表情也有些尴尬："这……真是太巧了……"

"是太巧了！"李九冷嘲热讽道，"今天真该让你们也尝尝孩子被狗咬的滋味。"

梁欣窘得满脸通红："对不起！当年……"

"算了，你走吧。"李九不想再提当年的事，便下了逐客令。

梁欣勉强笑了笑，说："那好，大哥，我就不打扰了，你在家里安心养伤吧！"她从挎包里掏出一沓钱来，又说道："这是我的一点心意，大哥你留着买些补品。"

李九把头一扭，不再理她。妻子和妞妞都有些过意不去，连连向梁欣表示感谢，并执意将那沓钱塞回她的包里，客气地送她出了门。

娘俩一回屋，妞妞就埋怨李九："爸，你怎么能这样对待梁老师啊？太过分了！"

李九一看姐姐"胳膊肘往外拐",立时火冒三丈:"你懂啥?她当年若是管管她男人,他家的狗会咬那么多的人?还叫'梁欣'呢,我看她的良心被狗吃了!"

妻子知道李九是个倔脾气,连忙假意责怪姐姐:"大人的事你少掺和,你爸还不是心疼你那时受的伤?"姐姐没再争辩,赌气回到了自己房间。

转眼天就黑了,妻子做好了晚饭,但李九和姐姐因各怀心事,谁都不想吃。妻子就两个屋来回跑,做他们父女俩的思想工作。正在这时,门外突然有男人高喊:"大哥大嫂在家吗?我给你们送摩托车来了!"

李九这才想起自己的摩托车落在刘杨家了,难道来人是他?

妻子打开大门,李九从屋内一瞅,果真是刘杨来了!除了李九的摩托车,他还带来一大包东西。李九忙跌跌撞撞地冲到堂屋门口,厉声喝道:"把摩托车放这儿吧,你可以走了!"

刘杨却来到李九面前,拎起那包东西在李九眼前晃了晃,说:"我特地带来了烧酒和狗肉,想跟你喝几杯,你敢不敢?"李九愣了一下,

不知他葫芦里卖的什么药。刘杨顺势又补了一句:"你要是不敢,我马上走人。"

李九这人向来是吃软不吃硬,他当即接受挑战,说:"来呀!谁怕谁啊?"

妻子怕两个大男人借着酒劲打起来,就在一旁极力劝阻。李九不容置喙地摆摆手,吩咐她赶快摆上杯盘碗筷,其他的就不要管了。妻子瞪了李九一眼,怏怏地照办了,然后干脆躲进了姐姐那屋。

刘杨打开烧酒,先给李九倒了半碗,又给自己倒了半碗,然后说:"来,咱干一个!"

李九没理他,自顾自地端起碗来一饮而尽。刘杨笑了笑,也把碗里的酒干了,然后将那包狗肉往李九面前推了推:"狗肉馆里刚出锅的,趁热吃。"李九也没客气,夹起一块狗肉就大嚼起来。

刘杨边给李九倒酒,边说:"大哥,今天我来,其实是想跟你说点掏心窝的话。当年我之所以不让人动狗,说起来还是因为我媳妇梁欣……"刘杨说到这里,故意停下来。

李九一愣,虽然仍没说话,但手中的酒碗不由自主地放了下来,等着听他往下讲。

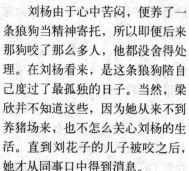

刘杨清清嗓子，从头道来。

当年，梁欣刚回镇上的小学当老师，有一次，刘杨在街上碰见她，就对她一见钟情了。梁欣看刘杨年轻帅气，家里条件也不错，又见他对自己十分上心，最后也就答应了他的追求。两人很快结了婚，可婚后梁欣才发现，她和刘杨性格不是特别合。虽然刘杨本性不算坏，但他什么事都仰仗那个当所长的哥哥，常常用哥哥的身份向人施压，以逃避本该承担的责任。梁欣对刘杨逐渐失望，态度也日渐冷漠。刘杨虽然对梁欣还有感情，但也受不了这种生活，他索性搬离了家，搞

起了养猪场，从此，与梁欣过起了分居生活。

刘杨由于心中苦闷，便养了一条狼狗当精神寄托，所以即便后来那狗咬了那么多人，他都没舍得处理。在刘杨看来，是这条狼狗陪自己度过了最孤独的日子。当然，梁欣并不知道这些，因为她从来不到养猪场来，也不怎么关心刘杨的生活。直到刘花子的儿子被咬之后，她才从同事口中得到消息。

梁欣十分生气，第一次主动去养猪场找刘杨。虽说梁欣是气冲冲地去质问的，但也因此与刘杨进行了深入的长谈。在这过程中，她第一次聆听了刘杨的苦闷与寂寞。念及旧情，梁欣决定再给刘杨一次机会，也给这个家一次机会。不过她再三嘱咐刘杨，赶快将那恶狗处理掉。

刘杨当时满口答应，实际上，他悄悄地把狗送到了朋友家。后来，夫妻二人关系缓和，梁欣怀孕了，也顾不上再过问这事，刘杨又偷偷地把狗牵回了养猪场养着。

梁欣生完儿子没几天，那狗就咬了妞妞。刘杨当时对李九说，让他媳妇梁欣给代班老师打电话，其实他根本没敢告诉梁欣，而是自己跑到学校向代班老师给妞妞请

了假，并求对方保密。

后来代班老师在与梁欣通电话时说漏了嘴，梁欣才知道此事。

得知刘杨一直在欺骗自己，还伙同他哥哥暗中干了那么多不厚道的事，梁欣气得奶水都断了。她知道，跟刘杨说也是白说，便暂时装作不知道。等到给儿子办"百日宴"时，梁欣就将早已准备好的耗子药拌到了几份剩菜里，又从醉醺醺的刘杨那里偷来了钥匙，然后悄悄地溜到养猪场，把那些剩菜全都喂给了大狼狗。

梁欣当时之所以没有承认是她投的毒，一是看刘杨正在气头上，二是考虑儿子太小，怕因此事与刘杨闹僵，影响儿子成长。等儿子稍大一些，刘杨在带孩子的过程中，也逐渐理解了孩子受伤对父母的打击有多大，他开始意识到自己之前处理狼狗伤人一事确实不妥，主动跟媳妇坦陈了心事。这时候，梁欣才把自己给狗下毒的真相告诉刘杨，并让刘杨亲自登门去还刘花子家的医药费。

刘杨有些动情地对李九说："我媳妇长这么大，连一只鸡都不敢杀，毒死那条狗是她第一次杀生……"

这话让李九很后悔自己对待梁欣的态度，但他不想被刘杨看出来，便端起碗来喝酒掩饰。刘杨也喝了一口酒，接着说："大哥，从那以后我再也没养过狗，也改过自新了。今天请你吃狗肉，就是想了结你多年前要杀我那条狗的心愿，并且诚恳地向你全家表示歉意。同时，我也由衷地感谢你不顾安危救了我的孩子！"刘杨说着，起身向李九深鞠一躬。

刘杨走了，李九没有送他，甚至都没起身，他像泥塑一般呆坐在原地，脑子里一片空白。

妻子出来收拾桌子，突然惊叫一声，她在那个装狗肉的包下，发现了一沓钱……

一晃十几年过去，妞妞出落成一个亭亭玉立的大姑娘了。她平日穿着很时尚，但从来不敢穿短裤或短裙，怕被人看见自己的两条小腿，因为那上面有几道蜈蚣似的疤痕和一个比鸭蛋还大的凹坑。妻子呢，自从妞妞被狗咬后，便留下了见到大型犬就浑身哆嗦的毛病。

李九虽然早就不恨刘杨了，但偶尔有人提起那件事时，他的内心就会隐隐作痛。他们哪里晓得，那是李九心中永远的疤啊！

（发稿编辑：曹晴雯）

（题图、插图：杨宏富）

故事会微信号：story63，欢迎添加故事会微信，参与互动！

· 神探夏洛克 · 贝克街上的枪声

这天，夏洛克走在贝克街上。突然，他听到一声枪响，循声望去，只见街边一个老人朝着一扇住宅大门的方向，扑倒在地。他连忙跑过去一看，发现老人背部中枪，已经死了。

夏洛克立刻环视四周，发现附近有两个男人，戴着手套，形迹可疑。夏洛克叫住他们，问道："你们刚才在干什么？"

男人甲说："我看见这位老先生刚要锁门，枪一响，他应声倒地，我便立即跑来看看怎么回事。"

男人乙说："我听见枪声后，不知道发生了什么，看见有人跑了过来，我也跟着跑过来了。"

夏洛克看了看老人倒地的位置和房门，很快揪出了凶手。

你知道是谁开枪杀了老人吗？为什么呢？

超级视觉

根据远小近大的原理，这样有创意的"灯泡"就出现在了画面中。旅行时，我们也可以效仿此法拍出很多有意思的照片，快试试看吧！

疯狂 QA

民航局开张。打一成语。

想知道答案吗？

1. 购买 2023 年 7 月下《故事会》。

2. 扫二维码：

动感地带，与您不见不散！
上期答案见本期 P85。

荀慧生补牙

一次，京剧四大名旦之一的荀慧生应邀到天津演出。不料临到演出，他却主动推迟了。原来，由于前两天他牙龈发炎，两个牙之间的缝隙有所增大。于是，他特地去补牙了。为此，荀慧生对剧场老板说："推迟了演出，实在抱歉。我可以在白天加一场。"有人问荀慧生："牙缝那点小事，何必认真？"荀慧生说："牙不关风，吐字不准，看来事小，等上台就是大事了。我不能辜负了天津父老乡亲的一片热望啊！"

(刘永加)

随口一说

晋孝武帝司马曜宴请群臣时，举杯问道："诸位爱卿，朕的治国才能可与过去哪位帝王媲美？"青州刺史答道："陛下文韬武略，盖世超群，光武帝刘秀只配当陛下的徒弟，汉高祖刘邦只能望着陛下的后脑勺叹气。"司马曜眉开眼笑，立马宣布："好！赐良田千亩，锦帛千匹！"青州刺史磕头如捣蒜："谢主隆恩！"司马曜见状大笑："不用谢朕，朕刚才乃是随口一说。你用假话捧朕，朕也用假话赏卿，有来有往嘛！"

(赵元波)

司马绍的妙答

西晋末年，司马睿镇守建业。一次，长安的使者来了，司马睿随口问年幼的儿子司马绍："你说长安与太阳，哪个离我们远？"司马绍答："当然太阳离得远。使者是从长安来的，谁听说过有人是从太阳那儿来的呢？"第二日，司马睿大摆宴席，为了显示儿子聪明，他又提出昨天的问题。哪知这次，司马绍答："是太阳离这儿近。"司马睿问："昨天你不是说太阳远吗？"司马绍笑说："抬起头，就可以看得见太阳，可是有谁能从这儿看见长安呢？"

上坡和下坡

那一年，梁实秋在重庆郊外与友人合买下一个小院。由于重庆为山城，他的屋子依坡建在半山腰，屋内地板依山势而铺，一面高，一面低，坡度甚大。一天，几个学生来家里做客。他们气喘吁吁地爬坡上来，没想到进屋后还得再上坡。梁实秋便风趣地解释："其实我甚是喜欢屋里的'上坡'和'下坡'。你们想想，每日由书房走到饭厅是上坡，这样既可以锻炼身体，还可多吃一碗饭；饭后再鼓腹下坡，又可顺便消化刚才吃的食物，实乃幸事一件。"

（姚泰川）

纪晓岚索球

纪晓岚小时候，有一次和小伙伴在街上踢球。恰巧有个知府的轿子经过，球不知被谁一脚踢进了轿子。小伙伴们吓得一哄而散，唯独纪晓岚从容地走上前去，索要那只球。知府得知眼前是远近闻名的神童，就说："我出个对子给你——童子六七人，唯尔狡。"纪晓岚答道："太守二千石，独公……"知府问："为什么不对全？"纪晓岚说："大人如果把球还我，即为'独公廉'；倘若不还，即为'独公

贪'。""太守"正是知府的别称，知府一听，"哈哈"一笑，把球还给了纪晓岚。

丁讽假死

宋朝有名官员叫丁讽，好喝酒。他退休后，家中贫困，无以为生。一天，丁讽让侍妾传出风声，就说自己"死"了。第二日，果然有很多宾客送来纸钱和丧仪，还有提着酒肉来祭奠的。丁讽见状很开心，对侍妾说："酒肉我先吃了，纸钱留着，以后还派得上用场。"后来，此事被当地人传为笑柄。

佛像中的炼丹书

传说北宋教育家程颢曾经在佛寺研习学问。一日，他发现寺中佛像被老鼠咬破了，里面竟然还有一本书。他取出书一看，是关于炼丹的。程颢很感兴趣，对着抄录了一遍后，把书依旧放回佛像里。后来，程颢根据书中的记载炼出了黄金。有人劝他服食以得长生，程颢笑道："黄金只能涂在泥像外面，我心里不需要这个。"于是后来，他把黄金施舍到了寺庙中。

（本栏供稿：小　俊）

（本栏插图：孙小片）

从小，爷爷奶奶就教导我不要占别人的便宜，但是有一天，我忽然发现，他们似乎并没有很好地做到"言传身教"……

事情还要从我们的邻居说起。听奶奶说，邻居是一对"神龙见首不见尾"的老夫妇，因为子女常年生活在美国，他们平时就住在东北老家，很久才来上海住一次，我们家也习惯了他家铁将军把门的状态。

这不，距离上次他们回来住已经过去了两年。

最开心的是我爷爷，之前他打完高尔夫球回来，还得费劲地把车停到自家车位，现在直接往邻居家的车位里一停，就下车了。接我上下学，爷爷也很自然地把车停在邻居家的车位上，俨然已经把人家的车位当成自家的了。

我很疑惑，便问爷爷："我们自己有车位，你为什么还把车停在别人的车位上呢？这不是占别人

"爱占便宜"的爷爷奶奶

□ 上海市嘉定区怀少学校 蔡欣航

84

便宜吗？"爷爷笑了笑，对我说了一句"小孩子家管那么多干什么"，然后就把我赶走了。

奶奶似乎受了爷爷的"启发"，也开始占起邻居家的便宜来。那时，上海刚开始进行垃圾分类，为了响应号召，妈妈在网上买了四个垃圾桶，幸亏我家门口有个小院子，用来放这四个垃圾桶绰绰有余。可是，奶奶的举动又让我看不懂了。垃圾桶送到的那天，奶奶直接拖着"可回收""有害"和"湿垃圾"三个垃圾桶往邻居的小院子里一摆，只留了"干垃圾"一个桶放在自家院子里。

又过了一段时间，奶奶干脆在邻居的花圃里种起辣椒、向日葵来，不仅如此，她还把家里品相不太好的花花草草通通搬到邻居家门口的台阶上。冬天来了，邻居的院子里多了一根粗绳，上面挂着腊肉、腊肠，不用想，这又是奶奶的"杰作"。我心想：这是把邻居家当成自己家了，真夸张，怎么不直接住进去呢？这便宜占得也太厉害了！

前几天晚上，门铃突然响起，原来是邻居老两口从东北回来了，他们还拎来了大袋小袋的土特产。我正想向他们"控诉"爷爷奶奶"占便宜"的事，邻居奶奶先对我奶奶说话了："嫂子，真是谢谢你和大哥了，要不是你们费心，我家可能早就被小偷'光顾'了。"我一脸惊讶，只听她接着说道："记得三年前，咱们小区一户人家在外地三个月没回来，小偷把值钱的东西都拉走了……"

听了这话，我才恍然大悟：原来，爷爷奶奶这样做是想让人认为这房子有人住，这样小偷就不敢来了。

爷爷奶奶"占便宜"的举动真正地诠释了"远亲不如近邻"这句话，他们不怕被误解，默默地帮助邻居守护着家园。我为爷爷奶奶点赞！

（"我的青春我的梦"第三届中小学生故事会征文获奖作品选登）

（指导老师：燕　子）

（发稿编辑：吕　佳）

（题图：孙小片）

2023 年 6 月（下）动感地带答案

神探夏洛克答案：肇事车司机在行驶一小段后，将车子调头行驶，前来追赶的交警因思维惯性，注意到了同方向前面有无肇事车，却忽视了反方向的汽车，从而造成了疏漏。

思维风暴答案：周五。

□【日】丰岛与志雄

天下第一的黑马

山村里有个叫甚兵卫的马夫，他一有钱就及时行乐，没钱了才会去干活。

甚兵卫早上出门，前往林场，把砍倒的木材装在自己的马车上，让脖子上系着铃铛的黑马拖着车子，赶往二十公里开外的镇上，傍晚时分才能到家。这匹马是甚兵卫的骄傲，它有着世间罕见的黑毛，个子很高，骨架也很壮，它甩着尾巴在街道上大步向前，醒目极了。甚兵卫非常疼爱这匹黑马。

冬季里的一天，甚兵卫像往常一样将木材装上车。中午时分到了镇上，把木材卸在商人的院子里，

甚兵卫正要回家，天空中却稀稀落落地飘起了雪花。甚兵卫为了不让黑马淋到雪，就在路边的茶屋休息了两三个小时。等雪终于停了，他便急急忙忙地往家赶。

因为在途中耽搁了，马车走到一半，天色就暗了下来。当甚兵卫来到一座山崖下时，突然，从草丛中蹿出一只黑乎乎的、猫咪大小的动物。它双手撑在地上，在甚兵卫面前不停地鞠躬行礼："师傅，求求你，救救我吧！"

甚兵卫吓了一跳，他仔细一看，它的脸既不像人也不像猴，手脚的前端长着山羊蹄，穿着一件漆黑的

皮背心，背心下面露出一条小尾巴。

"哎呀，真是个奇怪的家伙！"甚兵卫说，"你到底是谁？"

"我是山里的小和尚啊！"

"山里的小和尚？"

这时，甚兵卫突然想起了一本书上的画。那是一幅描绘魔鬼的画，画上，魔鬼的脸既像人又像猴，手脚的末端长着蹄子，有一条小尾巴，穿着一件黑色的背心。

"别说谎了，你是魔鬼的孩子吧！"

"是的，我是魔鬼的孩子，也是山里的小和尚。"

"哈哈，你原来是魔鬼的孩子啊！"甚兵卫笑了起来，"你怎么会在这种地方游荡？"

小魔鬼说，几天前，它从山上下来玩耍，一条猎犬突然蹿了出来，对它紧追不放，最后把它的尾巴咬断了半截。它好不容易逃出来，但因为最重要的尾巴被咬掉一半，失去了飞上天空的本领，只好在山下的草丛里躲着。到了晚上，到处都能听到狗叫声，它吓得不敢出

来觅食，尾巴上的伤口也疼得厉害，实在没办法了，只好向路过的甚兵卫求助。

原来如此，甚兵卫仔细一看，小魔鬼瘦骨嶙峋，尾巴上还有一道伤口，在寒风中瑟瑟发抖。

甚兵卫问："我还没救过魔鬼，该怎么办才好呢？"

"没什么难的。"小魔鬼说，"请你把黑马的肚子借我暂住。时间不长，到二月底就可以了。到了三月，天气渐渐暖和起来，我尾巴上的伤也就好了。在那之前，请让我寄宿在黑马的肚子里，我绝对不会干坏事的，而且，在我寄宿的这段时间，我会让你的黑马拥有十倍的力量。拜托了！"

甚兵卫听后想，这事还得征求一下黑马的意见，不知黑马是否听

懂了刚才的对话。他看向黑马，只见黑马同意似的点点头。甚兵卫说："马像是知道了，那就借给你吧。不过，只能借到二月底哟。"

小魔鬼非常高兴。甚兵卫扳开马嘴，小魔鬼一下子飞了进去，瞬间就钻进马肚子里，速度快得惊人。甚兵卫见了，"哈哈"大笑起来。

回家的路上，甚兵卫朝黑马挥了一鞭，黑马发出一声高亢的嘶鸣，加快了速度，就像在空中飞行一样，没多久就到家了。

从第二天开始，正如小魔鬼所说的，甚兵卫的黑马拥有了十倍的力气。不管山坡有多陡，它都能将堆满木材的货车"咣当"一声拉过去。从家里到镇上往返一次，以前要花一天时间，而从那天起，不管车上装了多少木材，黑马都能轻轻松松地来回三次。一路上，甚兵卫只要舒舒服服地坐在车上就行了。每天一回到家，他就给黑马喂上高级的干草、麦子、豆子等食物。马匹的毛色越来越有光泽，漂亮极了。

大家看到这黑马如此强壮，都羡慕不已。有人对甚兵卫说："能不能把这马卖给我？"甚兵卫听了，只是笑笑，不作回答。

曾经懒散的甚兵卫现在每天都忙着运送木材，赚了很多钱。转眼快到二月底了，甚兵卫惊奇地发现，马的肚子渐渐大了起来。他心想，这一定是马肚子里的小魔鬼在作怪，但既然说好让小家伙待到二月底，那也没办法了。黑马虽然肚子大了点，但其他的都和以前一样，一点也看不出生病的样子。

三月一日拂晓时分，甚兵卫听到马棚里传来了嘶叫声。他吓了一跳，起床走过去一看，只见黑马咬紧牙关，痛苦地跳来跳去，无论怎么安抚，都无法使它平静下来。

"甚兵卫，甚兵卫……"忽然，不知从哪里传来了呼唤声。甚兵卫仔细一听，这声音像是从马嘴里发出来的，于是他把耳朵贴在马嘴边。

"甚兵卫，是我。"

听到这声音，甚兵卫恍然大悟："呀，是你啊，你怎么还在马肚子里混着呢？今天是三月了，约定的期限已过，你快出来吧！"

这时，小魔鬼在马肚子里说道："其实，我遇到了麻烦。我在马肚子里快活极了，每天都能吃到很多好东西，现在长得太胖啦！我刚想钻出来，就卡在马的喉咙口，出不来啊！你快想办法让马打一个大大的哈欠。打哈欠时，它的喉咙和嘴巴都会张得大大的，我就能从里面飞出来了，否则，我只能咬破马的肚皮出来。如果你使马打哈欠让我出来，我就将这匹马的力量增大一百倍作为谢礼。"

甚兵卫答道："好的，我来让它打哈欠，你耐心地等着。"

甚兵卫用手指戳了戳黑马的肋部，又把细棒插进马的鼻孔里，但黑马只是痒痒地打了个喷嚏，就是不打哈欠。这样下去的话，马肚子里的魔鬼会越长越大，只能咬破肚皮出来。想到此，一向不慌不忙的甚兵卫也感到为难了。

甚兵卫向村里的人打听，怎么能让马打哈欠，可是没人知道。甚兵卫好后悔呀，当初真不该把马肚子借给小魔鬼。他回到家，呆呆地盯着黑马，像是在跟黑马做最后的告别。

盯着盯着，甚兵卫的眼睛有点酸，他奔波了一天，疲惫极了，不由得打了一个大大的哈欠。黑马见了，也跟着打了一个大大的哈欠。就在这时，一个胖魔鬼突然从马嘴里飞了出来。

"甚兵卫先生，谢谢你让我寄宿在马肚里，今后你的黑马会增加百倍的力量哦！"魔鬼说完，高兴地摇了摇长好的尾巴，朝远处飞去。

从那以后，甚兵卫的黑马有了百马之力，人们都惊叹不已。甚兵卫常驾着马车在街上逛来逛去，悠闲地哼着小调——

就算它是魔鬼，

有难就让它住下，

黑马吞下魔鬼。

我打了个哈欠，

黑马也打了哈欠，

天下第一的黑马。

（编译：虞秋生）

（发稿编辑：吕　佳）

（题图、插图：孙小片）

桥

□ 魏海亮

河东乡和河西乡，两乡之间有着一条河。河上没有桥，两乡人来往，仅靠何老汉的一条渡船。渡河的人有时少，有时多。人少时，何老汉要等人坐满了才开船，急得有事的人在河边走来走去；人多时，没坐上船的人也只能望河兴叹，真是既误事又不便。

河两岸的乡民就呼吁乡政府建桥，最先呼吁的是河东乡的人，因为这条河的辖地是河东乡的。河东乡政府因为财政吃紧，就找到河西乡政府协商共建。理由明摆着，建桥是为了两岸乡民来往方便。河西乡政府却认为，河在对方的辖地，理应对方建，但他们不会这样说，也以财政吃紧为由婉拒了。

建桥一事就这么搁置了下来。

后来，河东乡来了一位医术高明的归国华侨，为了造福乡梓，他在河东乡建了一家医院。华侨带领医护人员，治愈了许多疑难杂症，名声传遍了十里八乡。河西乡的乡民为了方便看病，就再次呼吁乡政府和河东乡共同出资建桥。河西乡政府感到民意难违，研究后准备拿出三分之一的资金，主动找河东乡政府协商建桥一事。

河东乡政府知道，河西乡政府是冲着华侨名医来的，于是提出双方对半出建桥资金。这下河西乡政府不愿意了，说他们实在拿不出更多资金，要是有资金的话，他们也不会等到现在。河东乡也不肯松口，说确实资金紧缺，不然不会叫兄弟政府帮助。双方的理由都冠冕堂皇，刚刚露出的建桥曙光，又被乌云遮住了。

何老汉依然用双桨划着渡船，随着时间推移，两岸的乡民对建桥都不抱希望了。

谁也没想到，突然有一天，桥却轰轰烈烈地开建了，两岸的乡民都喜出望外。

历时一年，众人期盼中的大桥终于建成。剪彩时，大桥上彩旗飘飘，桥头桥尾聚满了像过节一样高兴的乡民。欢声笑语围绕着大桥，每个人都在分享着过往的辛酸和今天的喜悦。

两乡的乡长拿着亮光闪闪的剪刀，剪断扎在桥两端的红色丝带。顿时，锣鼓喧天，鞭炮齐鸣。两岸的乡民一起鼓掌，都由衷地感谢乡政府，想两岸百姓之所想，最终搁置争议，克服困难，精诚合作，为民造福！

大桥建得太及时了，剪彩后的次日，西装革履、胸戴红花的河东乡乡长的公子，带着豪华的车队，娶走了身着漂亮婚纱、貌美如花的河西乡乡长的千金。

（发稿编辑：吕　佳）

（题图：孙小片）

良辰吉日

□ 有时候

这天，阿颖路过一个街口，看见有个老头坐在一张破旧的小桌子后头，桌旁立了个牌子，上面写着——"算卦"。

这年头还有人摆摊算卦？阿颖好奇地多看了老头两眼。

老头笑眯眯地问："想算什么？算到您满意为止。"

阿颖最近确实有一桩心事，便停下脚步，问："我们家想换房子，

您能不能算算，什么房子合适？"

老头点点脑袋，又问："对房子有什么具体要求吗？"

阿颖想想，说："我和老公最怕吵闹和噪声，希望房子的周围环境能安安静静的。"

老头将了将胡子，摇头晃脑地说："想找到合心意的房子，第一步，得挑个良辰吉日去看房。"接着，他拿出纸笔，埋头一番苦算。阿颖等啊等，老头终于一拍桌子："算出来了！今天就是看房吉日。"

阿颖一愣，问："明天和后天不行啊？"老头摇头，指指结果，说："天意不可违。"

阿颖问："可是，我老公今天没空陪我看房呀，怎么办呢？"

老头耐心地说："没事，我再来算算。"说着，他又在纸上奋笔疾书起来，过了一会儿，他说："结果算出来啦，大后天去看房也行！"

阿颖有些不甘心地问："你倒是告诉我，为什么今天和大后天都行，偏偏明天和后天不行？"

老头将着胡子，神秘地笑笑，说："天机不可泄露。"

有个路人一直在旁边围观阿颖算卦，这时，他把阿颖拉到一旁，说："大姐，我告诉你为啥明后天不行。明后天高考日，全市禁止噪声。你去看楼盘，咋能知道附近吵不吵？"

（发稿编辑：陶云榴）

车子出事了

□ 周月兰

老陈在一个高档小区当保安。这天，他正在值班，突然接到队长电话："6号楼的金太太说她家车子出事了。她脾气大，问她啥事，她偏不说，非要我去看不可！我走不开，你替我去！"

老陈一惊——金太太是新搬来小区的一名贵妇人，和物业打过几次交道，出了名的难缠。最近她刚拿到驾照，买了一辆崭新的豪车，这要是出事，绝非小事啊！

老陈立马赶到金太太的专属车位，一瞧，车位空着，车子却胡乱地停在一边。老陈围着车子转了三圈，再三检查，没有问题啊！

只听一旁的金太太抱怨道："亏你们整天盯着监控，难道没看见出事了？有人动了我家的车！"

车……不是在这儿吗？老陈瞥了一眼豪车，更糊涂了。当然，金太太气势逼人，老陈只得按她的要求回去看监控。看了才发现，原来几个小时前，金太太的子母车位上还停着一辆旧电动车。

这是谁的车？居然敢停在这儿，难怪金太太生气！好在监控显示，没过多久，有个年轻人过来把电动车骑走了。老陈松了一口气，赶紧埋头检讨，说以后一定加强管理，不让无关车辆乱停。

哪料金太太指着监控屏幕破口大骂："臭小子，竟敢把我老公的电动车偷了！"

啥，偷电动车？贵妇人的老公竟然骑电动车？老陈心里嘀咕，但嘴上还是赶紧赔礼："太抱歉了，我们一定帮您把车找回来，实在不行……赔您一辆也成！"

"要赔就现在赔啊！"金太太又急又气，"电动车没了，我倒车进库没参照，叫我怎么停车啊！"

（发稿编辑：丁娴瑶）

事不过三

□ 陈 新

大牛和瘦猴是儿时伙伴，现在还是邻居。两人常常为了一件事争论不休，最后都是靠摔跤定输赢，输的人除了服软，还要请吃饭。瘦猴个子瘦小，每次都会被人高马大的大牛压在身下，以失败告终。

这天，大牛和几个邻居聊天，瘦猴也在。不多久，大牛和瘦猴争论起来，两人决定用老办法——摔跤来让对方服软。尽管他们都已步入中年，但还跟儿时摔跤那样。根据以前的经验，大家都认为瘦猴肯定会输，可这次，瘦猴竟把大牛死死地压在身下。一个邻居啧啧称奇：

"瘦猴输了半辈子，这次终于赢了。莫非他偷偷去哪里练了神力？"瘦猴笑而不语地走了。

后来，两人相安无事了一阵子，不过瘦猴每次见到大牛都会凑上前去，举止神神秘秘的。一天，他又突然走到大牛身后，大牛不爽地说："你老鬼鬼祟祟的，想干吗？"瘦猴故意挑衅道："你管得着吗？要不要再摔一跤，请我吃顿饭啊？"大牛一听这话，上去就和瘦猴扭打在一起。这次还是瘦猴赢了。

瘦猴赢了两回，得意极了。过了几天，邻居们又在闲聊，瘦猴在大牛身旁转来转去，言语间很不把他放在眼里。大牛倒比往常淡定："你是不是又想找我摔跤了？"瘦猴爽快地说："来啊，恐怕你又要请客了！"谁知这次，大牛竟不费吹灰之力就赢了。瘦猴十分惊讶："你不是肩周炎发作了吗，行动怎么还这么利索、这么有力气呢？"

大牛笑道："我知道你前两次是闻到我身上活络油的气味，发现我肩周炎发作，趁机打败了我。俗话说，事不过三。我今天故意在身上抹了活络油，让你闻到……今天，该你好好请我吃一顿啦！"

（发稿编辑：曹晴雯）

大龙和小娟两口子新买了一套房，很快两人带着儿子搬了进去，儿子正好能在附近的小学上学。

亲友们约好了来大龙家共贺乔迁之喜。席间，大伙轮番和大龙碰杯。大龙来者不拒，最后喝高了，竟然连银行卡密码都往外说！好在小娟及时阻止，密码只说了一半。

这天，大龙和小娟在小区里碰到了邻居阿姨。她主动打招呼，然后说："下次少喝点酒，银行卡密码外泄可不是小事！你那密码前几位数都是重复的，得改啊！"两口子点点头，走了老远才反应过来：奇怪，邻居阿姨咋知道大龙喝酒后报银行卡密码的事呢？

过了几天，小娟的痔疮犯了，她不得不去做了个小手术。有天傍晚，小娟散步回来，脸色十分难看，大龙问她怎么了。小娟不情不愿地说："我散步时碰到了邻居阿姨，她一见到我就说，'你才做了痔疮手术，要多休息，少走动。'太尴尬了，她咋知道我做了痔疮手术？"

大龙摇摇头："我咋知道？"

一次，小娟加班回家，看到家里一团乱，大龙和儿子却在埋头打游戏。她气得和大龙大吵一架，扬言要离婚，儿子的抚养权也不要了。

后来，小娟在楼下又碰到了邻居阿姨。小娟本想躲着走，谁知阿姨拉着小娟说："闺女，气归气，但夫妻还是原配好，而且当着孩子面说放弃抚养权，多伤孩子心啊！"

小娟再也忍不住了："阿姨，谢谢你的劝告，可你先告诉我，为什么我们家的事你都知道呢？"

邻居阿姨笑呵呵地说："不瞒你说，我闺女是你儿子的小学老师，你儿子什么事都往外说，这些都是我闺女听到后告诉我的！"

（发稿编辑：曹晴雯）

你是怎么知道的

□ 耿文涛

高级蜂蜜

□ 徐 满

老张这人脾气倔，爱逞能，是出了名的犟老头。这人啊，年龄大了，眼睛就花了。老张也不例外，可他不服老，无论怎么劝，都不肯戴老花镜，为此闹了不少笑话。

就在前一阵，老张开始便秘，几天也上不了一次厕所。老张本人倒不在意，却急坏了他儿子大壮。大壮特地请假带老张去了诊所。大夫检查后说，可能是上火导致肠道干燥，多喝点蜂蜜水就好了。

于是，大壮把老张送回家后，

就去楼下超市买了一瓶椴树白蜂蜜，放到了冰箱里。他对老张说："老爸，你记得每天拿这个蜂蜜泡水喝。"老张满口答应："放心吧，这点小事我还忘不了，你快回去上班吧！"大壮再三嘱咐后，便回去工作了。

等到周末，大壮又来看老张，问他这几天怎么样。老张支支吾吾，说感觉蜂蜜倒是有点用，就是味道怪怪的。大壮摸了摸脑袋，说："难道是我蜂蜜买得不好？"老张一挥手，说："哪能啊！你这蜂蜜指定是高级蜂蜜！"

大壮听了，丈二和尚摸不着头脑，忙问："老爸，你为啥说这个蜂蜜高级啊？"老张笑了笑，说："之前买的蜂蜜都齁甜，我怀疑里面放白糖了。这回买的蜂蜜没啥甜味，一看就是真材实料！"

大壮越来越糊涂了，哪有蜂蜜不甜的？于是他连忙让老张带他去看蜂蜜。老张打开冰箱，用手指了指，说："喏，不就是那个……"

看到老张指的东西，大壮哭笑不得："老爸，这次你要听我的，咱们怎么也要配一副眼镜了。"

原来，这几天老张泡水喝的，根本就不是大壮买的白蜂蜜，而是放在旁边用来炒菜的猪大油！

（发稿编辑：曹晴雯）

（本栏插图：顾子易 小黑孩）

中国十大廉洁故事评选

每篇奖金 3000 元

兴廉洁之风，树浩然正气。为加强新时代廉洁文化建设，鼓励广大作者创作出老百姓喜爱的廉洁故事，上海金山山阳廉洁文化基地与《故事会》杂志社，联合推出2023年中国十大廉洁故事评选活动。

评选范围： 2023年《故事会》有关栏目发表的"廉洁故事"，如新时代廉洁故事、中华传统文化中的廉洁故事、红色廉洁故事、家风家训廉洁故事等。

评选方法： 专家评选及网络投票。

奖项设置： 获奖作品奖金为每篇3000元，全年共10篇，并颁发获奖证书。

投稿方式： 欢迎广大作者踊跃来稿。邮箱：gushihuilianjie@126.com。老作者可直接投给固定联系的编辑。篇幅控制在3000字以内。作品后请附：姓名、地址、手机号、身份证号、开户银行信息及账号。

其他说明： 获奖作品著作权归作者所有，主办方享有使用权、发布权和改编权，凡参赛者视为接受本项约定。

中国十大幽默故事评选

最高奖金 每则 4600 元

为鼓励广大作者创作出老百姓喜爱的幽默故事，中国幽默故事基地上海金山山阳镇与《故事会》杂志社，联合推出 2023 年中国十大幽默故事评选活动。

评选范围： 2023 年《故事会》"幽默世界"栏目发表的所有作品。

评选方法： 1. 每季度评选出 6 篇季度奖作品；2. 荣获季度奖的作品再参加年度总决赛，经专家评选及网络投票，评选出 2023 年中国十大幽默故事。

奖项设置： 季度奖奖金为每篇 1000 元，全年共 24 篇；年度奖奖金为每篇 3000 元，全年共 10 篇。年度奖获奖作品将颁发获奖证书。

征文信箱： gushihui999@126.com。请作者自留底稿，参赛稿一律不退。

《故事会》杂志社地址：上海市闵行区号景路159弄A座307-308室，邮编：201101

给父母一个惊喜

田芳　故事会绿版编辑

Tian Fang Stories Editor

小张是个年轻的北漂，这天，他在手机上刷到了一组子女瞒着父母、偷偷回家探亲的短视频。视频里，有妈妈看到突然坐到身边的儿子，激动得又哭又笑，成了表情包；还有个妈妈打开门，发现快递员是儿子假扮的，她激动得大喊大叫，而年过半百的爸爸奔出来，竟开心地一把抱起儿子……

小张看着笑了，笑着哭了，于是心血来潮地想模仿视频，给父母一个惊喜。然后，他请了假，兴冲冲地赶回家。起初，父母看到他既感到意外也很开心，但很快就开启了质疑的唠叨模式："你是不是还没吃饭？怎么不提前说一声？家里都没什么菜，我这就出去买。""你咋突然回来了？没发生什么事儿吧？身体和工作都还好吗？"小张这才意识到，自己好像突然打乱了父母的生活节奏，又让他们下意识地担心自己，是不是因为遭遇了什么变故，才没顾得上打招呼？看得出来，他们似乎不太喜欢这样的惊喜，小张有点失落。

不久后，小张看到了相声演员岳云鹏分享的一则故事，犹如醍醐灌顶一般。多年前，岳云鹏也打算给父母一个这样的惊喜。到家的时候，门大开着，他看到妈妈坐在院子里洗衣服。岳云鹏喊了一声："娘，我回来了。"妈妈听到声音，站起来问："你啥时候回来的？"岳云鹏说："我想给你一个惊喜。"妈妈却连说三个"不中"，她解释道："如果你提前一个礼拜跟我说你要回来，我能高兴一个礼拜；你要提前一个月跟我说，我能高兴一个月。"这话让岳云鹏大为震撼，他意识到了自己做法的不妥，从那以后再回家，他就一定会提前告诉妈妈。

原来，对年迈的父母来说，有一种幸福叫守候孩子的归期，这种盼头比惊喜更让人快乐，得到的喜悦更真实也更踏实，因为正如钱锺书所说："约着见一面，就能使见面的前后几天都沾着光，变成好日子。"

（插图：陈明贵）

779

CONTENTS

2023
SEMIMONTHLY
7月下半月刊

扫二维码，可听全本故事。

开门八件事，扫码听故事。一本可读、可讲、可传、可听的全媒体杂志。

故事会

绿版·下半月刊

社　长、主　编　夏一鸣
副社长　张　凯
副主编　朱　虹　吕　佳
本期责任编辑　田　芳
电子邮箱　greygrass527@126.com

发稿编辑

朱　虹　王　琦　赵媛佳　彭元凯
美术编辑　郭瑾玮　王怡斐
红版编辑部电话　021-5320 4060
绿版编辑部电话　021-5320 4048
地址　上海市闵行区号景路159弄A座3楼
邮编　201101

主管、主办　上海文艺出版总社
出版单位　《故事会》编辑部
发行范围　公开

· 出版发行部 ·

发行业务　021-5320 4165
发行经理　钮　颖
媒介合作　021-5320 4090
广告业务　021-5320 4161
新媒体广告　021-5320 4191

· 融媒体中心 ·

《故事会》微博　@故事会
《故事会》微信　story63
故事中国网　www.storychina.cn
《故事会》网店
shop36332989.taobao.com

故事会公众号　　故事会小程序

国外发行　中国图书贸易总公司
印刷　上海四维数字图文有限公司
发行　中国邮政集团公司报刊发行局总发行
国内代号　4-225　　定价　8.00元

银子少了

有个放高利贷的财主，丢了一包银子。过了一个多月，拾到的人原封不动地给他送了过来。财主把银子点了点，忽然皱起眉头来。

拾钱的人担心地问："怎么了？难道银子少了？"

财主哭丧着脸说道："银子虽是原封未动、分毫不差，可是一笔利息白白跑掉了！"

（暮 春）

（本栏插图：包丰一）

睡不着

半夜，老婆把老公推醒，说："我心里装着事，本来不想跟你说的，可不说出来，我就睡不着。"老公揉揉眼，说："那就说出来，我听着。"

老婆说："下午，我在沙发垫子下捡了1000块钱。"老公一听，"腾"地坐起来，半天没说话。老婆接着说："说出来心里畅快多了，睡觉！"这时，只听老公在黑暗中幽幽地说："可我睡不着了。"

（笑熬糨糊）

选 择

小王对哥们说："有两个女孩追我，一个是别人介绍的，另一个是亲戚介绍的，她们俩的条件不相上下。你说我该选谁啊？"

哥们说："当然要选亲戚介绍的那个女孩啊。"

小王不解："为什么呀？"

哥们说："你以后要是和那个女孩结婚了，不就可以多收一份份子钱了吗？"

（发际线突出）

画老鼠

美术课上，老师手把手地教一个学生画老鼠。老师一边画，一边不时地看看学生是否在认真学。

过了一会儿，学生满脸委屈地说："老师，您画老鼠干吗老瞅着我啊？"

(离萧天)

爱面子

有个大学生特别爱面子。这天，他在地摊上买了个包，提着回学校的路上，有个同学见了说："你这包好难看啊！"他说："唉，我妈给买的。"

不一会儿，又一个同学遇到了他，说："哟，你这包好漂亮啊！"他说："嗯，买给我妈的。" (史志鹏)

什么病

一个贵妇闯入一间公寓，对里面的人说："医生！快告诉我，我究竟得了什么病？"里面的人打量了她一番，然后说："夫人，我有三件事正告您：第一，您的体重必须减少50磅；第二，如果您少抹90%的胭脂和口红，将会比现在漂亮得多……"

贵妇有点急了，打断对方说："那我究竟得了什么病？"那人说："这个我无可奉告，因为我是画家，而医生住在楼下。这也是我要告诉您的第三件事。"

(凹凸曼)

介绍对象

邻居给大龙介绍对象，说女孩学历高，个子高，人能干，工作好，家庭条件很不错，问大龙要不要见一见。大龙刚想说见一下，老妈就抢着说儿子现在有对象，不需要了。

等邻居走了，大龙不解地问老妈："妈，那女孩条件那么好，您怎么不让我去啊？"

老妈淡淡地说："人家说了那么多，都没有说长相，你心里没点数嘛……"

(苏格兰没有底)

小中奖

小李买彩票中了200元奖金，他高兴地对公司的女神小美说："中奖的钱属于意外之财，必须要和人分享，我请你吃饭吧！"小美开心地答应了。之后，小李隔三岔五地说中了200元左右的奖，每次中奖后都会请小美吃饭。

一个月后的一天，小李又来找小美，小美说："同事小张今天说请我吃大餐。他说他也开始买彩票了，昨天中了800元奖金呢。"

（小情歌）

惊喜

这天是历史老师的生日，学生们决定给他一个惊喜。过了一会儿，历史老师推门走了进来，像往常一样说："上课！"

班长带着全班喊："吾皇万岁万岁万万岁！"

历史老师故作矜持地说："严肃一点，注意上课纪律！想拍马屁，朕不吃这一套！"

（郭旺启）

没想到

老婆对老公抱怨说："为什么卧室床边只有一边有插座？每次充电只能一个人充，太不方便了。"

老公说："这房是我单身时买来装修的，当时没设计。"

老婆不解："可你为啥不设计呀？"

老公说："因为我没想到自己能娶到老婆啊。"

（落花雨）

吃什么

小狗问小猫："明天周末，咱们一起吃饭吧？"

小猫把眼睛眯成一条线，说："可是吃什么呢？我喜欢吃鱼，你应该更喜欢吃肉吧。"

小狗想了想说："那我们可以点鱼香肉丝呀！"（苏格兰没有底）

追班花

大军去参加高中同学聚会，得知一个其貌不扬的男同学娶到了班花。席间，大军看到班花起身出去了，就忍不住问这个男同学："你是怎么追到她的？"

男同学轻描淡写地说道："高中时，只要谁和她亲密点，我就马上告诉老师他们在谈恋爱，从此没人敢接近她了……"　　　　（赵泽浦）

同一个目标

甲：有一种动物，从出生到死，都是为了一个目标，你知道是什么吗？

乙：是什么呀？

甲：公鸡。

乙：怎么是公鸡呢？

甲：公鸡活着的时候，早上会叫人起床；死了以后，会扎成鸡毛掸子叫人起床。　　（九宫格吃火锅）

说反了

丽丽在等老公停车时，看到初恋开着大奔进了停车场。等老公回来，丽丽对他感慨道："如果我当初嫁给初恋，现在坐的就是他那大奔了。"

老公说："错，应该说如果他当初娶了你，现在开的就是咱这雪铁龙了。"　　　　　（冯忠方）

小采沙

明和小伙伴到河边玩耍，看到河里有艘采沙船正在采沙，沙子不停地沿着传送带输送到运沙船上。小明疑惑地说："沙漠里，沙子又多又干净，人们为什么不去沙漠采沙呢？"

小伙伴说："说你智商低你还不承认，那船能开进沙漠里吗？"

　　（蜡笔小心）

本栏目欢迎来稿。请把有新鲜感、有精彩细节的笑话佳作尽快投寄给我们。来稿一经采用，即致稿费，最高稿费为一则100元。本期责任编辑电子信箱：greygrass527@126.com。

兔子急了也咬人，老实人急了会怎么样？

别欺负老实人

□滕建军

龚大彪是一家公司老板，好色成性，经常借着应酬的名头，光顾一些不太正规的足疗店、按摩院和洗浴中心。他什么德行，老婆当然心知肚明。为了看住老公，龚夫人从农村老家找来远房表弟柱子，替换了龚大彪原来的贴身司机。

柱子一看就有着农村人特有的忠厚朴实，他对表姐可谓忠心耿耿，龚大彪下班后去了哪里、干了什么，事后他都会一五一十地向表姐汇报。

尽管龚大彪十分不满，却也明白想解决这事不能硬来，只能智取。

这天晚上，龚大彪陪几个客户酒足饭饱后，提议去茶室消遣。在茶室里龚大彪接到一个电话，去了一趟洗手间。从茶室出来后，龚大彪没有直接回家，而是来到一家高档西装专卖店，买了一套西装送给柱子。

见柱子一脸蒙，龚大彪笑了笑说："你跟着我出来应酬，如果穿着不够体面，影响的可是咱们公司的形象。你也不用多想，就当是公司给你配的工作服。"

憨厚的柱子哪知道江湖险恶，喜滋滋地就穿上了。

两人开车回到家，龚大彪先去洗澡了。柱子照例跟龚夫人汇报今天的行程，龚夫人却盯着他看了半天，问他西装是从哪儿来的。柱子老老实实说是姐夫买的，龚夫人听了，眼神顿时发生了微妙变化，但她没有说什么，让柱子先离开了。

等到龚大彪洗完澡出来，龚夫人已经从他的衣服里搜出一张小票，问他今晚都去了什么地方。

龚大彪照实说："哦，今天在酒店喝得有点多，后来去了茶室喝茶醒酒。"

龚夫人冷笑一声："那你身上这张洗浴中心的小票怎么解释？"

龚大彪假装一惊，接过来看了看，有点尴尬地笑了："今天真喝多了，脑袋晕乎乎的，连去哪儿都记不清了。不过你看，从消费金额上也能看出来，纯粹是去泡澡，没干别的。"

龚夫人眼下最关心的不是消费金额，而是关心为什么表弟不如实汇报，于是，她怒气冲冲地叫来了柱子。

不一会儿，柱子就慌慌张张地赶了过来，一进门就和龚大彪对质："姐夫，咱从酒店出来，不是去茶室喝茶了吗？什么时候去洗浴了？"

龚大彪瞅了瞅他，猛地一拍脑袋："你看我这脑子，喝得迷迷糊糊，连去哪儿都记不清了。对对对，咱们是去喝茶了！"龚夫人冷

笑一声，冲他们晃了晃手里的小票："这上面可是今天晚上的日期。"

柱子接过小票一看，顿时愣住了，疑惑地问："姐夫，这是怎么回事？"龚大彪转着眼珠想了半天，才煞有其事地说："估计是有人洗浴后去喝茶，把小票丢在茶桌上，让我迷迷糊糊揣兜里了。"

柱子听了连连点头："对！肯定是这样。"龚夫人冷冷地看了他一眼，一声不响。

一直到龚大彪上楼睡觉的时候，柱子还在楼下一个劲地跟龚夫人解释。龚大彪不由得在心中暗笑：小子！以你表姐敏感多疑的性格，你只会越描越黑，就等着卷铺盖回老家吧！

第二天，柱子上班时就跟霜打的茄子一样，还时不时偷偷地抹眼泪，连龚大彪看了都有些于心不忍。龚大彪决定等柱子离职时暗中补贴他一些钱。

谁知过了几天，龚大彪见老婆虽然对柱子的态度有些冷淡，但还没有将他赶回老家的意思。想想也是，毕竟是亲戚，才干了这么几天就赶人回去，有点抹不开情面，于是龚大彪决定再加一把火。

这天晚上，龚大彪又要宴请几

个客户。进酒店前，他拿出一块漂亮的手表递给柱子，说："有些重要场合，你以司机的身份参加不合适，所以以后对外要称总经理助理。来，这款手表送给你，记住，穿戴得体也是对客人的尊重！"

柱子看了他一眼，愁眉苦脸地接了过来，仿佛接过来一个烫手山芋。

酒桌上，龚大彪故意拖延时间，一直跟客户喝到很晚。他知道这么晚回去，如果柱子汇报除了喝酒哪儿也没去，老婆肯定不会相信。

一晚上柱子都显得忧心忡忡，时不时地看着那块手表发愣。过了一会儿，他说要出去透透气，过了很长时间才回来。

等应酬结束回到家，龚大彪一进门就跟老婆大声嚷嚷，说今天晚上除了喝酒哪儿也没去，不信可以问她表弟。

龚夫人一眼就看到了柱子腕上的手表，她"哼"了一声才冷冰冰地问："是吗，柱子？你姐夫今天晚上除了喝酒哪儿也没去？"

柱子胆怯地看了看表姐，又看了看准备上楼的龚大彪，猛地一咬牙说："不是！喝完酒，姐夫又带我们去洗浴按摩了！"

声音不大，却不啻一声炸雷，将龚大彪炸得差点从楼梯上滚下来。他一脸蒙地看着柱子："你胡说八道什么？我什么时候带你们去洗浴按摩了？"

柱子没理他，却继续对龚夫人说："表姐，上次姐夫去的是正规浴室，他送给我一套西装，嘱咐我

回来后不要告诉你。我知道他是想试探我，为了取得姐夫的信任，我就没有汇报。而这次去的地方不一样，姐夫让我在楼下大浴室里泡澡，他和客户去了楼上单间，回来还送给我一块手表，让我不要汇报。"

龚大彪听了简直不敢相信自己的耳朵，他怎么也没料到，老实巴交的柱子竟然会睁着眼睛说瞎话！

只见柱子又从身上摸出一张皱巴巴的消费小票，说："这是姐夫丢进垃圾桶的小票，我偷偷给捡回来了。"

龚夫人接过小票一看，气得浑身发抖："好你个龚大彪！你倒说说看，洗什么澡能花2888元！"

龚大彪一听，气得差点昏过去，情急之下不由得破口大骂："你个小兔崽子竟然敢诬陷我！你别干了，马上给我滚蛋！"

柱子好像早有准备，他上前一步，盯着龚大彪慷慨激昂地说："姐夫，我丢一份工作没什么，可如果我跟你合起来骗我表姐，丢的可是一份亲情啊！"

龚夫人顿时一声怒吼："柱子，你放心，我看谁敢辞退你！"

第二天，灰头土脸的龚大彪坐车去公司，路上瞪着平静开车的柱子看了半天，才气呼呼地说："你

小子看着忠厚，居然这么奸诈！我给你买西装，又送你手表，没想到你竟然恩将仇报来陷害我！"

柱子苦笑了一声，说："姐夫，我们农村人老实，但不傻，我知道你这么做是为了什么。在我们农村有句老话，叫'兔子急了也咬人'。我如果不这么做，过不了几天，就会背着一个背叛表姐的罪名回老家去，以后跟表姐连亲戚也没得做了！"

龚大彪听了一时语塞，过了许久，才心有不甘地问："我那张小票是安排人去洗浴后给我送来的，可你那张是怎么弄来的？"

柱子听了略显得意地说："上次你送我西装，我表姐马上对我改变了态度；这次你又送我手表，这不明摆着把我往绝路上逼嘛！所以趁你们喝酒的时候，我去了一家洗浴中心，在门口蹲守，看到有很多老板出来后，随手将小票丢进垃圾桶里，我就从里面找了一张花钱最多的。"

龚大彪听完又气又恼，过了半晌才恨恨地骂道："你个小兔崽子，当司机还真有点屈才了！"

（发稿编辑：田 芳）

（题图、插图：孙小片）

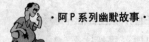

阿P办书法展

□ 一味凉

阿P练书法有几年了，虽然没取得啥亮眼的成就，但他乐在其中。最近，阿P搬到了莲花小区，发现这里有很多书法爱好者，甚至还有个书法爱好者协会。只是因为之前牵头的老大爷去世了，协会就没人张罗了。

阿P激动地想：要是我能把这个协会再张罗起来，也算是功德一件啊！于是，他建了一个叫"莲花小区书法爱好者协会"的微信群，在小区的业主群里诚邀各位书法爱好者加入，还承诺年底举办书法展。

消息一出，大家纷纷扫码进群，还称阿P为会长。阿P高兴极了，发了个大红包祝贺协会重生。不料老婆小兰得知后，拎着阿P的耳朵

一顿骂："发这么大的红包，你钱多得花不完啦？还书法展，书法展是那么容易办的吗？租借场地不用钱？"她停了阿P的零花钱，说阿P要用钱，必须先打报告。

阿P把脖子一梗，拍着胸脯说："你放心，我这个书法展，肯定不花家里一分钱。我阿P运气这么好，肯定能拉到赞助，找到场地！"不管怎样，阿P要办书法展的消息已经尽人皆知了，小兰也只能叹口气，由着他了。

距离年底只有一个月了，阿P赶紧忙活起来。他先跑了几家公司拉赞助，不料那些精明的商人一听

说是这么个书展，全都跟铁公鸡似的一毛不拔。有个老板还笑嘻嘻地对阿P说："这也花不了多少钱哪，你一个有手有脚的大男人，有必要为了这点钱，舍下脸来拉赞助吗？"阿P气得转头就走。

小兰见阿P嘴角都急出了水泡，心里不落忍，悄悄找了几个邻居，想一起凑钱办书法展。不料，阿P死要面子活受罪，婉言谢绝了大家的好意："这是我成为会长后第一次办书法展，绝不能让大家掏钱。"小兰叹口气，心里恨恨地骂道：给你台阶都不下，活该你起水泡！

这天上午，阿P来到市图书馆联系场地。工作人员正忙着整理待展的书画作品，苦笑道："年底各种文化活动太多，新春对联展、剪纸艺术展……都排到元宵节了！"阿P心里哀叹，难道我的好运气用完了吗？看着腕上还算值钱的手表，他眼前一亮：把这块表卖了不就行了吗？这是我自己挣钱买的表，也算是兑现承诺了。

挂到网上卖容易被小兰发现，阿P决定找家二手物品回收店。他正在手机上搜索合适的店铺，小兰的电话突然打来了："快过来，我妈住院了！"

阿P连忙赶到医院。原来，小兰妈所住的南湖小区暖气不暖，老人受冻生了病。小兰抹着眼泪，心有余悸地说："还好我每天都要和她通话……"阿P纳闷地问："你让我交暖气费，我按时交了呀！为啥暖气不暖？"小兰没好气地点着阿P的鼻子，说："你就知道忙你的书法展，都不知道去看看我妈。暖气不暖的问题，我妈和其他邻居去物业公司反映过好几次了，但那个物业公司不靠谱，办个事情拖拖拉拉。我妈怕给我们添麻烦，一直瞒着我们。"

阿P无言以对，惭愧地低下了头。真是祸不单行啊，书法展还没着落呢，又赶上岳母家暖气不暖……想着想着，他突然捧住小兰的脸亲了一口，兴奋地说："老婆，你就是我的福星！等着吧，我这就去解决问题。"说完，他一溜烟跑出了病房。

隔天，小兰见妈妈基本康复了，便说："去我那儿住几天吧，别回去又冻着了。"小兰妈点点头说："只好去麻烦你和阿P了。"两人正收拾东西时，邻居给小兰妈打来了电话："暖气热起来了，多亏你家阿P啊！"母女俩大惊："阿P？他去找物业公司了？"邻居却故作神秘："你们回来就知道了。"

两人回到南湖小区，只见各家窗户上都贴着一个醒目的"冷"字，有楷体的，有宋体的……

难得露面的物业经理正拿着大喇叭在小区里喊话："各位居民，请把窗户上的字撕下来吧。我们以后一定热心服务，绝不再冷了大家的心，给我们一个机会吧！"

小兰母女俩见状，丈二和尚摸不着头脑，而邻居们见娘俩回来了，忙拉着她们亲热地说话。

原来，阿 P 前天离开后，就在微信群里请各位书法爱好者帮忙，用他们擅长的字体写一个"冷"字。收集齐后，他又带人来到岳母住的南湖小区，挨家挨户敲门说明情况，让居民把"冷"字贴在窗户上。居民们自然明白此举的用意，纷纷加入进来，还有居民出主意说："听说有的部门每天会用无人机在全市巡查，我们在每栋楼的顶楼天台上也写个'冷'字吧。"

很快，小区各家都贴上了"冷"字，连顶楼天台也用墨汁写上了大大的"冷"字。这么多的"冷"字立刻引起了众多短视频爱好者的注意，"南湖小区暖气不暖，居民窗户贴'冷'求暖"轻轻松松地上了热搜。这样一来，物业公司还能坐得住吗？

听着南湖小区的居民对阿 P 的赞扬，小兰心里美滋滋的。回到莲花小区后，小区的书法爱好者又对她竖起了大拇指："你家阿 P 太赞了！这是我们这些年参加过的最有意义的书法展了。"还有人幽默地说："不但关注度高，而且花钱还少，连场地都不用租。"

小兰心里高兴，却不想让阿 P 太得意，于是回到家故意板着脸，冷冷地问："你怎么偏这个时候有了灵感？快说，你是不是怕南湖小区的暖气一直不暖，我把我妈接回家住，才急中生智想到了这么个点子？"

阿 P 怔怔地看着小兰，不知所措。小兰终于憋不住笑了起来，阿 P 这才恍然大悟："好你个小兰，故意逗我呢！算了，阿 P 大人不和你这个小女子计较！"说完，他又得意地吹起了口哨。

（发稿编辑：赵媛佳）

（题图：顾子易）

绿版编辑部电子邮箱：

朱　虹：zhong98305@sina.com

王　琦：wangqi_8656@126.com

赵媛佳：babyfuji@126.com

田　芳：greygrass527@126.com

彭元凯：abigstudio@163.com

糗事一箩筐

◆ 我带女儿去公园玩，碰到一个算卦的。那人扬言没有自己算不出来的。看他边说边欺骗公园里的老人，我想揭穿他却又找不到方法。这时女儿对算卦的说："你知道我家的WiFi密码吗？"当时那人就蒙了！

◆ 爷爷三十多年前就去世了，留下遗言说焊死的铁箱子里面装着一个宝贝，是用一间祖屋换来的，以后要买新房的时候，再打开这个铁箱。我最近买房，首付不够，就拿切割机切开了铁箱，发现里面是一个老式的彩色电视机……

◆ 去小卖部，我看到独自守店的白发老奶奶坐在摇椅上睡着了。我拿了一瓶绿茶，放下三个硬币，动静不敢太大，怕打扰到老奶奶休息。我扭开瓶口的一刹那，老奶奶猛地睁开眼睛说："绿茶卖四块！"

（推荐者：一 一）

神回复

◆ 问：数字1和数字0谁比较节俭？
神回复：1，因为"0"花钱。

◆ 问：这种题就是纯粹的送分题！你为什么丢分？
神回复：我妈妈说过，不能随便要别人给的东西……

◆ 问：你知道什么是电阻，什么是电源吗？
神回复：知道。店主就是商店的老板，店员就是商店的伙计。

◆ 问：为什么气温降低了蚊子就少了？
神回复：因为饭菜冷了就不好吃了。

◆ 问：先生，你曾说"有些议员道德败坏"，不该为这句话道歉吗？
神回复：对不起，我改一下，"有些议员道德不败坏"。

（推荐者：郭旺启）

天热乐一乐

◆ 这个夏天，我注定离不开西瓜和空调，所以我上午卖西瓜，下午修空调。

◆ 有没有一种可能？财神来敲你家门的时候，你已经在公司上班了，所以你一直没有发财。

◆ 结婚、买房子、生孩子，少做一件事这辈子都不会太辛苦。三件事都不做，钱根本花不完。

◆ 别人清空购物车靠买；我清空购物车靠删，靠过期，靠失效。

◆ 终于到了谈恋爱不怕爸妈知道的年纪，却遇不到一个能让爸妈知道的人。

◆ 以前工作时，需要翻很多书才能查到充足的材料；现在只需要简单上个网，就把工作的事忘得一干二净了。

◆ 一个个快30岁了还没结婚，还祝妈妈母亲节快乐，你觉得她会快乐吗？

◆ 为了不辜负今天这样的好天气，我决定去篮球场，果然打篮球的小哥哥特别多，然后我捡了不少矿泉水瓶。

◆ 老婆80斤，说明你爱骨感；老婆100斤，说明你爱性感；老婆140斤，说明你爱肉感；老婆180斤，说明你爱情感；老婆300斤，说明你爱幽默感。你爱什么感？

（推荐者：金火木）

食堂留言簿太可乐了

◆ 请问那位卖胡辣汤的女孩叫什么名字？

◆ 用炒青菜的火候烧排骨，用烧排骨的心态炒青菜，就可以吃了。

◆ 空心菜里的蚂蚱味道不错，建议以后煮它八成熟就可以了。

◆ 京酱鸡丝，咖喱鸡块，可乐鸡块，宫保鸡丁，炸鸡排，鸡丝豆腐，红烧鸡腿，孜然鸡骨，黄瓜鸡丁，青豆鸡丁……猪、牛、羊、虾、鱼都死光了吗？

◆ 我曾经在留言簿上责问食堂的工作人员是炊事员还是饲养员。

◆ 风味餐厅的留言簿上写着：建议取消风味餐厅。

◆ 黄瓜拌海蜇皮和海蜇皮拌黄瓜的区别是很大的 。

◆ 虽然我喜欢钱，但没必要总是用拿完钱的手来给我打菜吧？

（推荐者：如　意）（本栏插图：孙小片）

讲道理

·新传说·

□ 袁卫杰

这天傍晚，盛非下班开车回到小区，发现自己的停车位被一辆白色的小轿车给占了，车窗上也没有留下联系方式，盛非只得联系物业经理，让对方查找这辆车的主人。物业经理通过车辆进小区时留下的电话，找到了车主，让她赶紧挪车。

车主是个年轻女子，接电话的态度十分蛮横，她不耐烦地说："催什么催，老娘有急事呢，没空！"说着，她就把电话挂了。

对于这种占了人家车位还如此蛮横的人，不要说盛非，就是物业经理也非常不满。盛非一下子来了气，他将自己的车紧紧横贴在白车前面，熄了火就回家了。

过了一个多小时，盛非的手机响了，传来了河东狮吼般的声音："你这人讲不讲道理？你把车子停在我车子前面，叫我怎么出去？快挪开！"

盛非还在火头上，说："我不讲道理？这是我的私人车位，你想停就停，想走就走？我现在也有急事，没空！"说着，他挂了电话。

对方马上又打了过来，这回的态度软了不少："大哥，我马上要去机场，出差半个月。您帮帮忙，挪一下车，行吗？"

"我信你个鬼！不但不讲道理，占了人家车位，还满嘴跑火车！"

说完，盛非索性连手机都关了。

晚上10点，盛非正准备睡觉，物业经理来敲门了："老盛，你怎么手机都关了？你这样停车是不行的，都有人投诉了。"盛非只好下楼，开着车找了半天，总算找到个旮旯空地停下来。

第二天下班回家，盛非发现白车还在。他拨通了那女子的电话，问道："小姑娘，你怎么还没把车开走？"

对方回答："昨晚我就说了，我来外地出差了啊，半个月后才能回去。对了，我姓岳，单名一个理字，讲道理的理。"

盛非一惊，没想到对方昨晚说出差是真的，他连忙说："那快让你家人把车开走啊。"岳理说她家人都在外地，她一个人在上海工作，眼下是没办法了。

盛非急了："我们小区没有空车位，这半个月，你让我停哪里去？"

岳理在电话那头幸灾乐祸地说："这我就管不着了，谁让你昨晚不肯把车挪开，这半个月你就将就一下吧。"说完，她就把电话挂了。

打那天起，盛非每天下班回家，都要绕着偌大的小区，郁闷地到处找停车的角落。运气不好时，转好几圈都找不到一块旮旯空地。这半个月，他还被物业经理打了三次电话，说有居民投诉他，要他马上挪车。

盼星星盼月亮，半个月总算过去了。这天，盛非下班回家，远远地看见一个长发飘飘的女子钻进那辆白车，开走了。他随即把车停在自家车位上，长长地吁了一口气，感觉像是找回了一个走失已久的宝贝孩子。

还没走上楼梯，电话响了，竟是岳理打过来的，态度客气了不少："大哥，不好意思，麻烦你到小区门口来一下吧，帮我做个证。"此时，盛非心情正好，他急忙赶过去一看，小区出口处五六辆车排成一列堵在那里，一辆白车挡在最前面。栏杆没升起来，电子屏幕上正滚动着"请缴费300元"几个红色的字。

岳理朝盛非招招手，说："大哥，你给保安解释一下，是你的车堵住了我的车，我出不去，才在小区里停了半个月。现在他们狮子大开口，要收我300块停车费！"

盛非向保安讲了大致情况，保安摆摆手对岳理说："你违规在先，责任在你。我这是按规定办事，收费标准就贴在公告栏里，你自己看吧。"

岳理听了，不乐意地说："你们还讲不讲道理啊？不是说了吗，是他的车堵了我的车，我出不去，只能赶飞机去了。你以为我愿意在这破小区里停半个月？要收费也得向他收呀！"

这下，盛非气得一蹦三丈高："你占了我车位半个月，害我每天下班回家到处找停车位。我没向你收占位费就算了，还要替你交停车费，你想得真美呀！"

很快，后面的车越堵越多，司机们都不耐烦地按起了喇叭。物业经理闻讯后，风风火火地赶了过来，了解了事情的前因后果，他拍板让岳理交50块钱就放行。

岳理一听，干脆把车熄火了，指着收费标准说："两小时内免费停车是你们规定的吧？要不是我的车被堵了，半个月前我一分钱都不用出！你们看着办吧，反正停车费我是不会交的。你们不讲道理，我也不讲道理！"

这下，物业经理也生气了。双方正僵持着，一位交警骑着摩托车刚好路过，见这边堵着一长溜的车，便过来了。了解完情况，交警对岳理说："你已经妨碍他人通行了，请把车移到旁边。"

岳理毫不示弱地说："不是我不肯走，是他们不让我走。要我走容易，让他们先向我道歉！"

交警一听，也有些火了，见过不讲理的，没见过如此不讲理的。他提高嗓音说："我再重复一次，我这是在交通执法，你已经妨碍他人通行了，请把车移到旁边！"

交警的威慑力可比保安强多了，岳理赌气地发动车子，一踩油门，车子"呼"的一下向前冲去，

把拦车杆都撞坏了。这下，更大的麻烦来了，她不得不按照交警要求，立即下车，将驾驶证和行驶证交给交警。交警看了看，随即说："按照小区规定，你停车半个月，得交300元停车费，又撞坏了拦车杆，得赔偿1500元，总共是1800元。"

岳理火冒三丈道："你们这是在抢钱呀！"

交警板着脸说："你交不交？如不交，将按故意毁坏公私财物罪处置！"

岳理知道，故意毁坏公私财物罪，那是要被关进去的，她只得不情不愿地从包里拿出1800元钱，甩给了物业经理。正想回车里，她突然脚下一个趔趄，原来，她脚上穿着双高跟鞋，不小心踩到了一粒小石子，险些摔一跤。

交警低头看看她的鞋跟，说："请把鞋子脱下来，我要检查鞋跟高度。"

岳理靠着车门，把右脚的鞋子脱下，淡淡地说："我知道开车时鞋跟不能超过4厘米。"

"是吗？可这鞋跟好像不止4厘米吧……"交警拿着一把不知从哪里掏出来的量尺反复比画，"4.1厘米，没这块鞋钉皮的话倒是没超过。"

听到鞋钉皮三个字，岳理心里一沉，糟了，怎么把这事给忘了？出差半个月，路走得太多，把鞋跟磨了，正好看见街上有修鞋摊，就钉了两块鞋钉皮。

一直在旁边看热闹的盛非，此时探头探脑地看着交警的量尺说："哈哈，没错，是4.1厘米。"接着他又问交警："怎么，还有这规定？"

交警严肃地说："当然有！开车时鞋跟超过4厘米，记3分，罚款200元。"说着，他通过执法设备上网查询驾驶证和行驶证，然后开罚单。开完，交警把罚单递给岳理，说："提醒你一句，本来驾驶证扣分一周后就清零了，但你这3分一扣，12分就满了。按照规定，你要去重新学习交通法规，在这期间不能开车。"

岳理一听，顿时傻眼了。毕竟这事多多少少和自己有点关系，盛非看着岳理的表情，好心地问："小姑娘，你现在没驾驶证了，要不要我替你把车开回家？"

岳理把罚单团成一团，狠狠扔向小区门口，冷冷地回了三个字："不——需——要！"

（发稿编辑：朱　虹）

（题图、插图：陆小弟）

秦山村有个老木匠，木工手艺非凡，却有个外号叫折板凳。为什么呢？原来，老木匠当学徒的时候，第一次做的物件是一条小板凳，他师父坐上去后，"咔嚓"一声，板凳折了一条腿，把他师父摔了个人仰马翻，所以他就得了这么一个外号。你还别说，自那以后，折板凳痛下苦功，终于成就了一身远近闻名的木匠手艺。现在老木匠折板凳已经七十多岁了，每天养养花遛遛狗，生活是美滋滋、乐陶陶的。

这一天吃好晚饭，折板凳牵着徒弟送的宠物狗在楼下溜达，总感觉小区里的老人怪怪的，好像都有意避开他，在说悄悄话。

折板凳想了想，把狗送回家，换了一身不显眼的衣服，在小区花园里找了个离小路不远又比较隐蔽的座椅，坐下后开始闭目养神，耳朵却不闲着，仔细地听着过路人的闲话。没听多久，折板凳就拼凑出了一个让他惊掉下巴的消息，原来是他最器重的徒弟刘一寸出事情了。

折板凳一生收了很多徒弟，众多徒弟当中，唯独刘一寸最有灵气，而且现在还在做木匠。在折板凳心里，只有刘一寸能够承接他的衣钵。

折板凳等不及回家，掏出手机就给刘一寸打电话："你马上到我家里来一趟！"

没过多久，刘一寸风风火火地赶来了，见师父一脸严肃，疑惑地问道："师父，这是怎么了？"

折板凳嗔怒道："你知不知道我为什么一直用折板凳这个名

无风三尺浪

□戚旭旻

字？"

刘一寸说道："师父是在时刻告诫自己，做工要精益求精，否则做出来的物件就会是一条折板凳；做人要光明磊落，否则人也是一条折了腿的板凳。"

折板凳点点头道："好，道理你都知道，但你是怎么做的？"刘一寸丈二和尚摸不着头脑，想不起来自己做过什么缺德事。

折板凳直接跟他挑明了："大家都说，你在外面轧了个姘头，还生了个私生子，孩子都快满月了！"

刘一寸一听，"扑哧"一声笑了出来："是有这么个事，不过不是我的事情。师父，你听我慢慢说……"

原来，刘一寸手艺了得，名声直赶师父折板凳，所以他也收了很多徒弟。徒弟中有一个谭小木匠，天资聪明，什么难学的技术，他都一学就会。没想到前两天，刘一寸听人说，谭小木匠在外面找了个小老婆，而且生了个私生子，现在孩子都快要满月了。

刘一寸知道谭小木匠的为人，而且谭小木匠新婚燕尔，怎么可能在外面找小老婆，还有个私生子呢？于是，刘一寸对人说："你们这谣言造得一点儿都不好笑，如果你们说我有小老婆，生了个私生子，那或许还有人相信。"

刘一寸说这句话的目的是维护徒弟的清白，可听的人有先来后到，后到的人只听到刘一寸后面这句话，以为刘一寸真的有外遇了。

折板凳想了想还是不放心，说道："你打个电话，让谭小木匠过来，我们当面说个清楚。万一这个事情另有蹊跷，我们也得有个应对。"

一会儿工夫，谭小木匠屁颠屁颠地赶来了，一进门就呵呵笑着说道："师爷、师父，这么急叫我来，是不是都听说我有私生子的事情啦？"

折板凳和刘一寸面面相觑，难道谭小木匠这事情是真的？

原来，一个星期前，谭小木匠听人说，师爷折板凳在外面找了个小老婆，七十多岁的老头，还生了一个私生子，现在这孩子都快要满月了。他们还说，折板凳要把这孩子给卖了，正找买主呢！

谭小木匠一听就知道是谣言，立马怼了回去："你们都听错了，是我谭小木匠在外面找了个小老婆，生了个私生子。不过你们都别想了，这孩子我不卖，留着我自己养。"

刘一寸听完，一把揪住谭小木

匠的耳朵，生气地说道："俗话说，长木匠，短铁匠，不长不短是裁缝。这就是说，我们木匠量料时要多留出一点，否则后面加工的时候，经不起刨削，这料子就废了。教你的时候怎么说的？做人也是一个道理，凡事要留个后手。你倒好，知道这是谣言，还自己往里头填料！"

谭小木匠噘着嘴不敢还口，这时候折板凳开口了："你先别说他了，好像这真的是我的事情。"

这下轮到刘一寸和谭小木匠惊呆了，难道折板凳……

折板凳终于捋清楚了。他六十大寿的时候，刘一寸送了一只小狗，折板凳给小狗起了个名字叫妞妞，把妞妞当成女儿来养着。上个月妞妞竟然神不知鬼不觉地下了一只小狗崽子，这只小狗崽子都不知道爹是谁，充其量就是个私生子。民间有个说法，狗一岁相当于人七岁，折算下来，妞妞也应该七八十岁了。这可算是件稀奇事，折板凳把这当笑话说给了小区里的老邻居们听。

这下都对上了，三个人都没有想到根原来在这里。折板凳拍着大腿说道："这下可好了，临到老了，我这条板凳又折了一条腿。"

正在这时候，门外一下子拥进来十多个人，折板凳一看，都是自己的徒子徒孙。他们都是来打探消息的。

刘一寸把事情的来龙去脉对师兄弟和徒弟们说清楚，话音未落，只听见门外传来一个声音："折板凳，你给我说说清楚，你啥时候给私生子办满月酒啊？"

原来是折板凳的老伴跳广场舞回来了，进门一看，满屋子的徒子徒孙，疑惑地问："呦，你们都是来喝满月酒的？"刘一寸战战兢兢地问："师娘，你听了私生子的传言……不生气？"

折板凳的老伴愣了愣，笑道："生个什么气呀，我一听就知道是怎么回事啦！当初那小狗崽子私生子的名头，还是我叫出来的呢！"

满屋子的人听了，笑得前仰后合，只见谭小木匠拍着桌子说道："来，咱们今天就为师爷的私生子办场满月酒。"

（发稿编辑：赵媛佳）

（题图：陶 健）

2023年7月（上）动感地带答案

神探夏洛克：甲。他说看见老人刚要锁门，可是夏洛克看见枪响之后老人是跌向房门，也就是说老人离房门有一定距离，所以甲在说谎。

疯狂QA：有机可乘。

一个都没少

□ 陈效平

赵斌是个"90后"，最近当上了高桥镇残联理事长。他上任头一天，副镇长刘学锋就找来了。

刘学锋是镇残联前任理事长。几句寒暄过后，他取出一份特困残疾人名单，让赵斌把名单上的五十七人挨个上门走访一遍。

此时正值酷暑，赵斌瞥了一眼窗外毒辣的日头，试探着问："刘镇长，天气这么热，非要上门走访不可吗？"

"是的！"刘学锋点头道，"必须上门走访，而且一个都不能少！"接着，他解释了原因：在这些特困残疾人中，有的生理上有障碍，有的心理上有障碍，有的两种障碍兼

而有之。想了解他们目前的困难和需求，要面对面交流。另外，赵斌刚刚到岗，他不认识那些特困残疾人，人家也不认识他，上门走访正好让大家相互熟悉，方便今后开展帮扶工作。见刘学锋说得斩钉截铁，赵斌只得点头称是。

第二天，赵斌首先对丽园村的七名特困残疾人进行走访。他东奔西跑，挨家挨户与被走访对象交谈，详细记录他们的需求，从早晨一直忙到中午才看望了三人。

这当儿，室外气温已攀升到40℃，热得像个大蒸笼。赵斌逃命似的钻进路边的一爿冷饮店，买了一大杯冰镇可乐。随后，他边喝

可乐边看笔记本上的名单。下午还要走访四户残疾人，一户住在村东，两户住在村西，另外一户住在村北。乖乖，跑来跑去，这还得出多少臭汗啊，非把自己累坏不可！

正犯愁时，赵斌无意中摸到了手机。刹那间，他脑中灵光一闪，为啥不用打电话代替上门走访呢？这么一来，既能完成任务，又避免受累……他越琢磨越开心，当即按照名单上的信息，依次给走访对象打起了电话。

四通电话打完，还不到两点钟。赵斌不敢马上回单位，怕被刘学锋瞧出破绽，于是他继续躲在冷饮店，惬意地刷起了抖音。

快下班时，赵斌佯装忙了一整天，急匆匆往镇残联赶，刚走到办公室门口，迎面碰见了刘学锋。他关切地问："小赵，丽园村的走访结束了吗？"赵斌说："结束了。"

"七个残疾人，一个不落都上门走访过了吗？"刘学锋的脸上现出了怀疑。赵斌心里有点发虚，但仍点了点头。

"精障残疾人汪奶奶家，你也去过了？"刘学锋直勾勾盯着赵斌，一字一顿地问。

下午赵斌用打电话的方式跟汪奶奶的家属做了沟通，他便煞有介事地说："去过了，对她的困难和需求，我还详细做了笔录。"说着，他从公文包里取出笔记本递给刘学锋。

刘学锋没接笔记本，只是继续问："当时汪奶奶在家吗？"

赵斌"嗯"了一声。

刘学锋突然沉下脸说："你在骗我！你没去过汪奶奶家！"

赵斌的脸"腾"一下涨红了，结结巴巴地问："您……您是咋知道的？"

"喏，是它们告诉我的。"刘学锋指了指赵斌的两侧裤兜。赵斌低头看了看裤兜，没发现任何异样。

刘学锋见赵斌百思不得其解的样子，揭开了谜底：但凡家里来了客人，不管是谁，汪奶奶都硬要往对方口袋里塞一把炒花生。眼下刘学锋没在赵斌的裤兜中瞅见炒花生，就认定他没见到汪奶奶。

赵斌困惑地问："汪奶奶为啥会有那种怪异的举动呢？"

刘学锋长叹一声，讲出了背后的隐情：四十多年前的某一天，汪奶奶炒了几斤花生，准备招待贵客。当时，她年仅九岁的女儿娟娟嘴馋，悄悄偷了一把花生塞进裤兜。这一幕恰巧被汪奶奶撞见，她很恼火，重重扇了女儿一记耳光。娟娟非常伤心，哭着跑出家门，躲进了村外的一座破庙里。那天晚上下起了暴雨，破庙突然坍塌，压死了娟娟。汪奶奶追悔莫及，从此精神失常，打这以后落下了硬往别人口袋里塞花生的怪毛病。听完这段故事，赵斌唏嘘不已。

这时，刘学锋望着赵斌，严肃地批评道："群众工作无小事，一定要认认真真去做，千万不能投机取巧！"赵斌低下头，诚恳地说："刘镇长，我记住了，以后坚决改正！"

刘学锋满意地拍了拍他的肩膀，问道："明天打算走访哪个村？"

赵斌说："庆丰村。"刘学锋一

听，立刻问："你有现金吗？"这几年赵斌一直用手机扫码付款，从不带现金，于是摇了摇头。

刘学锋从兜里掏出一张50元纸币，说："明天走访时，你把这钱带上。"

"为啥要带50元现金？"赵斌不解地问。

"因为一盒梨膏糖，售价50元。"接着，刘学峰又神秘地加了一句，"到时候你就明白了。"说完，他转身就走了。

庆丰村有八名特困残疾人，次日一大早赵斌就开始走访，忙到日头偏西才完成任务。这时刘学锋打来电话，询问走访情况。赵斌告诉他，八户人家全走遍了。

"那么，我给你的钱花出去了吗？"刘学锋问。

赵斌这才记起衣兜里的纸币，忙说："钱还在，没有花。"

"什么？"刘学锋的语气有些急，"难道你白拿了那盒梨膏糖？"

"啥梨膏糖？我根本没拿呀。"赵斌觉得莫名其妙。

听了这话，刘学锋生气地说："小赵，八户特困残疾人，你没有挨个儿上门走访！"

"都去过了呀！"赵斌显得十分委屈。

"肢残人马老伯家，你也去过了？"刘学锋追问。

赵斌说："是的。"

"那你肯定没见到马老伯本人！"刘学锋斩钉截铁地下了结论。

"对！对！当时马老伯不在家，我向他爱人了解了情况。"赵斌连连点头。顿了顿，他吃惊地问："刘镇长，您没跟在我身边，是咋做到料事如神的？"

刘学锋道出了原因：马老伯擅长做梨膏糖，靠这门手艺谋生。每逢残联干部上门，他都要热情地送上一盒自己做的梨膏糖，怎么推也推不掉。刘学锋担任镇残联理事长时，曾多次去看望马老伯，晓得他这脾气。为了不拿群众一针一线，刘学锋每次离开时都会悄悄留下50元钱。

原来如此！赵斌终于开了窍。

第三天赵斌走访的是高塘村，那儿有九名特困残疾人。当他走访完成后，刘学锋又来找他了解情况。

一见面，刘学锋还是那个老问题："小赵，九户残疾人家，你都去过了吗？"赵斌不住地点头。

"盲人张大叔家也去过了吗？"刘学锋又问。

赵斌说："上午去的时候他家没人，下午我又上门走访，终于见到了张大叔。"

刘学锋凑近赵斌，围着他转了一圈，然后笑着说："嗯，没错！你确实去过张大叔家了！"

赵斌一头雾水，好奇地问："刘镇长，您这次又是怎么发现的？"

刘学锋笑着说："我闻出来的。"

原来，张大叔患有严重的肩周炎，需要长期做艾灸进行治疗。由于双目失明，张大叔去卫生院不方便，他的爱人便自己动手，每天在家里为丈夫进行这项治疗。做艾灸要燃烧艾柱，会产生一种浓烈的气味，张大叔家一直充斥着这种气味，访客到他家待上一会儿，身上就会沾染艾柱燃烧后的气味。刚才，刘学锋在赵斌身上嗅到了这股气味，所以断定他确实去过张大叔家。

赵斌这才恍然大悟，他打心眼里敬佩刘学锋对辖区残疾人的了解和关心。这种了解和关心，已经到了无微不至的程度。

半个月后，赵斌的上门走访全部完成，五十七名特困残疾人一个都没少。

（发稿编辑：王 琦）

（题图、插图：豆 薇）

凶手之谜

□ 查老三

深秋时节，倪大军到山上捡烧火柴。

天近中午时，离他几十米远的地方，突然传来大树倒下的声音，其间还听到瘆人的惨叫声。倪大军赶紧跑了过去，一眼便看到倒下的树干下压着一个人，上前一瞅，竟然是同村村民王良。倪大军一个人搬不动大树，只好跑着去王良家报信儿。

王良的媳妇叫山杏，听说丈夫出事了，赶紧叫上一大帮乡邻，跟着倪大军来到山上。众人齐心协力，总算搬开了压在王良身上的树干。可惜人已经死了。

山里的人都懂锯树的常识，看过现场后，都说是白桦树倒下砸在大柞树枝杈上时，由于惯性，树干被弹起，再次落下时砸倒了王良。发生这样的意外，只能怪王良没有预判到危险，没有躲开。

办完王良的丧事，山杏来找倪大军，对他说："王良出事后，我光伤心了，现在冷静下来了，越想越觉得有些奇怪。锯树是犯法的，被抓到会受重罚。王良向来胆小，从未干过违法的事儿，你说他上山捡干柴，为啥要锯倒那么大一棵白桦树？"

倪大军猜测道："他不会是想把树锯倒，等干掉后再弄回家当烧火柴吧？"

山杏摇着头说："不可能！这么多年他都没干过这种事儿！你说会不会是别人锯的树碰巧砸到他了呢？"说到这儿，山杏别有深意地直视着倪大军的眼睛。

倪大军心里"咯噔"一下，心说，真是怕什么来什么。

原来，多年前，倪大军曾为一垄地和王良吵了一架，结果被脾气火暴的山杏臭骂了一顿。倪大军被骂得狗血喷头，最后撂下了狠话，说让山杏两口子走着瞧。那天，倪大军看到王良被压在树下，情急之下哪还顾得上曾经的恩怨？没想到如今山杏还是怀疑上他了。

倪大军为了表明清白，只得指天发誓，说他真的是听到惨叫声后才跑过去的。

山杏盯着倪大军的眼睛看了好一会儿，才转身走了。

倪大军没做亏心事，自然不怕鬼叫门，但好心送信儿却遭到怀疑，心里觉得特别憋屈。他仔细一想，说王良锯树是为了弄烧火柴，可说不定没等树枝干掉，就抢先被别人捡回去

了，难怪山杏不相信。

既然被山杏怀疑，倪大军想，必须弄清王良锯树的真正原因，还自己一个清白。想到这儿，倪大军再次上了山，来到砸死王良的那棵白桦树前。

这次，倪大军仔仔细细地观察了树墩上的锯口，发现王良选择的下锯口方向有些奇怪。按常理，下锯口要选择最利于树倒地的方向。而白桦树最容易倒地的方向，只有几棵细小的幼树，粗壮的白桦树倒下后，会很轻易把它们砸倒，完全不会出现砸在大柞树树杈上、再被弹起的情况。可王良为啥不让白桦树痛痛快快直接倒地呢？带着这个

疑问，倪大军开始围着树看起来。

在转到第三圈时，倪大军终于发现，白桦树上竟然长着几朵大灵芝。

倪大军突然灵光一闪，冒出来一个想法：王良是不是害怕白桦树轰然倒地，产生的震力太大，把树上的灵芝给震碎了？所以才有意让白桦树先倒在大柞树上，压断柞树上的枝杈，来减缓落地的速度，这样就可以完好无损地保住树上的灵芝了。只是王良没想到，白桦树砸在柞树枝杈上后，由于惯性太大，把白桦树的树干弹了起来，落下时砸在了他的身上……

倪大军想到这里，有些激动起来，他相信这个推断是正确的。他没有摘下灵芝，而是跑下山找到山杏，向她说出了这个发现。

山杏跟着倪大军来到山上，当看到白桦树上的灵芝时，她没有说话，片刻后才问道："锯倒树为了摘灵芝这说法倒还说得过去，可你如何能证明，不是你锯树摘灵芝，砸死了王良呢？"

倪大军听后，脑袋顿时"嗡"的一下大了，就在他觉得浑身是嘴也说不清时，突然想起了自己的拿手绝技，于是对山杏说："我现在就证明给你看！"说完，他往手心里连吐了几口唾沫，然后抱住身旁一棵和白桦树一样粗细的大树，只眨眼的工夫，就猴子爬杆似的"噌噌噌"地爬到树尖上了。

看到这儿，山杏突然掩面背转过了身子。

倪大军赶忙从树上下来，问山杏怎么了。

山杏转回身，眼角闪动着泪花说："当你说出推断后，我已经意识到你很可能是对的。但我还是想验证一下锯树的人会不会是你，所以我才故意诈你。看到你爬树像猴子一般灵巧，我知道你若想采树上的灵芝，根本不用费力锯倒树。王良是个见到有钱赚就挪不动步的人，可他有恐高症，别说上树，就连上房换块瓦片都不敢。因为我从小胆子就大，经常爬树摘果子、上房掏鸟窝，上多高都不怕，所以我经常嘲讽他连娘们都不如。他肯定是被我长期的冷嘲热讽伤了自尊心，所以在看到灵芝后，才不愿意跟我说，而选择自己冒险去伐树……说来说去，我才是害死王良的凶手呀！"

山杏说完，放声大哭起来……

（发稿编辑：田　芳）

（题图、插图：陆小弟）

客轿

□赵淑萍

这天，郑店王来了兴致，打算特地去姚城看一场戏。

天蒙蒙亮，他就从竹岙村的家中出发了。他穿了双半旧不新的草鞋，兜里塞了一双布鞋和两个馒头。出门前，他特意经过儿子的房门口，顺手一推，发现这小子睡觉居然又没闩门，房里一股酒气，鼾声打得像响雷。

"孽障，真是前世作孽，出了这个败家子儿。"郑店王长叹一声，步子沉沉地上了路。

"郑店王，出门办事？"路上的人半是招呼半是讨好。

郑店王说："姚城今日有滩簧班子，我去看看。"

对方说："你舍得跑那么远的路去看一场戏？"

郑店王没搭腔，顾自走去，脚步轻盈起来。

"死老抠，那么长的一溜店，还穿着破草鞋装穷。"招呼的人冲着他走远了的背影咒上一句。

出了竹岙村，郑店王的脸渐渐舒展开来，嘴里还哼上几句跑调的滩簧。他似乎看见戏场子里正敲锣打鼓，生旦们齐齐地等着他到场呢。他没别的嗜好，就是恋着戏。

到了横河镇上，几顶客轿闲置在路边，轿夫们一见是他，生意也懒得兜。打他们做生意起，就没见这土财主坐过轿子。哪一天坐了，除非是他又娶亲了。可郑店王正常着呢，离开横河，想着自己不坐轿，等于又多了一笔进账，他心里便乐滋滋的。

郑店王穿了一身做客的衣服，他不想让城里人看不起他，似乎看戏就得有相称的服装。他跑这么远去看戏，可他从来没在竹岙村大大方方地看过戏。

每年有草台班子在乡村巡回演出，每个地方的乡绅、财主、富农总归得出点钱，请村里人看几场戏，这对郑店王来说，简直是割他

的肉、要他的命。每当这时候，他总是借故东藏西躲。可开戏了，锣鼓一响，他坐立不安了，就像有无数条小虫在咬他的内脏，但他又不敢露面。他知道，出了钱的族长太公、王财主等就坐在台前的一排好位子，抽着旱烟，嗑着瓜子得意扬扬。他也怕村里人看见他，讽刺他只进不出。只在夜里戏演到后半场的时候，他才把那顶旧旧的绍兴毡帽往下一拉，鬼鬼祟祟地向戏台走去。

今天，姚城有戏，他可以痛痛快快地看了。他一进城，见无人注意他，就悄悄换下草鞋，拿出崭新的布鞋套上，气派地往戏场走。戏是白看的，姚城的戏班到底比村里的要好些。那个唱花旦的娘们还真俊俏，像一枝杏花一样新鲜、水灵。

上午的戏等他去时已结束了，他很不甘心。中午，他吃了两个冷馒头，在树荫下等。下午倒是完整地看了一场。傍晚，他狠狠心买了一碗凉粉和一包豆酥糖，嘴里眼里都不停地"吃"，那心也忙得蹿上了台子。到了夜里戌时，他才恋恋不舍地离开戏场，满脑子还都是戏里的人在走在唱。想想

住旅馆得花一笔冤枉钱，倒不如赶夜路来得凉爽，他又换上了草鞋。

月亮躲到乌云里，郑店王高一脚低一脚，刚走出城不远，后面隐隐有亮光，原来是顶客轿上来了。渐渐地，亮光映出他贴着地的影子，影子如航船，直往前奔，等到身影缩回脚下，客轿超过了他。他想：今天尽是好运气，有轿子上的灯笼照路。

他前边，灯笼照出亮晃晃的路，再远就朦胧了。眼见到了岔路口，那客轿拐进了他要走的那条路，那是通向横河的路。他乐了，心里喊："老天保佑，这轿正和我同路！"今天这日子择得好，不仅看了戏，还借了光。

客轿一进横河镇，他揣摸，坐轿的人必定在这儿下轿，谁能这么阔雇客轿？肯定是镇上的阔佬。那么，黑灯瞎火的，竹岙村的路就难走了，感觉双眼即将被人蒙起黑布，他心里变得畏惧起来。

可是，客轿居然没有停下来的迹象，仍执着前行，穿过街路，转入了郑店王熟悉的土路，那条路正通往竹岙村，这么巧，就像事先约定的一样。

灯笼照得土路清清楚楚。他琢磨，客轿里坐的是谁？村里，还

有谁实力能跟他相比？要不就是姚城的富商来村里走亲戚？赶夜路，一定有要紧的事儿。他的心亮堂堂的，觉得这是吉兆。

不知不觉，客轿进了村。该各投门户了，可是，那客轿仿佛要照顾到底，径直往他要去的方向走。

不出一会儿，客轿竟然停在他家的院门前，他脑子搜了个遍，也没有姚城的亲戚。只见轿子里走出一个熟悉的人影，郑店王赶上前。

儿子怔了一下，说："爹，这么晚了，你刚打烊呀？"

郑店王指着儿子，气得不行，挥舞着手说："你这败家子，我穿着草鞋赶路，你乘着客轿摆阔，我辛辛苦苦攒钱，还不叫你给败光了？你去姚城做什么了？"

儿子吞吞吐吐地说："我解解闷……"

郑店王撵着儿子打。妻子推开门出来护儿子。郑店王愤愤地说："坐吃山空，败家子，他倒想得开……"

那个晚上，郑店王家的院子，成了戏场。

（推荐者：春　秋）

（发稿编辑：田　芳）

（题图、插图：豆　薇）

老申和老伴儿从西山踏青归来，夕阳还高高的。老申把车开到小区负二停车场，准备向车位倒车。老伴儿照旧先下了车，顺带把从路边买的三斤柴鸡蛋也拎了下来。她先走了，留下老申一个人慢慢倒车。老申驾龄不长，倒个车常常会整出一头汗。

车停好了，老申拿上手机，向楼栋入口走去，步伐有些趔趄，毕竟也是六十好几的人了。退休后，老申很不适应，这也看不惯，那也不顺眼。开始，老伴儿还能理解，也安慰他，可后来呢，矛盾竟全部转移到这老两口身上了，争吵，休整，冷战，和平，反反复复，绵延至今。

老申刚进家门，老伴儿就对他笑道："我这记性也够呛，把坎肩忘在车上了……"

老申很自觉，说声"知道了"，便开门往外走。

走向自家车，老申打开车门，忽见自己的茶杯也落在了车上，就一屁股坐上车，顺手把茶杯攥在手里，陷入了沉思。这只茶杯是他以前去景德镇出差时买的，当时和卖主讨价还价的情景还历历在目呢……

半晌，老申上了楼，打开家门，见老伴儿像不认识似的上下打量他，便问："咋了？"

"坎肩呢？"

老申恍然大悟，嘴里嘟哝一句什么，转身出了门，乘电梯下到了负二。开了车门，他打开手机的灯光，妥妥地把老伴儿的坎肩拿在了手上。

取坎肩

□李金海

进了家，他声音响亮地对老伴儿说："给，你的坎肩。"

老伴儿接过坎肩，再次打量起老申。

"看啥，不认识了？"

"我记得你是拿着杯子下楼的。"老伴儿微蹙眉头。

是啊，茶杯又忘车上了。老申自我解嘲般笑了笑，笑声又干涩又勉强："再跑一趟吧。"

"我说什么来着，一定要预防老年……"

老申慌手慌脚地把门掩死了，可老伴儿话语的最后两个字——痴呆——还是硬生生地从门缝里挤了出来。等电梯的当儿，老申摇摇头，自言自语道："这个老婆子。"

老申来到车旁，开了车门，掏出手机，打开了手机灯光，灯光照射处，茶杯稳稳当当地蹲在那里呢。与此同时，他看到连接行车记录仪的电线脱落了一截儿，于是借着手机灯光，又把脱落的线顺手塞进了夹缝里。

拿着茶杯往回走，老申很是感慨，要是儿子在身边，这些跑腿的活儿，还用得着他这个半大老头儿来回折腾吗？可是，儿子有自己的事业，有自己的生活，不可能一直守在父母身边啊；再者，当初儿子选择去大城市发展，也是他点头同意的。

回到家里，老申把茶杯放下，忽然觉得口渴了。他正往茶杯里倒水的时候，老伴儿从卧室里走了出来。

"咱得服老啊。我也是，丢三落四的事没少干。"她善意地笑着安慰他。

"那是你，我没觉得老。"老申顶她一句。三趟负二，让他心里微微起了一层小疙瘩。

"真倔，鸭子死了嘴硬。"老伴儿"回敬"他。

这当儿，老伴儿的手机响了，是儿子打来的。儿子兴冲冲地告诉母亲，他给父亲淘换到一套上好的空竹。老申有抖空竹的爱好，老伴儿对这个也特别支持，因为抖空竹不只健身，还健脑呢。说完空竹的事，儿子又问打爸爸的手机为啥没人接。老伴儿转头问老申怎么回事。老申摸摸兜，瞅瞅桌面，明白了。"忘车里了。"他低声说。

错不了，刚才去车上拿茶杯时，又把手机落在里面了。

这回，老伴儿话里带了气，声调也高出三分："老申啊老申！你还是把车开上楼吧。"

一时间，气馁、羞愤、自责，

一股脑儿袭上老申的心头。他喘着粗气，蹒跚着走向门口，打开门，出了屋，"砰"的一声带上了门。下到负二，走至车跟前，老申一摸兜，车钥匙又忘了带。他不得不返回家去，站在门口掏钥匙，啊，家门钥匙也落在家里了！

他把防盗门拍得山响，仿佛要抄自个儿的家呢。老伴儿开了门，手里拿着车和家门的钥匙，轻声道："你也累了，歇着吧，我去！"她似乎忽有所悟，知道得理解和善待自己的老伴了。

老申却正在气头上，没吱声，一把抓过钥匙，再次下到了负二。

他打开车门，睁大眼睛，在黑暗中摸索一番，找到了手机。他紧握手机，没有即刻离去，而是钻进车内，带上了车门。是啊，他需要冷静一番，平复一下激动的心绪。

老申仰躺在座椅上，闭目思量着五下负二这件事：真是匪夷所思啊，事情就这么发生了，可问题出在哪里呢？

想啊想，越想越乱，干脆不想了。他下了车，往回走，一进家门，老伴儿笑脸相迎，一个劲地向他赔不是，说自己比他还糊涂哩，只是不想让他知道罢了。这样听着，老申激动的心情渐趋舒缓。老申正呷着茶水，忽然传来拍门的声音："咚咚咚，咚咚咚。"简直是拆门呢。他大喝一声："谁啊？"

原来是老伴儿在拍车窗玻璃："让你拿个坎肩，你咋在这儿睡着了？"

梦醒了。

（发稿编辑：赵嫒佳）

（题图：陶　健）

·本刊信息传真·

阿P系列幽默故事征文

阿P系列幽默故事栏目开辟二十多年来，深受读者欢迎。为了把这个栏目办得更好，本刊再次面向全社会征稿，希望有更多的人来关注阿P，把您身边的阿P故事写得更精彩，更有现实意义和典型意义。

来稿方法：1.从邮局寄发，请在信封上注明"阿P故事征文"字样，本刊地址：上海市闵行区号景路159弄A座308室《故事会》杂志社，邮编：201101。2.从网上传递，请在主题上注明"阿P故事征文"字样，发至绿版编辑部电子邮箱：gushihuilvban@sina.com。

压岁钱

□ 顾敬堂

赵晓波读小学六年级。正月初六这天，他趁着父母的心情不错，在晚餐的时候试探道："爸爸妈妈，今年的压岁钱能不能由我自己管理？"

妈妈摸着晓波的头道："你吃穿都不缺，合理的开销也从来没少过你的，这钱还是妈妈替你存着，等你长大后再由你支配吧。"

晓波平时还算乖巧，此时倔脾气却上来了："这是我自己挣的压岁钱，我还不能……"

他的话还没说完，爸爸大赵放下筷子，沉着脸问道："你自己挣的？你说说怎么挣的！"

"给叔叔阿姨拜年、给爷爷奶奶磕头挣的呗！"晓波理直气壮地说。

大赵冷笑道："他们之所以会给钱，是因为你爹我先对人家付出了对等的感情和金钱！有能耐你去大街上给人磕头去，看有没有人给你一分钱！"

晓波还想说些什么，这时门铃响了，晓波妈妈开门一看是晓波的爷爷来了，连忙递上拖鞋："爸，您怎么来了？快坐下吃饭吧。"

老爷子第一眼就发现了晓波的异常，责备儿子儿媳道："吃饭时招惹孩子干吗？容易犯胃病。"

大赵严厉地对晓波说道："你先进屋反省，等想清楚自己的错误再出来！"

晓波用求助的眼神看向爷爷，

爷爷安慰道："大孙子，你先回屋，我和你爸爸谈谈。"

听晓波爸爸讲完前因后果，老爷子道："不就五六千块钱嘛，给他就是了。"

话音刚落，在屋里偷听的晓波立刻冲出来扑到爷爷怀里："爷爷你最好啦！"

大赵沉默半晌，缓缓挽起袖子，将肘部亮给父亲看，上面有道明显的疤痕："爸，您还记得我这道疤是怎么来的吗？"

老爷子愣了一下，思绪回到了二十多年前的那个正月。

那年，老爷子刚刚调到镇上担任民政助理，过年时家里来串门送礼的人忽然就多了起来。大过年的，老爷子实在无法将人拒之门外，只好回赠相同价值的礼物。但如果有人给儿子压岁钱，老爷子就会态度坚决地挡回去，有几次甚至和对方闹了个半红脸。

正月十四这天，老爷子让大赵和自己去单位，帮忙统计一下给贫困户发放元宵的名单和数据。父子俩忙活得正起劲呢，忽然从大赵身上传出了电话铃声。大赵脸色苍白，慌忙用手捂住口袋，但已经晚了。老爷子怒目圆睁，喝令他掏出来。大赵见躲不过去，只好乖乖拿出一部崭新的手机。

在老爷子的逼问下，大赵交代了手机来源：爸爸的两名下属硬塞给自己一千元压岁钱，并"贴心"地嘱咐他这是叔叔们私下给的，不用告诉父亲。大赵没经受住诱惑，用这钱偷偷买了心心念念的手机。

老爷子暴跳如雷，将儿子拉到走廊里对着他的屁股一顿猛踢。同事们听到孩子杀猪般的哭声，纷纷跑出来拦着。大赵撒腿就跑，却不料被放在走廊里的垃圾桶绊了一下，摔了个结实，倒地时他右手本能地举起手机，肘部磕在水泥地面上，疼得大赵捂着胳膊在地上翻滚，鲜血从他的指缝渗了出来。

老爷子连忙把儿子送到了镇卫生院。经过初步检查，大赵的胳膊摔骨折了，养了一个学期才彻底恢复过来。

听儿子讲完这段往事，老爷子脸上露出了愧疚的神色："儿子，别记恨我。当时我比你现在大不了多少，在教育孩子方面有些简单粗暴……"

大赵笑了起来："爸，瞧您说的，我可从来没记过仇。自从那事之后，再也没有人到咱家送礼塞钱了。这些年来我留意观察身边的家庭，越严厉的父母，儿女反而越知

道感恩；越娇惯的孩子，越不懂得孝顺。”说到这里，大赵意味深长地看了一眼儿子，晓波的嘴立刻噘了起来。老爷子搂过孙子，抚摸着他的后背以示安慰。

谈话结束时，大赵提前给老爷子打了预防针：“爸，今晚就在这儿住吧。不过您可不能偷着给晓波钱，否则我当年挨的揍可太冤了！”

“还说不记仇，屁大工夫提两次了！”老爷子嘟囔着，领着孙子回卧室了。

晚上，晓波和爷爷嘀咕半宿，早晨起来时晓波两眼放光，和父母提出要去爷爷家住几天。

大赵狐疑地看着父亲道：“爸，咱昨晚可说好了……”

老爷子眼珠子瞪得溜圆：“小兔崽子，是不是觉得你爹老糊涂了？”

晓波见爸爸吃瘪，捂着嘴偷笑，拉着爷爷的手蹦蹦跳跳地走了。

晓波一走就是十天，直到正月十六才跟着爷爷回来。刚见到儿子，大赵大吃一惊：孩子的小脸黑里透红，全然没了之前的白净；父亲也好不到哪去，满脸风霜，哪还有退休干部的样子？

这时，晓波得意扬扬地从兜里掏出一沓钞票，说：“这是我和爷爷卖糖葫芦挣的！爷爷说了，这个钱我爱咋花咋花，你和妈妈无权干涉！”

看着灰头土脸的爷孙俩，大赵忍不住心疼：“你们赶紧去洗漱一下，我做点好吃的犒劳两位老板。”

晓波看来真是累坏了，吃了几口饭就回卧室睡着了。大赵嗔怪父亲道：“爸，让孩子锻炼我能理解，您这么大岁数也跟着遭这罪，让外人看到了，还以为是我不孝顺呢。”

老爷子横了他一眼：“你知道晓波为啥需要钱？他们班上有个孩子长了胶质瘤，家庭又很困难。他们同学私下里说把压岁钱都捐给那孩子看病，偏偏你不问青红皂白，都不让晓波把话讲完。我带着他卖糖葫芦，让他感受一下挣钱的不易，明白献爱心不能慷他人之慨，这不好吗？你没看到晓波每天数钱的样子，别提多自豪了！”

大赵心悦诚服，举起杯打趣道：“您的教育风格日新月异呀，不愧是我亲爹！”

老爷子抬手佯装要打：“小兔崽子又翻旧账。教育也得与时俱进嘛，这样才能一辈更比一辈强。来，给爹把酒满上！”

（发稿编辑：赵嫒佳）

（题图：豆 薇）

神秘的书亭，却变成一处夭折了的好风景，令人惋惜……

书亭

□贺小波

城北的一处十字路口旁，不久前新建了一座书亭。在这个纸媒日益颓废的自媒体时代，它的出现就像一道靓丽的风景，吸引了一些人。

这天，分管文教的闫副县长在晚饭后散步时，无意间发现了这座书亭，惊喜不已：现在居然还有人甘愿坚守这灵魂的最后一块阵地，真是难能可贵！

然而令闫副县长遗憾的是，此时书亭已经关门了，只能透过玻璃窗看到书架上摆了几十种杂志，无法认识或了解书亭的主人。

他决定派人寻找书亭主人，并在全县进行宣传表扬。不过接连几天，派出去的人都回来报告说，书亭一直没有开过，附近的人也只知道守亭人是个老头，其他的就一无所知了。

闫副县长不甘心，就让手下人继续寻找……可惜直至闫副县长调任到市委宣传部，这座书亭的主人也未露面。此后，闫副部长又几次在全市宣传工作会议上把书亭作为典型进行了通报，并打电话至县里询问后续情况。只是后来工作太忙了，他渐渐把书亭的事淡忘了。

事有凑巧，闫副部长又调任到省文明委，成了闫副主任，带队去县里复验省级文明城市创建工作。他忽然想到了那座书亭，就对陪同检查的宣传部高部长说："走，看看那座书亭去，这可是文明城市的一道美丽风景线啊！"

高部长急忙拦住他："老领导，书亭有啥可看的？这两年咱县变化挺大，我还是陪您到别的地方转转吧。"

闫副主任固执地说："没找到这座书亭的主人，一直是我的一个心结，今天不去看看，恐怕以后更没有机会了。"言罢，他不再理会高部长，让司机开车直奔那个十字路口而去。

书亭还在，远远望去，像威严的哨兵稳稳地挺立在那儿。闫副主任不禁兴奋了，不等车停稳，便第一个打开车门奔向书亭。

令人大跌眼镜的是，亭里不见了杂志，亭外锈迹斑斑，亭脚下面的铁皮已开始腐烂。书亭早已不再是当年的书亭了。

闫副主任愣在那里，高部长站在一边，神情尴尬不已："老领导，其实……"他道出了实情。

书亭的主人原是邮局报刊发行科的退休职工，与报纸杂志打了一辈子的交道，退休后一时无法适应闲居生活，情绪一天天低落下来。

儿子看在眼里急在心里，于是偷偷在这个偏僻的十字路口临时搭建了这座书亭，想帮父亲度过心理适应期。谁知书亭刚建没多久，便被散步的闫副县长发现了，而且三番五次地派人来寻找这位"文化灵魂的守护人"。儿子不知内情，还以为自己私建书亭，未到有关部门办理审批手续，执法部门专门来查他了，因此，打那以后，书亭就一直处于关闭状态。

"那后来呢，你们没跟他解释清楚？"闫副主任表情有所缓和，原来罪魁祸首是自己啊。

"想解释的！"高部长委屈地说，"但等我们找到人时，那儿子说他父亲已经病逝了。再后来，您也未再过问，而此地又非闹市区，不碍观瞻，事情也就不了了之了。"

"哎，多好的一处风景，就这样夭折了！"闫副主任心里正暗暗叹息着，突然传来一阵"突突突"的机器作业声，只见一辆挖土铲车正缓缓驶向书亭。不远处的现场指挥人员大声吆喝道："动作快些！文明城市复验组已经到我县了，千万别让这个烂书亭破坏了文明城市的风景啊！"

（发稿编辑：赵嫒佳）

（题图：张恩卫）

屠龙之刀

□ 吴宏庆

过去，东江府码头鱼市里有个卖鱼人，名叫程大贵。他祖上几代都是卖鱼的，不仅传下了卖鱼宰鱼的手艺，还传下了一把杀鱼刀。

这刀呈柳叶状，巴掌长短，却锋利异常。程大贵拿着这把刀，刮鳞、剖肚、去鳃、除内脏，整个过程如行云流水，让人赏心悦目。只可惜，手艺再好，也只能赚些糊口的银两。

这天一早，程大贵的鱼摊还没开张，钱均就带着一帮手下来了。钱均是官府驻鱼市的差人，既收税，也收保护费。往常，钱均一来，程大贵早就主动把钱双手奉上了，可昨夜儿子生病把钱花光了，加上生意还没开张，于是他拱手说出缘由，哀求对方晚点再来。

钱均不满地一挥手，手下正准备砸摊时，有个中年道士来了。这道士四十岁左右，个子不高，但双眼有神。程大贵认得他，这些日子他每天都来这儿，不买鱼，只是看自己杀鱼。

道士见状，对程大贵说："贫道每日过来看你杀鱼，理应支付些银两。"说着，他从身上掏出一些碎银递给程大贵。程大贵虽有些难堪，但想着先渡过眼前难关再说，

于是收了银子，转交给钱均。钱均掂了掂银子，走了。

程大贵随即向道士道了谢，道士示意不必客气。正在这时，有人过来买鱼，让程大贵剖成片。程大

贵拿出那把刀，去鳞、剖肚，最后削成一片片厚薄均匀的薄片，再拿荷叶包好。

一旁的道士目不转睛地看完整个过程，竖起大拇指说："真乃好刀也，一气呵成，赏心悦目。"

程大贵忍不住问道："道长，你怎么会天天过来看我杀鱼？"道士作揖道："实不相瞒，我主要是为了看你手里的刀。"

"刀？"程大贵疑惑地把杀鱼刀拿起来看了看，这刀虽是家传的，但看起来也很普通，"这刀有什么稀奇的？"

道长神秘地说："这刀可是件宝贝。我有心收藏，价钱好说，你愿不愿出售？"

程大贵毫不犹豫地拒绝了。自古手艺人的家伙比天还大，绝对不卖。道士也没气恼，只让他想出售时再找自己。

这事很快就传开了，整个鱼市的人都说那道士是奇人，他肯定看出了程大贵那刀里藏着价值连城的宝贝。听到这些，程大贵只能苦笑，这刀是他祖父出海打鱼时捞上来的，也没当回事，就扔在了柴房里。后来卖鱼时，因为舍不得买新刀，就把这刀磨一磨用了。老程家三代卖鱼，刀就这样传了下来，一

把破刀怎么就成了宝贝？

几天后的一个清晨，程大贵刚摆开摊，钱均就带人过来了，说从今天开始，税和保护费涨一倍。程大贵气愤地顶撞了他两句，钱均勃然大怒，一挥手，几个手下就冲上来将程大贵按在地上狠狠地打了一顿。等到他们扬长而去后，程大贵发现杀鱼刀不见了。

原来，那天道士跟程大贵说的话传到了钱均耳朵里。不过，抢到刀后，他仔细端详，怎么也看不出来有什么名堂，去了古玩店和当铺一问，差点被人赶了出来，都说这只是凡铁打造，而且磨损得如此厉害，简直一文不值。钱均一想，既然道士说这刀是宝贝，那就干脆把刀卖给他吧。

一打听，道士暂居在城南一座道观中。钱均找上门后，掏出那把杀鱼刀，开门见山道："听说你喜欢这把刀，开个价吧。"

道士看到刀后，笑说："好刀，你想卖多少？"

钱均壮着胆子伸出了一根手指，说："十两，不，一百两银子。"

道士哈哈大笑道："倒是不贵。"说着，他便进了里屋，拿出了一百两银子。

钱均后悔不迭，暗叫卖便宜了，

忍不住好奇地问："道长，这刀有什么稀奇之处？"

道士大笑，说："凡夫俗子，怎能识得这刀神奇？也罢，今天就让你开开眼界吧。"说着，他持刀来到一面墙前，那墙上绘有八仙过海图。只见他口中喃喃念咒，顿时周边腾起一团云雾，随后他一伸手，便从画里抓来一条似龙般有角有鳞的活物，不顾它奋力挣扎，用杀鱼刀一挑，那活物便被开了膛。道士将其肝摘下，放入口中，之后顺手把那龙形之物扔回壁画中。

"这条龙还未成形，只是蛟而已，不过肝已鲜美。"道士津津有味地嚼着血淋淋的肝说。

这一幕把钱均几乎吓傻了，龙肝凤胆只是传说中的珍馐美味，而这道士竟然杀龙取肝！他定了定心神，这才结结巴巴地问："这、这是……"

道士晃了晃杀鱼刀，说："这刀本就不是凡物，乃神兵利器，加上程家数十年用它杀鱼，千万条鱼的血渗入其中，宝物通灵，已成屠龙利器了。"

钱均自然难以相信这种离奇的话，可眼前这一幕又让他不得不信，他吓得连滚带爬地走了。

很快，程大贵从里屋走出来，

一见道士便"扑通"下跪，连呼老神仙。道士哈哈大笑道："这不过是一些障眼术而已，只是雕虫小技，我可不是什么神仙。"说着，他将刀还给了程大贵。程大贵不敢接，说："虽然这是把破刀，但您为了它花了一百两银子，我如何敢要？"

"放心吧，修行之人的银子不是那么好拿的。"道士把刀塞在程大贵的手里，"用不了多久，他就会后悔了。"

就这样，刀又回到了程大贵的手里。钱均每天在鱼市来来去去，自然看在眼里，却不敢说，因为道士那一手"屠龙术"把他给吓着了。

这天，东江府衙门发下公告，说皇上大寿在即，各地官府要敬献宝物。可东江府自古只有渔业，哪有什么宝物，公告发下很长时间，征集的都是一些不起眼的物件。当官的着急了，于是下了重赏。这样一来，钱均的心思又开始活络了。

因为知道程大贵有神仙庇护，这回钱均不敢强抢了，于是过去跟程大贵商量。程大贵早已得道士指点，任钱均一再开价，就是不卖。最后，钱均一咬牙，开出了五百两银子。这个价钱正好到了道士给出的底价，于是，程大贵假装勉为其难地卖了。

得了宝刀后，钱均喜不自禁地要去献宝，却又一想，这刀的神奇之处在于屠龙，自己哪会这种法术，于是又过去请教道士。哪知道士却说自己这段时间要闭关，不愿动身，直到钱均拿出一百两银子后，他这才说："贫道虽不便出行，不过，可以教你一个法术，让人识得这刀的神奇之处。"

这法术说来十分简单，就是将这刀放在鱼池之中。因为这是屠龙之刀，群鱼受惊，必然争相顶礼膜拜。为了验证，道士还特意当着他的面将刀放入院子里的鱼池中，只见刀入水中，不消片刻，池中就像开了锅一般，群鱼翻腾，争相追逐。钱均大喜过望，拜谢了道士，捞出刀来赶紧去官府献宝了。

官府的人见这刀毫不起眼，自然不信，钱均便将这刀的来历说了一遍，又亲手做了试验。众人一见，果然是刀入水中，群鱼翻滚，甚是神奇，当下便决定将它敬献给皇上。不过，屠龙之刀的名称犯了皇上忌讳，便改名为神刀。

这天，道士照旧来看程大贵杀鱼。如今，程大贵已经换了一把新刀，新刀虽然没旧刀顺手，但也差不了多少。程大贵好奇地问："你来看我杀鱼，是因为那把刀，如今我没了那把刀，你怎么还来看我杀鱼？"

道士微微一笑，说："我是看你杀鱼的技巧。没了那把顺手的刀，你杀鱼还是那么轻盈流畅，说明技不在器，而在心，唯有千百万次锤炼，方可做到得心应手。这对修炼我的心境大有启发。"

原来，道士看杀鱼，不为刀，不为鱼，而为修道心。程大贵忍不住又问："我那刀本是凡铁，为何会有让群鱼膜拜的奇效？"

"那刀杀了数十年的鱼，鱼血早已沁入刀身，鱼儿逐腥，争相追逐很正常。"道士笑道，"不过，入水的时间久了，血腥散尽，自然就没效果了。到那时，钱均的报应就会来了。"

果然，那刀经官府一级级呈上去，每一级官府都觉得这刀过于普通，不放心，要测试一下它的功效。最后到了皇上手中时，下人将这刀丢入水中，任凭怎么搅拌，鱼儿也是置若罔闻。皇上大怒，派人下来调查，一查，这刀在东江府居然被称为屠龙之刀，于是，上至东江府主官，下至钱均等人，尽数入狱待罪。

（发稿编辑：朱 虹）

（题图：谢 颖）

大坑

□ 袁作军

朱集丁村丁老爷，有良田两千亩。这在民国年间的江汉平原，可是妥妥的土豪。丁老爷除了爱上茶馆消遣，没有不良嗜好，只是为人颇好面子，有些睚眦必报。

这天，他听说新开了家"雨声茶馆"，茶叶不错。本来今年庄稼风口不好，歉收已成定局。这雨声茶馆开张得就不太合时宜。但丁老爷好这口啊，就走进茶馆里，要了一碗铁观音。谁想到，冷不丁，年轻茶倌手里的木茶盘不经意地往下一撤，盘里的脏水不偏不倚，就洒到了丁老爷热气腾腾的茶碗里。

丁老爷不悦地看向茶倌。茶倌问："看什么？难道我脸上有花？"

丁老爷说："怎么说话呢？你把脏水洒到我茶碗里了。"

茶倌说："你这客官怎么就这么矫情？我的茶盘最多两三天就清洗一次，也脏不到哪里去。"

新开张的茶馆，为何如此嚣张？丁老爷气得一拍桌子喝道："叫你们老板来！"

两人争执拉扯起来。丁老爷面前的青花瓷茶碗被打翻落地，"哐啷"一声脆响，跌了个稀烂。茶客们闻声，都围过来看热闹。

茶馆李老板也赶来了，说："这位客官，跑堂的弄脏了你的茶，我赔；你打碎了我的碗，你赔。一码归一码。一套茶碗十个大洋，你和茶倌各承担五元，行吧？"

丁老爷气愤地质问："你这个是金茶碗吗？一套茶碗也就二三角

银毫子。你的牌子是怎么写的？童叟无欺！"

李老板没发火，问："那你解释一下，童叟指的什么人？"

丁老爷中过晚清秀才，这难不倒他："童指儿童，叟指老人。"

李老板说："你这个年纪，既算不上老人，又不是儿童，童叟无欺就不关你什么事了。赔钱吧。"

丁老爷被呛得哑口无言，愣怔半天，可他不习惯身上带很多钱，口袋只有十个铜板的茶钱。经过茶客们的多方劝解，李老板才松口："这么着吧，把你身上长袍外的马褂脱下来，抵茶碗钱。"

一件马褂值不了几个钱，但是伤害性不大，侮辱性极强。丁老爷脱下了马褂，在茶客们的哄堂大笑中怨恨地出了茶馆。

丁老爷生了几天闷气，忽然叫来管家老吴，让他拿钱去朱集，不惜代价，把雨声茶馆对面的门面租下来，开一间老丁茶馆："你挂出招牌，一角银毫子，喝茶三天！"

老吴说："老爷，这是赔本的买卖，您三思啊。"

丁老爷说："照做，少啰唆！"

老丁茶馆开张不到半个月，雨声茶馆就关张了。丁老爷解气地笑了："跟老夫耍横，你凭什么？"

雨声茶馆的李老板改卖大米了。丁老爷赶紧吩咐老吴："把咱们的茶馆改成老丁米行。姓李的大米一个大洋一斗？我们的大米，一个大洋两斗！"

老吴更加蒙了，慌忙说："老、老、老爷，一元一斗已经是垫底平价了……咱卖得越多，亏得越多。这、这、这叫什么生意？您干吗要跟李老板死磕呢？"

丁老爷说："你不懂，照做就是了。咱不缺那点粮食！"

一冬一春，老丁米行抛售了七八十万斤大米，逼得李老板的米店苦苦支撑，生意惨淡。丁老爷幸灾乐祸笑道："你不是狠吗？让你看看究竟谁拔根汗毛就比腰粗！"

五月间，乡公所忽然敲锣打鼓给丁老爷送来了"朱集首善"的牌匾，嘉奖他低价售粮，帮助乡民平安度过灾年春荒。李老板和那个茶馆也带着丁老爷的那件马褂，负荆请罪来了。原来他俩都是乡公所的人。丁老爷听得一愣一愣的，接过牌匾哈哈大笑："格老子的，请将不如激将。你们这个坑挖得有点大哟！"

（推荐者：鱼刺儿）

（发稿编辑：田　芳）

（题图：豆　薇）

把不喜欢的事做好

林则徐年轻时，参加会试名落孙山，因为家境不好，林则徐只能暂时找一份差事谋生。经好朋友介绍，林则徐到县衙担任幕僚。

当时的福建巡抚是张师诚，他在翻阅各地送来的公文时，发现有两个县的公文写得非常好，他立刻派人调这两个县写公文的人来。就这样，林则徐和永泰县的孙幕僚来了，张师诚非常重视，亲自带着自己的师爷考察二人。张师诚先问孙幕僚："我看你的字非常好，你一定非常喜欢练字吧？"孙幕僚立刻说："大人好眼力，我从小就酷爱书法，为了练

字可以说到了废寝忘食的程度，就是现在也是每日除了做事，就是练字了。"

张师诚点了点头，让师爷送孙幕僚出去等消息，然后让林则徐进来，问了同样的话。没想到林则徐这样回答："不瞒大人，我其实不喜欢练字，只是为了科举，也为了谋生，所以必须要把字写好。"张师诚哈哈大笑，立刻任命林则徐当了自己的幕僚。

师爷很不解，张师诚说："喜欢做的事能做好，这不奇怪，也看不出水平；可是能把不喜欢的事做出成绩，说明这个人自控力很强，而且做事认真，将来无论遇到自己喜欢的或者不喜欢的事，都会做得很好。"

就这样，在张师诚的栽培下，林则徐日后果然成为清代后期著名的政治家、诗人。

(作者：任万杰**；推荐者：**谁与争锋**)**

一件小事的震动

索尔12岁的一天，他从家附近的林子捉了一只小画眉放到笼子里，想让它为自己一个人唱歌。那鸟先是不安地拍打着翅膀，在笼中飞来扑去十分恐惧。后来就安静下来，认可了这个新家。站在笼子前，听着"小音乐家"美妙的歌声，索尔兴高采烈。

索尔把鸟笼放到后院，第二天发

现有一只成年画眉在专心致志地喂小画眉，这一定是小画眉的母亲。在它的呵护下，小画眉一口一口地吃了很多类似梅子的东西。索尔高兴极了，因为他感觉找到了一个免费的保姆。但过了一天，索尔却发现小画眉已经死了，怎么会呢，小画眉不是得到了最精心的照料了吗？他迷惑不解。

后来鸟类学家告诉他，当一只美洲画眉发现它的孩子被关在笼子里之后，就一定会喂小画眉足以致死的毒梅，它似乎坚信，孩子死了总比活着做囚徒好些。

这话给了索尔巨大的震动，他好像一下子长大了。原来这小小的生物对自由的理解竟是这样的深刻。从此，他再也不把任何活物关进笼子，直到现在，他的孩子也是这样。

（作者：索尔·贝娄；推荐者：小 玉）

若无其事的寇准

寇准是宋真宗时期的宰相，深得皇帝信任，他刚正不阿，得罪了很多人。后来，宋真宗病重，太子年纪尚幼，刘皇后想把持朝政，就需要除掉寇准和反对者，小人丁谓看准这个机会，诬告寇准密谋拥立太子继位，谋反作乱。

刘皇后立刻把寇准贬官到道州，同时被贬官的还有吏部尚书周文正。丁谓非常恨这两个人，可是又不能直接杀了，就想到了一个办法，那就是通过皇帝下了一道诏书，再把二人贬

远点。被派去宣读圣旨的是孙太监，临行前，丁谓送给他一把长剑，并叮嘱一定要让人看到这把剑，还要放出风去，皇帝的圣旨是赐死。寇准和周文正如果不想被羞辱，就会提前自刎，这样刘皇后党就不用留下骂名，同时少了很多麻烦。孙太监也按照丁谓交代的办了。

回来后，孙太监向丁谓报告说两个人都没有选择自刎，而是接了圣旨。丁谓很失望说："看起来两个人都是有大格局的人啊！"孙太监摇了摇头说："寇准是，而周文正不是。我在没宣读圣旨的时候，周文正手已经开始颤抖，脸色煞白，他是凭阅历感觉圣旨上不会是赐死。而寇准却不动声色镇定自若，一直到我宣读完，然后平静地接旨，这份定力和看淡一切的胸怀，让我很佩服。"

心中有事，装作若无其事，便是阅历；心中有事，还能若无其事，便是格局。

（作者：任万杰；推荐者：田宇轩）

（本栏插图：陆小弟）

学写作文，从读故事开始

英格丽德·J.帕克，美国女作家，1936年出生在德国慕尼黑。代表作有以日本平安时代官吏菅原显忠为主角的侦探小说系列。本文改编自该系列的一则短篇小说《文玩商之妻》。

露马脚

菅原显忠是刑部省的一名官吏。这天，他前往一家文玩店，打算去给宝贝儿子买一份礼物。快到文玩店的时候，他看到一个妇人立在阶石上，隔着栅栏窥望庭院。显忠认出她就是文玩店滨田老板的夫人，就跟她打了个招呼。

妇人一听这话，竟眼含热泪道："我不再是滨田夫人了。"

显忠曾听说多年前滨田远行去了中国经商，难道不幸身亡了？便问道："您是失去了丈夫吗？"

妇人的眼神里充满愤怒："可以这么说吧。那个从海外归来的男子不是我丈夫，可他现在却霸占了我的家和孩子。"

显忠既吃惊又好奇，也被妇人的悲苦触动，便邀请她去附近的饭馆吃面。

妇人谢过显忠的款待后，娓娓讲述起来。滨田四年前出海经商，下落不明，不久前一个自称滨田的男子找上门来。他说自己在归途中，不幸遭遇海难，侥幸漂到岛上，又染上天花，面容俱毁，又过了一年多，他才躲在渔船上回到日本。滨田的家人当即接受了这套说法，就连滨田夫人一开始也没有怀疑，但在一番云雨后，她觉察到对方是个冒名顶替者。妇人说道："我在觉察之后，就到衙门告他，但判事在调查后确认他就是滨田。冒牌滨田甚至在公堂上当众宣布休妻，所以我只能在外流浪。"

显忠觉得不可思议，问道："除了你之外，就没其他人产生怀疑吗？"

妇人答道："天花使得冒牌滨田的脸上布满瘢痕，看不清本来面目，而且他的身形、习性与我丈夫十分相像，并且都瘸了一条腿。他不仅知道铺子和孩子的许多事，甚至还晓得婆婆最喜爱的故事，我也不清楚是怎么回事。"

显忠说道："你婆婆还在世？那么她是怎么想的呢？世上没有一个母亲认不出自己的孩子吧？"

妇人答道："婆婆的眼睛几乎失明了，还耳背，得知儿子归来，她满心欢喜，哪有半点怀疑？连我一开始都着道儿……但一个妻子再怎么也认得清丈夫。"

显忠听完，决定帮她调查，并叮嘱对方次日同一时间到店铺附近等着。之后，显忠去了滨田文玩店。店铺内熙熙攘攘，一个虎背熊腰的汉子和伙计们一起接待顾客。汉子有着一张可怕的麻子脸，无疑正是自称滨田的男人。

一名伙计接待了显忠。正在显忠犹豫买哪样时，麻脸滨田走过来说道："买个陀螺怎么样？"

显忠点点头，说道："应该挺好，谢谢建议。"

麻脸滨田继续介绍："我们店里的陀螺非常好，大大的陀螺上绘制了彩色图案，旋转起来能让小孩子看得目不转睛。"说到这儿，他对伙计训斥道："快去拿过来，笨蛋！"伙计赶忙小跑离开，很快上气不接下气地取了陀螺回来。

麻脸滨田声如洪钟地怒斥伙计道："你打算就站在那儿？快给这位先生演示一下。"

伙计小声回应，再用哆嗦的手指将一根线缠绕到陀螺上，但他越紧张就越出错，没能让陀螺转起来。麻脸滨田面色阴沉，扬起拳头就要教训伙计，显忠见了，忙说："这个陀螺我买了，请帮我包起来。"

显忠在等待之时，端详起店里售卖的乐器，装作不经意地询问麻脸滨田："你还留着令尊传下来的中国琵琶吗？"

麻脸滨田答道："当然，那是我们家的传家宝。阁下想要看一眼吗？"

显忠说道："我的一位朋友爱好收藏乐器，他想要见识一下，假如你愿意割爱的话，那就更好了。"

麻脸滨田眯缝起眼睛，摩挲着双手："只要肯掏钱，一切都好商量，嘿嘿。"

显忠提议道："那么，我明天这个时候带朋友过来瞧瞧？"

"当然，十分欢迎。"麻脸滨田满脸欣喜，躬身送显忠出门。

显忠从滨田家的店铺出来，直接赶往宫廷乐坊，与乐师聊了聊中国琵琶，随后又去了负责治安的衙门，与大尉见面商议了一番。

次日午后，显忠带着乐师和大尉走进滨田家的店铺。麻脸滨田在后院一间装饰华丽的房间里接待了

他们。乐师看到矮几上放了三把古老的中国琵琶，情不自禁地抚摸着琵琶，又拨了拨丝弦，问道："你能否弹奏一下？"

麻脸滨田答道："我没有多少音乐天赋，但老母亲会弹一点琵琶。你们稍等，我去带她过来。"说完，他就离开了房间。

等他一走，乐师对显忠说："这些琵琶是真货，但本应该抹油保养，重新上弦，现在看来它们可能因为疏于照顾，早已损坏了。"

大尉插话进来："显忠，我想你的猜测是对的。其实滨田夫人提起诉讼后，我们也认真查过。这个人持有滨田的旅行证件，讲了一段令人信服的经历，虽然我私下觉得他对自己造访过的地方讲得有点含糊不清，但凭这点也无法推翻上司的决议。碰巧的是，这位滨田在平安京现身的不久前，有一伙匪徒在平安京和海港之间犯案，专门劫杀来往的商贾。一名眼线告诉我们，那伙匪徒对外贩售了许多中国货。也许是那伙人在真正的滨田回来的途中逮住了他，卖掉他贩运的中国货物，从他口中套出大量信息后，一名擅长模仿的匪徒冒充滨田，霸占了他的店铺。如果是这样的话，那么真正的滨田多半已经死了。"

这时，麻脸滨田领着一名驼背老妪走进来，并大声对她说道："母亲，这三位大人想要听你弹奏琵琶。"

"你说什么？"老妪耳背得厉害，麻脸滨田扯着嗓门讲了几遍，她才听明白，在蒲团上坐下。

乐师问道："名师制作的琵琶定然有名号。不知令尊是否向你交代过这三把琵琶各自的名号？"

麻脸滨田说道："当然。最大的一把叫风吟，旁边这把叫寺钟，最小的叫作蟋蟀。"

这时，老妪抚摸着一把琵琶，自言自语："这把钟鸣需要上新弦了。为啥不给它换新弦呢？还得要抹油保养木料。"

麻脸滨田带着歉意看着客人们："恐怕是我母亲的年纪大了，时常说些胡话。我们当然知道，更换老古董的任何一个部件都是错误做法，那样会破坏它们的价值。"

显忠却注意到一处细节，问道："钟鸣？这把琵琶到底叫寺钟还是钟鸣？"

麻脸滨田吞吞吐吐，答不上来的时候，耳背的老妪却听到了提问，对麻脸滨田说道："你怎么把你父亲的教诲全忘光了？不记得琵琶的名字取自'风吟蟋蟀寒偏急''钟鸣漏尽尚忘归'这两句汉诗了吗？"

麻脸滨田涨红了脸，说道："抱歉，看来我母亲此刻脑子糊涂了，我得带她回房了。"话音未落，他就急忙搀扶起老妪走了出去。

他们离开后，大尉也起身离开，等回来时，他带来了滨田夫人。滨田夫人一看到那几把琵琶，就惊呼道："必须立刻给它们抹油了！我丈夫和我以前每过四个月，就会用油擦拭琵琶。"

这时，麻脸滨田也走进屋来，看到滨田夫人，怒道："谁让这个女人进来的？她无权出现在这儿！"

显忠说道："恰恰相反，无权留在这儿的人是你这个冒牌货。真正的滨田一定懂得如何正确地保养琵琶。这就是你露出的马脚。这位大人正是负责捕盗缉贼的官员，你就快点老实交代你是如何劫杀滨田、再冒充他的吧！"

听到这话，麻脸滨田顿时脸色苍白，双膝一软，跪倒在地上，竹筒倒豆子一般交代起来，竟然真就像大尉推断的那般，分毫不差。

（编译者：姚人杰）

（发稿编辑：田　芳）

（题图、插图：佐　夫）

难收的供果

□魏炜

五顺是财神的收供使，顾名思义，他每天都会到街上去帮财神收供果。他最喜欢去的是常记饭馆，老板名叫常大江，供果又多又新鲜；他最讨厌去的是祥记饭馆，老板名叫朱有祥，常常让他空手而归。

这天，五顺来到祥记饭馆，见供桌上只摆着一盘点心，正想伸手拿，手却被按住了。他扭头一看，正是老板朱有祥。原来邻桌有个小孩看上了点心，正哭闹着要呢。朱有祥拿起两块点心递给孩子，那孩子接过来吃了，即刻转哭为乐。

五顺想去拿剩下的三块点心，又被按住了手。朱有祥又抓起一块点心，奔到门外。原来有个老乞丐

饿倒在门边，朱有祥把点心放到他手里，那老乞丐几口就给吞下肚去了。

五顺赶紧扑到供桌上，抱住了供盘，但朱有祥又跑过来想拿点心。五顺急了，瞬间现出了人形，怒道："朱有祥，你不要太过分！只剩两块点心了，你还要拿，你是真心敬财神爷爷的吗？"朱有祥辩解道："我当然是真心的。可你看看，那老人要饿晕了，我不得救他？"

五顺急道："你敢再拿一块，我就到财神爷爷那儿告你的状，让你永远都别想发财！"朱有祥却说：

"发财事小，救人事大呀！"他一把推开五顺，把两块点心都塞到老乞丐手里。

五顺气得暴跳如雷，朱有祥忙抱拳行礼："小哥息怒，今天遇到了急事，我也是别无他法。明天我多供些点心，让小哥满载而归，可好？"五顺看他诚心诚意的样子，气就消了大半，说："那我就看你明天能不能将功补过了！"说罢，他化成一缕轻烟，瞬间消失了。

第二天，五顺又来到祥记饭馆，看到供桌上供着十几块点心，忍不住笑了。他正要去拿，却见几个小乞丐跑到饭馆门前，跪下喊道："老板行行好，救救我们吧，我们快饿死了！"朱有祥立刻把那些点心分给了小乞丐们。

五顺气坏了，又现出了人形，对朱有祥怒吼道："朱有祥，你好大的胆子，又让本使白跑了一趟！你当财神爷爷真是好惹的吗？"

朱有祥忙跪倒在地："小哥见谅！你也看到了，那几个孩子饿成了那样，馍还没出锅，我总不能不管不顾吧？"五顺气急败坏地说："我看你眼里分明没有财神爷爷！"

这时，门外传来一声大喝："哪位大神竟如此不分青红皂白？"五顺抬眼一看，见一位老道正大步走来，他愤愤地说："朱有祥，看我怎么收拾你！"说完，他又化作一缕轻烟消失了。朱有祥一屁股坐到地上，说："得罪了财神爷爷，这回真完了！"

一旁看热闹的客人们听完事情的原委，个个义愤填膺。这时，老道冲大家一拱手，说："此事还请各位帮忙。"客人们忙应道："应该的。朱老板积德行善，不该倒霉。"老道说："收供使明天还会来，咱们就在那时摆好阵仗，你们都听我指挥。"说着，他让大伙儿凑近了细说。殊不知，常记饭馆的老板常大江，也混在人群中偷听着。

转过天来，五顺又来到祥记饭馆。一进门，他看到供桌上摆着四盘点心，拿过一盘，倒入锦袋中，刚要拿第二盘，却听一声喝令："关闭门窗！"瞬间，门窗都被关上了。接着，老道掏出一张符，五顺瞬间明白了，那张符要是贴到他嘴上，他就说不了朱有祥的坏话了。但这几个凡人，又怎么抓得住他？他化作一缕仙气，在屋里飘来飘去。老道说："既然你不肯服软，那我们就不客气啦。开始！"众人从桌下拿出装着猪血的水桶，舀起来向空中泼着。

五顺急了，他最怕的就是猪血。

猪血泼到他身上，他就会现形。正不知如何是好，却见常大江悄悄推开了门，五顺借机溜了出去。老道气得怒骂："哪个龟孙子放他走的？"常大江早躲到一边去了。

五顺惊魂未定，到常记饭馆收供果。刚收了一盘，就见常大江跑回来了，跪下就拜："拜见仙使！"五顺很吃惊，现出人形问："你咋知道我在？"

常大江说，昨天老道给大家传授秘诀，说摆四盘供果，看到一盘空了，那自然就是被收供使收走了，

人们便可瓮中捉鳖了。五顺说："谢谢你刚才放了我，没让我出丑。说吧，我能帮你啥？"

常大江义愤填膺地说："朱有祥对财神爷爷太不恭敬，你一定得想个法子惩治他！"五顺问："他还有不恭敬财神爷爷的事吗？"

常大江说："有！客人一多，他就会腾出供桌，把财神爷爷放到污秽之处。"五顺惊道："他竟敢如此？"

常大江拍着胸脯说："我亲眼见过。你要不信，明天去看。"五顺怒道："我明天倒要去看看！"

第二天，五顺又来到祥记饭馆。供桌上只摆着一个供盘，上面只放着四块点心。五顺正要装点心，却听门外有人喊道："老板，快上饭菜，我都快饿死了！"只见一个赶脚人大步走进饭馆来。

朱有祥说："哎呀，兄弟来得迟，没有位子啦！"赶脚人说："那我站着吃。"

朱有祥叹口气说："累了一天，哪能站着吃？来，坐供桌这儿吧！"说着，他把财神像抱起来，放到了脏兮兮的墙角。

五顺看到财神爷爷那憋屈

的样子，不觉怒火中烧，现出了人形，一把揪住朱有祥的脖领子，大声质问："你竟敢把财神爷爷放到污秽之处，究竟安的什么心？"

朱有祥解释道："这不是有客人没地方吃饭吗？客人一走，我立刻就把财神爷爷搬回来。"五顺瞪着眼吼道："你对财神爷爷太不恭敬了！你等着，看财神爷爷怎么惩罚你！"

朱有祥也急了："我诚心诚意供着财神爷爷，你却天天来找我麻烦。我这就把他摔了，再也不供了，一了百了！"说着，他气冲冲地去搬财神，谁知，小小的一尊瓷财神，却像生了根似的，他竟然搬不动。他一时愣在那里，不知所措。

五顺定睛一看，是财神来了，正使着千钧坠。他忙跪倒在地："恭迎财神爷爷！"众人见状，也纷纷跪下来，给财神磕头。那赶脚人也连忙端起盘子，把供桌腾出来。朱有祥又试着搬了搬财神像，发现又跟平时一样重了，就忙把财神像抱回供桌上，跪拜一番。

财神冲五顺使了个眼色，五顺跟着飘飘悠悠地出去了。

来到无人处，财神抹了抹额头上的冷汗，说："好险！差点让人把本尊给摔了！"五顺添油加醋地

把朱有祥的所作所为讲了一遍，然后说："财神爷爷，您该惩罚他呀！他对您太不恭敬了！"

财神却摆了摆手说："不是这样的，朱有祥处处为客人着想，生意才会如此兴隆。若我惩罚了他，让他穷困潦倒，甚至把饭馆关了，那些客人定然骂我；若是让他赚着钱，那些客人定然会说'财神爷爷心胸宽广，朱有祥这么对他，他也不计前嫌'。"

五顺吃了一惊，他没想到财神爷爷会这么想。他想了想，又说："常家饭馆的常大江对爷爷恭敬有加，爷爷不如让他发点财吧。"

财神忽然面露怒容道："常大江乃不法奸商。他做生意经常缺斤短两，以次充好，更想陷害同行。那些小乞丐就是他找来的，为的就是吃光供果，惹你生气，又雇赶脚人来挤桌，朱有祥这才把我搬走。他就是想借咱的手，除掉朱有祥这个竞争对手啊。你呀，上了他的当啦！这样的人，我若让他发了财，人们定然会说我瞎了眼！"

听完这些，五顺对财神爷爷更崇拜了……

（发稿编辑：朱 虹）

（题图、插图：谢 颖）

活狼皮

□ 范大宇

那是 1943 年的腊月，吉林的深山老林里，天气特别冷，自打入了冬后，大雪就一直不停地下。

一个六十多岁的老汉独自住在一间草棚内。老汉叫刘大山，是百里之内有名的猎人。他最拿手的绝活儿是活剥狼皮，也就是说，在一头狼还没有死去之前，他能活生生地将狼皮取下来！这样的狼皮不仅没有一个枪眼儿或刀洞，而且因为是在狼没有咽气时剥下来的，它的血脉正在偾张之际，这皮就特别柔软，且特别保暖，用这样的狼皮做成皮袄穿在身上，睡在雪地里都不会感到冷。从前这种狼皮一直是上贡给皇帝老儿的。

能活剥狼皮的人，整个东北只有刘大山一人！刘大山的绝活儿是祖宗传下来的。别的猎人曾不止一次想偷学，可因为刘大山每次行动都非常警惕，他们无法近距离观察，就是学不成，有的人甚至为活剥狼皮搭上了性命。

近年来，刘大山越发感觉身体不如以前了，他不想让这活剥狼皮的活儿绝了。可是，闺女早已经出了阁；再说，这绝活也是传儿不传女的，而独生儿子文勇早年出门去读书，已经十几年没有音信了。

昨晚，刘大山隐约有种直觉，今天会有事发生。他一大早就起来了，推开草棚的门一看，积雪已经有近二尺厚。这样的天，会有什么事儿呢？

近中午时分，刘大山突然听到有一阵阵踏雪的声音从远处传来，

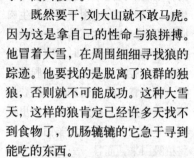

真有人进山了？

不多时，门被推开了，草棚外齐刷刷地站着十几个日本兵，还有一个年轻的中国人。刘大山盯着那中国人的脸，一愣。

那中国人是个翻译官，他顿了顿，对刘大山说："皇军需要一张活狼皮，所以，今天特意来此，请你亮一亮你的绝活儿！"

刘大山平静地说："我早就不干这活儿了。"

一个日军少佐"呜里哇啦"地说了一通。翻译官给刘大山翻译："你在说谎！现在许多抗日武装用的就是你剥下来的活狼皮。下个月，是日本天皇的生日，你必须搞到一张活狼皮来，否则——"

刘大山不动，那些日本兵也不急，就在他的草棚子里坐下来烤火，并将他的狍子肉、山鸡肉等全炖了吃了。

刘大山知道，这些日本兵能找到他，一定是有山里的人通风报信了，而且这人知道这大雪天正是获取活狼皮的绝佳时机。嘿，这些个王八蛋，真有他们的呀。刘大山左思右想，终于想通了，于是对翻译官说："我就干这一次，但他们不能跟着我，你——你要在我说的地儿守着。"

翻译官点点头。日军少佐得知刘大山同意了，高兴极了。

既然要干，刘大山就不敢马虎。因为这是拿自己的性命与狼拼搏。他冒着大雪，在周围细细寻找狼的踪迹。他要找的是脱离了狼群的独狼，否则就不可能成功。这种大雪天，这样的狼肯定已经许多天找不到食物了，饥肠辘辘的它急于寻到能吃的东西。

傍晚时分，刘大山终于寻到了一头独狼的足迹。从足迹来看，它已经几天没有进食了。于是，刘大山就在这头狼出没的附近，扫出了一块空地儿。等天黑后，他就只身一人来到这空地上，平躺了下来，然后，双眼紧闭，仰面朝天，双手握着一把锋利的匕首，刀尖朝上。他在静等一头饿急了眼的狼，等这头狼把他当作一顿美味佳肴。

在刘大山的附近，翻译官正静静地躲藏在一棵大树后面，准备观看这场人与狼的搏斗。这之前，他也带着日本人找过几个老猎人，也观看过他们类似的杀狼场面，可是，没有一个成功的。有的是狼根本没出现，有的是狼虽然来了，可还没等猎人出手，狼就将猎人活活咬死了。为什么？他百思不得其解。

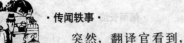

突然，翻译官看到，刘大山从怀里掏出一块肉，朗朗的月光下，能看出这是块生肉。只见刘大山用嘴将这块生肉撕咬下来一块，含在嘴里，一口一口慢慢地咀嚼着。立时，空气中就弥漫出一股淡淡的生羊肉的腥膻气味。翻译官猛然领悟到，这捕获活狼皮的诀窍儿，难道就是这嘴里咀嚼的生羊肉？这是要让羊肉的气味将狼吸引来，而且……

这时，一头狼果真出现了，它

走走停停，径直走到了刘大山的身边。可是，这狼并没有急于下嘴，而是围着刘大山不停地嗅着，最后凑到刘大山的嘴边，似乎在分辨人肉与羊肉的区别。

翻译官吓得几乎停止了呼吸。这情景简直太危险了，只要刘大山稍稍一动，那狼就会一口咬下去。刘大山像死了一样，纹丝不动。人与狼在较量，时间在一分一秒地过去，每一秒都可能会有死亡发生。

大约半袋烟的工夫，那头狼终于忍不住了，它再次凑到刘大山的面前，张开血盆大口，对准刘大山的咽喉就要下口。就在这千钧一发之际，刘大山突然睁开双眼，以迅雷不及掩耳的速度，用双手握着的匕首，对准那头狼的咽喉狠狠地刺了进去。

那个快、准、狠，整个动作几乎就在一刹那完成。那头狼还没有反应过来，就已被刘大山从喉咙口到肛门一刀划开了，气息奄奄。

好一个刘大山，"噌"地翻身而起，抄起那头还没有完全断气的狼，"唰"地挂在了一棵树上，随后三下五除二，眨眨眼的工夫，一张狼皮已经剥了下来。

翻译官已经看呆了，待回过神来，他飞奔去向日本人报告消息。

"哟西！"日本少佐大步走到刘大山面前，伸手就要拿那张冒着热气的狼皮。

"干什么？"刘大山把狼皮往身后一藏，"你要抢呀？"

"你的，大大的好。这个，给天皇的干活！"

"啊呸！"刘大山摇摇头，说，"我们中国人杀的狼，凭什么给你们？"

少佐一愣，怒了，一挥手，那十几个日本兵就把刘大山团团围住。

刘大山转过头，对翻译官说："小子，干什么不好？当汉奸？该收手了！今天，让你开了眼了吧？弄活狼皮，依靠什么？俗话说，一招鲜，吃遍天。"说罢，他就一个劲儿地吧嗒嘴巴。翻译官看着他，似有所悟。

刘大山又转身对日军少佐说："你要这狼皮？"少佐瞪着眼，点点头。

"好的，我给你！"刘大山左手托着那狼皮，右手挥着那把匕首，说："这是张好狼皮，可是，不能这么便宜了你们。你看，它在我手上，眨巴下眼，就不值钱了。"

日本少佐还没明白怎么回事，就见那刘大山已经挥舞着匕首，一刀一刀狠狠地戳在那狼皮上。转眼间，刚刚还价值连城的一张活狼皮，已经变成了刀洞累累的破狼皮。

"八嘎！"少佐吼着，举起手枪射向了刘大山，"砰砰砰砰——"

刘大山倒下了，他看着翻译官，嘴蠕动着。翻译官背对着日本人蹲下身，只听到刘大山说："刀尖向上刺……"

大雪掩盖了血腥。

几个月后，清明节到了。不知是谁已经将刘大山的遗体埋葬在他那间草棚旁边。

这年的冬天，在连日大雪的极寒天气，又有人来到了刘大山的草棚里，那人在一个夜晚，扫了一块雪地，并引来了一头多日没有进食的独狼，用和刘大山一样的绝门手艺，获得了一张活狼皮。

那人带着狼皮走到刘大山的坟前，喃喃自语："爹，我成功了！我也给您报仇了！"

这天，正好有猎人进山，远远地看到了这一幕。他认出那是刘大山的儿子文勇。听说，这孩子曾经在日本留学，后来被抓去给日本人当了翻译……

（发稿编辑：王　琦）

（题图、插图：佐　夫）

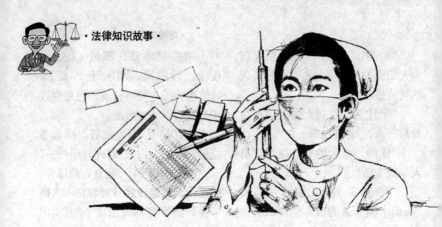

不行使权利可以，
不履行义务不行

□周玉文

田某是一名护理专业的毕业生。在校学习期间，她各门课程的成绩均是优秀。后来，田某去了一家民营医院实习，在实习期间，她的表现也十分优秀。

田某实习尚未结束，其实习的民营医院就和她签订了为期三年的劳动合同。合同上约定了她的工作岗位是门诊部注射室护士，包括具体的工作职责、劳动报酬等。在"劳动报酬"相关条款中，除了约定每月的工资是 5000 元以外，还特别约定医院会对其平时的工作情况，包括工作态度、工作能力、工作效果等，进行全面考核。根据考核情况，医院会在年底再一次性给予田某一个月至四个月的工资奖励。

田某十分热爱护士这一职业，平时工作很努力，获得了患者的好评和同事的称赞。

可是在发放年终奖时，田某所在的门诊部，员工的奖金数额是按单一的出勤率来计算的——凡是全勤的，发放两个月工资的奖金；请假四天以下的，发放一个月工资的奖金；请假五天及五天以上的，没有奖金。

这一年里，田某因为母亲生病，

请过一天假，所以，她只得到了一个月工资的年终奖。

田某认为，其所在的医院没有按照劳动合同的约定对自己进行考核，由此也没有对自己的工作进行全面评定，从而影响了自己的年终奖。一年下来，田某觉得自己的工作表现不错，医院应当按四个月工资的标准给自己发放奖金。

医院一方认为，合同中约定的"对劳动者的考核"是医院的权利，医院当然可以不行使权利，而且实际上，他们也给田某发放了一个月工资的奖金，符合劳动合同中关于年终奖数额为"一个月至四个月的工资"的约定。因此，医院一方在履行劳动合同过程中没有什么可挑剔的。

田某听了医院一方的说辞，第一时间向律师进行了咨询。委托律师就年终奖问题与田某工作的医院进行了交涉。经过律师与医院的说

法论理，医院最后同意向田某支付三个月工资的年终奖，共计15000元。田某对此表示满意。

律师点评：

本故事涉及的一个法律问题，即劳动合同双方当事人均当依约履行。根据法律规定，劳动合同中的权利和义务，当事双方均应依约履行，任何一方都不得以"不行使自己的权利"为借口，逃避应当履行的约定义务。

故事中，医院没有对田某的工作进行考核，这明显影响到了田某的经济利益，所以事实上，医院对田某的工作进行考核，不能简单地认定只是医院的权利，应该也包含了义务性质。由此，医院应当依约履行考核并支付相应奖金的义务。

（发稿编辑：曹晴雯）

（题图：张恩卫）

·本刊信息传真·

法律知识故事征文

本刊推出的"法律知识故事"，通过发生在我们身边的、短小而具体、在法理上容易混淆的个案，生动、形象地宣传法律知识。为鼓励作者深入生活，写出高质量的法律知识故事，我刊决定面向全国征文。

来稿方法：1.从邮局寄发，请在信封上注明"法律知识故事"字样，本刊地址：上海市闵行区号景路159弄A座308室《故事会》杂志社，邮编：201101。2.从网上传递，可发至电子邮箱：fabianji@126.com，请在主题上注明"法律知识故事"字样。凡已和我刊编辑有联系的作者，稿件可继续投给原编辑。

当反贼不难，难的是一直当反贼，先反旧主再反新主。
这样的人，除了是天生的反贼之外，还有别的可能吗？

□ 吴 婳

天生的反贼

1. 兄弟谋反

萧平安是大梁皇帝，算是个好人，奈何却当不成一个好皇帝。他既无帝王心术，也无掌控军队的能力，这才犯了一个最大的错误——让陈通、陈达都当上将军！

陈通、陈达是亲兄弟，两人都极具军事天赋，也很有野心，他们小心翼翼地获得皇帝的信任，一步步爬到将军的位置，每人都统领几万人的军队。这次，他俩趁着大梁主力部队在边境和邻国交战，忽然撤军回来攻打都城，果然一举成功。都城只有两万守军，完全不是他们兄弟俩的对手。

不过，能这么精准地掌握时机并不全是两兄弟的本事，而是因为他们在都城有一个十分厉害的人作内应。这个内奸名叫王恩义，他本是个读书人，自诩满腹经纶，才智过人。可不知是不是时运不济，几次科考都没能中举。好不容易等太子大婚，朝廷开了恩科，凡是连考五科不中的举子，由皇帝亲自阅卷选拔人才。

王恩义觉得自己的机会终于来了，信心百倍地参加考试，想不到皇帝也看不上他的文章，依旧落榜。王恩义大怒，对朝廷极度不满，他敏锐地发现都城有陈通、陈达兄弟

64

手下的人，在时常刺探都城防务，应该是有反叛之意。于是他主动给陈通、陈达写信，表明自己不但能帮他们搜集情报，还能帮他们出谋划策。

一开始，陈通、陈达并未把这个落榜书生放在眼里，但王恩义很快就体现了他的价值。他搜集的情报，要比兄弟俩放在都城的密探还准确；他出的主意，帮兄弟二人一步步壮大了实力。虽然只凭书信联络，但王恩义俨然已经成了两兄弟的军师，两兄弟也对他越来越敬重。约定造反成功后，陈通当皇帝，陈达当一字并肩王，王恩义就当朝丞相！

十日前，王恩义的最后一封书信送出了城，只有四个字："时辰已到！"两兄弟立刻带兵杀往都城，果然一路顺利，势如破竹。现在他们围攻都城已三天了，且夕可破，而援军根本就赶不过来，可谓大事已定！

果然，傍晚时分，城中传来萧平安的旨意，要求两兄弟承诺不杀百姓，他就开城投降。两兄弟大喜，他们本来也不想搞什么屠城，那都是吓唬守军的。毕竟自己当了皇帝，这都城就是自己家的了，能不好好爱惜吗？

所以两兄弟立刻就答应了，并折箭立誓，绝不反悔。萧平安果然下令开城投降，但当两兄弟的兵马开进内城后，却被眼前的一幕惊呆了。

皇帝萧平安身着平时祭天时才穿的全套礼服，搂着身边同样穿着全套礼服的太子萧云，坐在高高的柴堆上。在他们身边，还有个被打得浑身是血、披头散发的家伙，穿着一身太监的服饰，却被捆得结结实实的，绳子的一头牵在萧平安的手中。那人不停地在柴堆上扭动着身子，嘴里塞着一块破布，"呜呜呜"地拼命叫着。

陈通吃了一惊，马上就明白了萧平安的用意——他宁可带着太子自焚，也不会向陈通低头。这当然不是最理想的状况，最理想的是萧平安把皇位禅让给陈通，然后陈通装模作样地封萧平安一个闲散王爷，过几天再让他悄悄地"病死"。

不过这也是可以接受的结局，毕竟只要萧平安活着一天，那些忠于他的军队就有可能会赶来勤王。于是，陈通叹了口气，大声喊道："你这是何苦呢？你若肯禅让，我不会杀你，你不为你儿子想想吗？"

萧平安大声道："朕丢失祖宗基业，本就无颜苟活，你们也不会让我儿子平安活下去的，我何必自取其辱？还不如以帝王和太子身份离开，你们就是再不高兴，也得给我们相应的葬礼吧。"这话倒是没错，这也是千百年来的规矩，不管是篡位的，还是禅让的，后面登基的皇帝得按照前任死时的身份，给予相应的葬礼规格。

萧平安指着身边那个被捆着的太监，接着说："朕和太子去见祖宗，身边不能没有太监伺候，朕不忍心让伺候朕多年的人殉葬，就让你这

个未来丞相王恩义陪着朕吧！他自以为胜券在握，前程似锦，却没想到得意忘形，马失前蹄！"

陈通大惊，抬头看时，萧平安已经将手中的火把扔在柴堆上，那柴堆是泼了油的，火顿时就烧了起来。

陈通和陈达见状，立刻命人去解救柴堆上的王恩义。毕竟在他们军中，很多人都知道王恩义的功劳，也知道他们要封王恩义当丞相的事，何况，大梁又不是唯一的强国，他们以后还得跟其他国家征战，这样一个足智多谋的人仍然是有很大价值的。

王恩义也没有乖乖等死，他趁着萧平安搂着儿子闭目等死的时机，奋力地在柴堆上翻滚，终于挣脱了萧平安的手，从柴堆上滚了下来。他落在火堆的边缘，惨叫着向外翻滚。那些兵士赶紧向他泼水，把他拉出火堆。

熊熊烈火中，萧平安死死地搂着儿子，在惨叫声中灰飞烟灭。

2. 壮志难酬

王恩义虽侥幸逃生，大半边脸和一条手臂却被烧得不轻。最惨的是，把他救出来时，陈通才发现，他真的被阉了，萧平安还真不将就，

说要个太监，就真是太监。

等王恩义能说话时，人们才知道了他的遭遇。他在最后一次送信出去后，因为觉得大事将成，自己也将得偿所愿，就兴奋地去酒楼饮酒。结果他喝多了，被朝廷的密探盯上了，一番套话之后，他做的一切都暴露了。

虽然萧平安已没有时间来扭转一切，但他将怒火都发泄在了这个为了当丞相、宁肯换皇帝的反贼身上。萧平安将他抓进宫里，严刑拷打，并让人阉了他。在最后时刻，又给他换上了太监的衣服，要让他作为太监殉葬。

两个月后，王恩义才算慢慢养好了伤，但他一只手废了，大半边脸也烧得像鬼一样。此时陈通已经登基，陈达也被封了一字并肩王，为表重视，两人带着侍卫一起来看望王恩义。

见到王恩义成了这副模样，陈通暗自叹息，这就是命啊，他这辈子都当不了丞相了，甚至连个正经的官都当不了了。这不是陈通讲究，而是规矩如此，当官要品貌端正，至少不能有让人看得出的身体残疾。现在王恩义残了手，毁了容，还是个阉人，肯定是没法上朝当官了。

陈通相信王恩义也明白这个道理，所以他开门见山地说："王先生，你为朕的大业立下了大功，想要什么封赏，尽管说。若是先生愿意在宫里生活，朕也绝不会亏待你。"这就是告诉他，想当丞相是没戏了，多要点钱吧，或者免死金牌之类的特权。他要是想当太监，就让他当个太监的头子。

王恩义沉默许久，最后抬起头说道："臣愿为皇子之师。"陈通大喜，这个要求可以说超出了他的期望。他本以为王恩义会被打击得心灰意冷，要点封赏回家养老，想不到他还想要有所作为。

当皇子的老师为的不是权力，而是青史留名的荣光。因为将来皇子登基，他就是帝师。对陈通来说，这个安排也很好，一方面王恩义确实有才华，很适合教导皇子帝王之术；另一方面如此重用王恩义，会让那些投靠自己的大臣和将领们安心，有利于快速稳定局面。

新皇帝陈通有两个儿子，大儿子十六岁，小儿子十四岁；并肩王陈达刚刚生的儿子，才一岁。于是，陈通只让自己的两个儿子拜了王恩义为师。王恩义也确实竭尽心力，教导二位皇子帝王之道。

很快，陈通就平定了大梁境内的反抗力量，并与周边各国订了盟约，互不进攻。一切平定后，陈通本该十分开心地享受自己的皇帝之位，但他却有了新的烦恼。这一日，他去看两个儿子，王恩义正在讲东周列国的故事，陈通若有所思。两个孩子下课后，王恩义看着陈通的脸色，谨慎地问："陛下可是有什么心事吗？"

陈通笑了笑说："先生机智过人，不妨猜猜看。"

王恩义笑道："这何用猜，天无二日，民无二主。天子何以称寡人，独一无二罢了。"

陈通站起身，看看左右都是心腹在站岗，轻声道："可朝堂中，他的人不比我的少啊。"

王恩义点点头说："五步之内，天子布衣实力均等，离得越近，陛下优势越小，不妨将并肩王封到外地，再徐徐图之。"

陈通犹豫着说："可他若不愿意呢？"

王恩义微笑道："此事交给微臣即可，微臣自然能说动他。"

陈通大喜，拱手道："先生真乃上天赐我之人！"

王恩义当晚就去拜见了陈达，陈达很高兴，设宴款待。席间两人聊起之前书信往来，帮兄弟二人报信筹谋之事，不胜感慨。

王恩义叹息道："陛下和大王，都是百年难遇的奇才啊，微臣那些不过是雕虫小技而已，就是没有微臣，以大王的勇武，夺此江山也并非难事。"

一句话说到了陈达的痛处，兄弟二人中，陈通擅长谋略，而陈达勇猛无比，真论起在战场上的功劳，陈达肯定比陈通要多得多。但在这个年代，兄弟一起起事，当皇帝的自然是大哥，所以他也很不甘心，只是没有流露罢了。

王恩义喝了口酒说："大王在都城，犹如猛虎困在笼中，蛟龙卧在浅滩，一举一动都有人看着，没准什么时候，就被那些言官扣上个罪名，参上一本。陛下虽然对大王兄弟情深，可这罪名多了，对大王也不是好事啊。"

陈达也喝了口酒，狞笑道："先生这话，分明是在离间我和陛下，难道你就不怕我抓你去见陛下吗？"

王恩义哈哈大笑道："大王若是如此，我也别无他法，请便。"

陈达沉默半晌，狐疑地看着王恩义："你不怕？"

王恩义点点头："我来劝你离开都城，是陛下的意思，我不管跟你说什么，他都会认为是我的策略，我有什么好怕的？"

陈达大吃一惊，不解地看着王恩义。王恩义接着说："我告诉陛下，你在都城里，陛下就有危险。你上朝不用下跪，朝堂上有你的人，也有他的人。若是你忽然发难，虽然他的赢面更大，但仍然是有危险的，不如把你封到外地去，顺便让你的人都跟着你走，这样他就安全了。"

陈达一下跳了起来："你这不是陷害我吗？我何时有异心了？"

王恩义收起笑容，看着他说："大王难道不想去外地吗？带着自己的军队，带上自己的下属，裂土封疆，以待时机？"

陈达低下头，不说话。

王恩义冷冷地说："就算陛下一辈子对你好，你的儿子呢？你是并肩王，难道陛下的儿子还会封你儿子当并肩王？有个并肩王的爹，你儿子能活着就算走运了！"

陈达猛地抬起头："你为什么要帮我？"

王恩义惨然一笑："陛下答应过我什么？他可做到了？我要当的是丞相，而不是什么帝师！"

陈达明白了，他站起来行了个大礼："从即日起，陈达奉先生为师，若有朝一日能成大事，必如先生所愿！"

3. 光明正大

王恩义回到宫里，告诉陈通，已经说服陈达到外地就封。陈通大喜，问王恩义是如何说服对方的，王恩义平静地说："我告诉他，久在都城，言官们必然会找他的过错，一旦弹劾的多了，就是陛下也护不住他。还不如去外地，天高皇帝远，在他的地盘里，他就是土皇帝，何其逍遥！"

这番话可以说有些大逆不道的意思了，但陈通不但不怒，反而十分赞赏："先生果然对我忠心耿耿，若是有异心，绝不会这般直言相告！此事先生立了大功，不过他到了外地，手里有兵有粮，若是真生了异心怎么办？"

王恩义想了想，说自己已经获得了陈达的绝对信任，以后自己就假装帮他通风报信，将陈达那边的情况摸清楚，随时汇报给陈通。陈达的封地毕竟有限，实力与整个大梁无法抗衡，若真要反叛，刚好有理由出兵镇压，永绝后患！

陈通大喜，同意了王恩义的办法，命王恩义与陈达保持密切联系，一定要让陈达认为王恩义是站在陈达那一方的。王恩义领命而去。

三日后，陈达主动上书，说自己在都城颇为思念家乡，愿意将家乡作为封地中心，离开都城。陈通也十分高兴，说自己两兄弟离家多年，如今成就大业，自然该有人回家，造福家乡，于是以家乡为中心，封了陈达一大块地，几乎是大梁的四分之一面积，作为并肩王的地盘。

陈通当然希望能少给点地，但王恩义提醒他，若是封地给少了，陈达一定不满意，就会拖延着不走，

这样一来，反而会增加在都城发生冲突的机会；不如咬牙多给一点，反正四分之一的封地，无论如何也打不赢四分之三的。陈通觉得有道理，就照做了。

陈达知道这么大的封地是王恩义为自己争取的，他十分满意，便带着儿子及自己的部下军队，利落地离开都城，到封地开始建设。

陈达的部下们一开始都满腔的不满，共同起事时，他们和陈通的部下一样出生入死，可因为陈通当了皇帝，他的部下都占据要职，而他们只当一些闲散的官职。所以他们宁愿跟着陈达来到封地，原本只想着天高皇帝远，但当陈达告诉他们，自己决定养精蓄锐起事后，他们顿时就兴奋起来。

尤其是陈达告诉几个心腹，王恩义暗中支持的是他们，这几人就更兴奋了。他们都听说过王恩义的手段，既然他能帮陈通成为皇帝，定然也能帮陈达成为皇帝！

而王恩义也言而有信，不断地用密信将朝中的动态偷偷告诉陈达。比如，陈通当了皇帝后，手下的大臣们渐渐地分成了两派，一派支持大儿子，一派支持二儿子。虽然在陈通手下，他们能保证荣华富贵，但陈通毕竟已经不年轻了，现

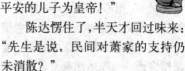

在又放纵地吃喝玩乐，谁知道将来哪天就突然不行了呢？

陈达心中暗喜，就盼着陈通能再荒淫一点，最好早点见阎王。他这边则是厉兵秣马，不断壮大实力。他不能明着扩大封地，就暗中用钱财在封地边缘购买土地，以心腹手下的私人名义持有，暗中扩大封地版图，壮大实力。

三年后，王恩义奉旨来巡查并肩王的封地。两人在众人面前演完戏，来到迎接钦差的府邸，陈达迫不及待地握住王恩义的手说："先生可来了，我无时无刻不盼望先生的消息啊。"

王恩义神秘地笑道："时机就要到了。陈通只顾享乐，军心涣散，我暗中挑拨两个皇子，他们如今对彼此虎视眈眈，各自身后的势力自然也水火不容。这次回去，我会建议陈通册立太子，作为引发动乱的诱因！"

陈达大喜，问王恩义何时起兵，王恩义想了想："万事俱备只欠东风，你需要有个起兵的名头，因为你的实力始终弱于朝廷，各地的军队也会听朝廷号令，围歼你的。"

陈达忙问用什么名头，王恩义笑道："找个孩子，说是萧平安的儿子，就说当初你是忍辱负重，如今要大义灭亲，拥立萧平安的儿子为皇帝！"

陈达愣住了，半天才回过味来："先生是说，民间对萧家的支持仍未消散？"

王恩义点点头："萧家执掌大梁上百年，萧平安又非昏君，民间对萧家念念不忘。诸多将领军士，虽然嘴上不敢说，心里仍然念着旧主。陈通又非明君，你若以此名义揭竿而起，必然应者如云！"

陈达认可这个道理，但他有自己的担心。当初他和陈通一起起事，那些人会相信他要辅佐萧平安的儿

子吗？王恩义让他不用担心，自己会帮他写一篇征讨檄文，说明当初是被兄弟情义蒙蔽，如今见陈通荒淫无道，他幡然悔悟……陈达知道王恩义文笔了得，顿时放心了。

陈达又有些担心，如果人们不认可这个孩子是萧平安的儿子怎么办？

王恩义告诉陈达，这事也不难，都城被围困之前，仁慈的萧平安放了很多宫女和太监出城逃跑。只要找到其中一个，让他编个故事，说萧平安其实在都城被围之前生了个儿子，来不及昭告天下，所以大家都不知道。然后再找个年龄对应的小孩，找个皇家的宝贝做信物，说萧平安让太监或宫女带孩子出宫抚养，整个故事就天衣无缝。

说到最后，王恩义放肆地大笑："天下人懂什么，咱们让他们信什么，他们就得信什么！"陈达敬畏地看着王恩义，心说这家伙真是天生的造反之才啊！

最后的问题是，一个太监或宫女带着个孩子，不可能跑得太远，所以陈达如果从自己的封地里找，很难找到，就是找到了也不可信。因此这事还得由王恩义来办，由他在都城附近寻找合适的人选。王恩

义毫不拖泥带水，辞别陈达后，立刻就着手去办。

4. 神秘流言

王恩义回到都城，将经过禀报给陈通，陈通对其他的安排都十分满意，唯独对找个孩子冒充萧家后代一事，有些疑虑："先生，这样做不会弄假成真吧？那萧家可还是有一定号召力的。"

王恩义叹口气："陛下难道没听见都城内外的传言吗？几乎所有人都在传说，萧平安在围城前得了一个儿子，趁围城之前释放了大批宫女和太监，让其中某人带走了儿子！"

陈通点点头，他确实听说了，而且言之凿凿，甚至宫里搜出来的金册上还有孩子的出生记录！那是个男孩，萧平安赐名萧福。他也暗中派人去追查了，发现此事大概率是真的，因此他极力控制局面，敢有宣扬此事者，杀无赦！一些没逃远的太监也被抓回来，严刑拷打，得到证实后，也都被杀掉了。

但世上最难控制的就是流言，这流言就像长了翅膀一样，很快就会天下皆知。陈通正在为此上火，所以不明白王恩义为何要火上浇油。

王恩义淡淡地说："就是因为流言无法控制，我们干脆顺水推舟。这个孩子如果不出现，那就永远是反贼们心中的支柱，没准哪天就找一个人出来说是萧福！可如果被陈达找到了，而且天下都认可了，那这个孩子就不再神秘了。我们打败陈达，当着天下人的面杀死这个孩子，那么萧福就死了，以后就再也没有这个人了。"

陈通顿时眼睛一亮，他明白王恩义的意思了。死的是不是真萧福并不重要，只要天下人都认为萧福已死，那就算是真萧福，也只能苟活于山林中，当一辈子隐士，威胁不到自己的陈家天下了！他哈哈大笑道："先生果然高明至极！"

有了陈通的许可，王恩义就在都城附近寻找逃出去的宫女，很快就找到几个。那几个宫女吓得瑟瑟发抖，以为会像一同逃出去的太监一样被抓回去打死。想不到王恩义只是选了一个宫女，给了其他宫女一些钱，让她们好好生活，并且让她们使劲传言，说就是这个宫女带着萧福跑出去的！

那个被选中的宫女以为自己死定了，吓得号啕大哭，拼命否认这回事。王恩义劝她："你不要害怕，我不是要害你，是要让你享尽荣华富贵！"

接下来的几天，王恩义带着宫女找了好几家，最后在一个山中猎户家中选中了一个小孩。之所以要精挑细选，是因为要让天下人相信这孩子是萧家后代，那眉眼总要有几分相像才行。这个孩子十分理想，虽然只有三岁多，但看起来跟萧家人颇为相像。

王恩义如获至宝，带着宫女和孩子连夜坐马车赶往陈达的封地。陈达一见到宫女和孩子，马上就知道王恩义的用意了。最后一件道具，就是宫里的皇家珍宝。这难不倒陈达，在进宫时，虽然陈通要即位，但陈达也拿走了不少宫里的宝贝。

他把珍宝拿出来让那个宫女选，最后宫女选了一件玉如意，说这是皇帝赐给皇子才会用的宝贝。于是，玉如意就成了信物，整个故事终于编圆了！

王恩义临走时告诉陈达，他回去就劝说陈通册立太子。一旦朝廷宣布此事，陈达要立刻揭竿而起！陈达满口答应，他已经准备好了军队和粮草，只等着起事。

回到都城，王恩义告诉陈通："陛下，可以册立太子了。太子册立后，一来两个皇子名分有了确定，暂时能减少纷争；二来剿灭陈达之时，太子也可以名正言顺地暂时监国，防止后方混乱。至于以后的事，等灭了陈达，慢慢再考虑不迟。"

陈通点头称是，立刻宣布册立大儿子为太子，同时册封二儿子为靖王。消息一出，那些支持靖王的人十分失望，因为在他们看来，靖王远比太子优秀得多，陈通这么长时间没有立太子，肯定也是在犹豫的。但现在立了太子，靖王就只能希望太子犯大错，自己才有机会。

没等两派的人做出反应，更大的事发生了。并肩王陈达揭竿而起，拜祭天下，诵读讨伐檄文，奉萧平安之子萧福为皇帝，起兵讨伐篡位逆贼陈通！

陈通得到消息后哈哈大笑，他

最愁的就是没有借口杀死弟弟，为自己的子孙保证安全。现在陈达终于中计了，他立刻起兵围剿陈达。

按陈通的想法，双方实力差距明显，剿灭陈达并不困难。第一次交锋他压根没有出宫，而是派手下将军去打。想不到陈达勇猛过人，战力非凡，关键是好几个地方的将军，竟然起兵响应陈达，帮他打仗。双方打了将近一个月，竟然是难分胜负！

陈通大怒，这样下去不是办法，他找来王恩义商量对策。王恩义皱眉想了一会儿说："陛下，陈达确实是员猛将。之所以能坚持到现在不败，就是因为他身先士卒，士气高昂。再加上他是并肩王，身份尊贵，我方士兵看见他就有畏惧之心。为今之计，只有陛下御驾亲征，我方士气必然大振！而且他身份再高，也高不过陛下，那些反叛军中，有很多人也十分敬畏陛下。此长彼消，必可迅速破敌！"

陈通反复思考，觉得王恩义说得很有道理。于是他宣布御驾亲征，亲征期间，由太子监国，一切事务，太子说了算。王恩义留守朝中，辅佐太子。

陈通带大军出征后，太子松了口气，冲着王恩义倒头便拜："若不是先生妙计，学生只怕此生难有此成就！父皇偏爱靖王，群臣皆知。若不是先生对父皇说这次册封太子，主要是为了激起陈达动手，不能节外生枝，还是先要按长幼为序。过得几年，靖王再大些，只怕我就当不成太子了！"

王恩义微笑点头道："太子快请起，此事为师不过顺水推舟而已。只是太子以为，你的位子稳了吗？"太子愕然抬头，眼神一阵惊慌。他当然知道，等父皇灭了并肩王，回来后，依然是喜欢靖王的。自己的太子之位能坐多久，真是不好说。

太子咬咬牙说："先生，你说怎么办，我都听你的！"

王恩义说："成大事者，当机立断！你现在是监国太子，此时不趁机解决后患，更待何时？"

5. 玉石俱焚

当晚，太子请靖王到宫中商议共同监国之事。靖王十分高兴，觉得太子毕竟不敢小看自己。想不到一进宫中，太子就让人抓住了靖王，说他无召入宫，意图谋反，以迅雷不及掩耳之势，当场杀死了靖王。那些支持靖王的人得到消息后，已经来不及了，他们只好纷纷逃出都城，避免被太子一勺烩了。

太子杀了靖王，既高兴又害怕，王恩义顿足道："坏了坏了，你动手太急了，应该把那些人都抓起来再杀靖王的！现在他们跑了，一定是去前线找陛下告状了。若是陛下得胜回宫，必会杀你！"

太子惊慌起来，问王恩义怎么办。王恩义咬咬牙道："你现在是太子，如果陛下死在了外面，你就能马上即位，自然也就没人能回来找你算账了！"

太子浑身一颤，过了许久，目露凶光地说："我该怎么做？"

王恩义冷冷地说："让军队断粮！"

陈通到了前线，果然如王恩义预料的那样，己方军队士气大振，立刻就将陈达打压下去了。陈达仗着手里有"皇帝萧福"，与各地赶来的造反军苦苦支撑。眼看就要支撑不住的时候，对面的朝廷军队忽然断粮了！

两军交战，打的既是军队，更是军需。运粮队的安全一直都是重中之重，可面对来自后方的袭击，运粮队措手不及。朝廷军队断了粮，顿时军心涣散。陈达趁机进攻，陈通的军队一败涂地，一直败退到都城，准备回城坚守，以待各地军队来援。

不料都城城门紧闭，都城两万大军坚守不出，陈通进不去，在城外被陈达军队追上，死在了乱军之中。

陈达大获全胜，但此时形势也并未完全掌控。要知道，好几支忠于陈通的军队因为离得远，还未赶到都城，他需要尽快占领都城登基，才能名正言顺，确保安全。

但此时城内太子已经宣布登基，守军两万，城高墙厚，粮草充足，就是坚守一年也没问题。等各地军队到达，陈达就不一定能胜了。就在他颇为踌躇时，及时雨王恩义出城来见他了！

两人相见，分外激动。王恩义告诉陈达，他已经说服了刚登基的太子，与陈达平分江山，共同盟约，将大梁分为南梁和北梁，各自当皇帝。

陈达皱着眉说："先生，难道这就是我起兵拼命得到的回报吗？你肯来我南梁当丞相？"

王恩义冷冷地一笑："当然不是，你只需假装答应，然后埋伏好兵将，假装自己只带一部分兵将入城。等入城后，回身带兵杀死城门守军，打开城门，伏兵一拥而入。城内守军猝不及防，必然大胜！"

陈达大喜，开始调兵遣将。王恩义提醒道："你要带入城中的，一定得是自己的心腹军队。因为军队数量不能太多，太多会让太子起疑，太少了又难保自身安全。所以一定要带忠心于你的嫡系军队，人数虽少，战斗力却最强！"

陈达自然明白其中的道理，现在他的军队还有五万人，他自己的嫡系军队因为打仗时最勇猛，损伤惨重，还剩一万多人，剩下三万多是各地赶来拥护的起义军。

另一方面，太子听了王恩义的主意，同意陈达带五千人入城。这五千人再怎么能打，也不可能打得过城内的两万守军。

陈达将自己嫡系军队中战斗力最强的五千人整编好，随自己入城，将剩下的人马埋伏在城外，让他们等自己夺门后冲入城中，一举破城！

第二天，一切就绪，陈达带着五千人马入城，城上守军瞭望后，确定几百米内没有能快速冲击入城的军队，便打开大门。等陈达和五千人马全部入城后，大门迅速关闭。

这城门的开关不是由城下的兵士控制的，而是由城上的军士用绞盘控制。而且城上堆满巨石，如果入城的军士敢顶住城门不让关闭，那么城内准备好的骑兵就将冲锋厮杀，将人冲杀出去，同时城上推下巨石，封住城门。而城下人想冲上城墙，去杀死城门上的士兵，需要绕很远才有台阶，台阶前还有重兵把守。正是因为有这样的安全措施，太子才敢放陈达的军队进城。

陈达在心里冷笑，因为太子怎么也想不到，王恩义已经偷偷安排城中几个高手，混进了台阶上的守军里！这几个高手都是各地义军中挑选出来的，陈达亲眼见过他们的身手，只要他一有信号，那几个高手就会冲上城墙，杀死控制绞盘和巨石的士兵！

以这几个高手的能力，在狭窄的台阶上，居高临下顶住下面士兵一炷香的进攻时间，不成问题。有这一炷香的时间，他带入城的精兵早就冲上台阶，解决掉那些守军了。

就这样，五千人马顺利入城。陈达高声喊道："太子何在？"这就是暗号！那几个混在守军里的高手，立刻飞奔上城墙，几刀就砍死

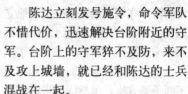

了守城门的士兵，然后居高临下，死守台阶！

陈达立刻发号施令，命令军队不惜代价，迅速解决台阶附近的守军。台阶上的守军猝不及防，来不及攻上城墙，就已经和陈达的士兵混战在一起。

此时，城中守军迅速冲向城门附近，将陈达的五千精兵围在城门内开始厮杀。陈达有些吃惊，这些守军来得太快了，而且全副武装，就等着要在城门口厮杀一样。这可不是和谈的态度啊！

不过这也不要紧，只要城门被

打开，自己的大军源源不断地冲进来，城内的两万守军仍然不堪一击。他立刻抬头大喊："快开城门，让伏兵杀进来！"

城门没开！城内的守军却源源不断地杀过来，虽然陈达带的都是精兵，但五千对两万，也实在难以抵挡。陈达急得不停地大喊开城门，这时城墙上有人哈哈大笑起来。

王恩义站在城头，得意地看着陈达："反贼，你中计了！"

陈达脑袋"嗡"的一声，脑海中快速闪过很多画面，可他始终想不明白，为什么王恩义要害自己。

陈达两眼血红，他知道此时已经没有退路了，于是拔刀，带着人死命厮杀。如果他能击败守军，杀掉太子，那他还有反败为胜的机会。

可惜，城内守军也是精锐的禁军。虽然陈达勇猛无比，但打到最后，五千人死伤殆尽，两万守军也只剩一万人。太子站在皇宫高墙上，哈哈大笑："并肩王，你中了先生的妙计，死得可服气？"

陈达怒吼一声，举刀就要自刎。

6. 惊天真相

就在此时，奇迹发生了，城门竟然打开了！守军傻了，陈达傻了，太子也傻了。他们看见城外，同样一片血红。

原来，城门未开时，在城门外同时发生了惨烈的厮杀。陈达留在城外的七千心腹人马，被那三万多起义军围剿。心腹人马的五千精锐都被抽调入城了，剩下的七千人或有伤，或有病，战斗力不强，人数也太少，很快就被三万多义军杀戮殆尽。

此时城门打开，剩下的三万起义军一拥而入，死伤殆尽的陈达部队和筋疲力尽的一万守军，哪里还挡得住这三万大军，顷刻之间，就被冲散了。义军高举"萧"字大旗，那宫女抱着"萧福"坐在后面的龙椅上。守军们知道必败，纷纷扔下武器，向龙椅跪拜。

当晚，王恩义拟好皇帝萧福大赦天下的诏书，让人拿去宣布，然后微笑地看着被捆绑跪地的陈达和太子："我知道你们心里不服，因为你们本来已经赢了，却被我搅乱了。"

陈达愤怒地抬起头："王恩义，你想当丞相，陈通不给你，我给你！我一直相信你，你为什么要害我？难道你真是个天生的反贼，不造反就活不下去吗？"

太子想得更多一些，他不解地

问："先生，是不是你不甘心只当丞相？你想当皇帝？可你已经是个废人了，肯定当不了皇帝，所以弄个傀儡皇帝，自己在背后掌大权？若是只求如此，我奉你为师，对你言听计从，你选择我不是更容易吗？为何要费这么大的周折，弄出个假萧福来呢？"

王恩义看着他们两人，微笑道："谁告诉你们，这个萧福是假的？"

两人同时震惊地看着王恩义，好半天陈达才怒吼："你演戏演疯了？明明是你造的谣，找的人！"

王恩义微笑不减："你怎么知道是我造的谣？若是我造的谣，陈通早就查出来了。他之所以查不出谣言的源头，是因为这本就不是谣言！萧福的出生是真的，都城中人人皆知。"

陈达惊恐地瞪大眼睛："那个宫女，不是你随便找的？那个孩子，也不是你随便找的？"

王恩义嘲讽地看着他："我随便找个孩子，能这么像萧家人吗？"

陈达咬牙道："那我没说错，你就是个天生的反贼，你根本不在乎谁当皇帝，只是享受造反的乐趣！萧平安阉了你，放火让你殉葬；我兄弟二人重用你，你却恩将仇报！"

王恩义冷冷地看着陈达说："当时三个人在火堆上，你们为什么就认定被捆着滚下来的那个是王恩义，被萧平安抱着烧死的就是他儿子呢？"

此话一出，犹如一个惊天动地的炸雷，在陈达脑海里炸开，他一切都明白了。他绝望地看着王恩义说："不，不对，不可能！我们虽没见过王恩义，但我们在城中的密探见过，你怎敢冒充？对了，那密探跟王恩义同时被抓住的，密探被杀了，没人认识王恩义了。"

"王恩义"摇摇头说："也不

能说没人认识了，王恩义在都城待了很久，自然有些人是认识他的。不过如果一个人的脸被火烧毁了大半，加上深居简出，恐怕也就没人能分辨出来了。"

陈达惨笑道："看来当时被萧平安抱着烧死的，才是王恩义！王恩义一定早就被杀了，所以穿着太子服饰被火烧时，才能不动不喊。你才是萧平安的太子萧云！可你没必要阉割自己啊？你这是何苦呢？既然萧平安的小儿子能送出城去，你身为太子，也能逃出城去啊！"

萧云平静地说："你们之所以对我无比信任，最重要的原因是，我是个阉人。因为你们认为我没有后代，也没有未来，最值得信任了，不是吗？我是逃不掉的，我是当朝太子，天下人都知道我，我逃了，你们会挖地三尺找到我，杀了我。而我弟弟不会，他太小了，只能算作流言罢了。除非……有人把他找出来，给他真实的身份。"

陈达摇头惨笑，那个人就是自己啊，自己亲手把一个本来毫无希望的萧家后人，重新推上了皇帝的宝座。他也终于明白，为什么当初他们占领都城称帝后，意外地发现忠于萧家的军队很少，没人起兵报

仇。当时他们一定已经得到了太子萧云的信息，让他们等着机会，等着萧家人重新出现的机会。

陈达认输了，他们陈家人输在了一个心机深沉、对自己和对别人同样心狠手辣的人手里，输得心服口服。很快，陈达和陈通的大儿子被带走了，等待他们的将是毫无意外的结局。

灯火辉煌的宫殿中，萧福坐在龙椅上，好奇地睁着大眼睛，看着眼前这个长相丑陋的男人，三岁的他，已经会说很多话了，但还不明白很多事。"你是谁呀？姑姑说你会留下来帮我，一直到我长大，能自己当皇帝的时候。她说你是我哥哥，可我在山上的家里没有哥哥呢。"

萧云摇摇头说："陛下，山上的不是你的家，这里才是你的家；我也不是你哥哥，你没有哥哥了。你哥哥跟着先帝被火烧死了。我会一直照顾你长大，等你长大了，请陛下恩准我离开都城。"

萧福似懂非懂地问："你会去哪儿啊？"

萧云抬眼望向窗外："很远很远，越远越好……"

（发稿编辑：朱　虹）

（题图、插图：杨宏富）

·动感地带·

故事会微信号：story63，欢迎添加故事会微信，参与互动！

·神探夏洛克·　　　　　　　**谁在伪装**

　　一个冬天的夜里，几个警察追捕一个小偷。小偷跑了好长一段路，然后拐进了一个车站。警察追进去一看，站厅里与小偷身形相似的有六个人，根本没法确认到底谁才是那个小偷。

　　一个人正在和管理人员争吵，吵得很凶；第二个人在一旁津津有味地看热闹；第三个人正在看一张报纸，报纸把脸遮住了，看不清面目；第四个人正在原地跑步取暖；第五个人一边等列车，一边不停地看手表，显得很着急；第六个人裹着大衣坐在座位上，冷得直发抖。

　　看警察们一筹莫展的样子，正坐在一边等车的夏洛克站起身来，走到警察身边说："你们跑了好一段路了吧？别着急，这个人就是你们正在追的人。"你知道他指的是哪个人吗？

超级视觉

　　据说聪明的人才能看出画里的玄机，你看出来了吗？

思维风暴

　　蛋有 10 个，鸡蛋一打有几个？

想知道答案吗?

1. 您可直接扫描下面二维码。

2. 购买 2023 年 8 月上《故事会》。

动感地带，与您不见不散！上期答案见本期 P23。

·细节·

省张车票

三十年前，我四岁。我爸要去上海探望一个亲戚，我哭着非要跟着去不可。我爸同意了，却又愁我的车票钱，后来他想到一个妙招。进站前，他将我塞进一只大蛇皮袋里，然后扛起袋子进了站。上车后，他又小心地将袋子塞在座位底下，一直等到火车开动，检票员查完票离开车厢，他这才将我从袋子里给放了出来。

这时邻座的阿姨惊恐地问我爸："这孩子不会是你拐来的吧？"说着她便要找乘警。我爸慌了，一把拉住她，将事情的原委解释了一通。阿姨听后大笑不止："老哥您可真逗，这么大的孩子是免票的。"这下可把我爸给臊得，老脸一直红到了上海。

（司仙庆）

认路小达人

王华乘火车去乡下旅游，要坐一天一夜。火车慢慢地行驶着，王华不清楚到哪儿了，便问周围的乘客。这时，身后有个清脆的童声说："到了溪头站，下一站是红河站……"王华扭头一看，居然是个五岁左右的男孩。他问男孩："真的？"

男孩还没回答，他的妈妈便接口："打扰了，不过他说的是对的。"王华来了兴趣："他这么小，怎么会认得？"男孩妈妈叹口气："他的爸爸在乡下支教，足足三年，我每个月都带他去见爸爸。去的次数多了，他也就认得了……"

（风开季节）

度假

有一次，我乘火车去度假，坐我旁边的是个三十几岁的女士，打扮得像个商务精英。上车后不久，她就拿出了笔记本电脑开始工作。旅途漫长，我闭上眼睛起了觉。

不知过了多久，我被她怒气冲冲的声音惊醒。我睁眼一看，她手里已经没有了笔记本电脑，语气很冲地在讲电话："刚才到站时我去厕所，回来笔记本就不见了，我已经跟乘警把情况说了……"我一听，心里"咯噔"一下。等她挂掉电话，我忙问："你的电脑丢了？"女士指了指包，意思是电脑在里面，然后舒了口气说："催一路工作了，老娘是休年假出来度假的！"

（孙　明）

只想吃泡面

乘务员经过身边时，张老汉站起来问："怎么看不见卖方便面的？"乘务员笑着说："现在火车上都不卖泡面啦！您要是饿了，可以去餐车就餐。"张老汉问："那儿有方便面卖吗？"乘务员摇摇头，说："有各式点心，盒饭，您都可以选择。"

看到张老汉头摇得像拨浪鼓，乘务员笑着问："您为什么一定要吃泡面啊？"张老汉叹了一口气，说："我是上城里看儿子去——他在一家方便面公司做销售主任，最近说业绩难做、销量下滑、压力大。我想我吃上一碗，也是一碗的销量！"　（梅星明）

加微信的男孩

吴姐和女儿坐高铁回家，在车厢内热切地聊着旅途的趣事。这时，邻座的男孩亲切地叫声阿姨，然后拿出了手机。吴姐猜出他是想加女儿的微信，可女儿却微笑着摇了摇头。

吴姐想着在公共场合拒绝别人不好，就主动对男孩说："我女儿可能有些害羞，要不你先加我的微信？"男孩开心地点了点头。

到家后，吴姐很快就收到了男孩的消息："阿姨，您是不是一个人带着女儿生活？"吴姐知道，有些年轻人找对象不喜欢找单亲家庭的。吴姐如实回复："是的，我离婚多年了。"没想到男孩说："正好我爸也是一个人，不知您可愿意跟他交个朋友？"

（夏红军）

一袋杏干

那年我坐火车北上，遇到一个买了无座票的老婆婆，便给她让了座。老婆婆对我千谢万谢后，打开了行李，取出一袋杏干捧到我面前："小姑娘，你尝尝，我自己晒的，我家姑娘最好这一口了。这不，我带了十来包去看她！"我尝了一个，忍不住惊叹："哇，真好吃啊！""爱吃多吃点！"老婆婆笑眯眯地招呼道。"不了不了，还是都带给您女儿吃吧！"我虽然想吃，但不好意思，还是摆手婉拒了。

后来火车停靠站点时，我去了洗手间，回来发现老婆婆下车了；而我的座位上，却留下了一袋鼓鼓囊囊的杏干。

（佘秀霞）

（本栏插图：孙小片）

平是人们口中的"笨小孩"，什么都做不好。

母亲让他拖地，他把屋子里搞得像爆了水管，满地水渍；母亲让他帮忙喂鸡，他却被鸡啄伤了手指；哥哥和他一起画画，他一不小心泼翻颜料，毁了整幅画。

平的学习成绩也不好，厚重的镜框下是一双木讷的眼睛，几缕乱发突兀地翘起。哥哥则成绩优异，是村里孩子中的佼佼者。有时，哥哥会辅导平这个不争气的弟弟，可惜，平从来没有达到过父母的期望。

平总是不愠不恼，静静地聆听着所有人的责备。就这样，他在责备声中，走过了二十年。

优秀的哥哥出国留学，考上了博士；平则留在老家务农，照顾日渐年迈的父母。父母看着平，有时会忍不住叹气，说："看看你哥，你咋不学他呢！"

平搓着手中的衣服，没有一句话。他只是默默揽下了所有的活，尽管笨手笨脚，尽管做得不好，但从他的眼中，从来看不到抱怨与不满。

平撑着这个家十九年，哥哥回来了十九次，每年过年回来一次。

第二十年，平四十岁，老父亲去世，享年七十九。

□ 上海外国语大学尚阳外国语学校 朱芥仪

『笨小孩』

有一次，平陪着母亲散步，遇到邻家婶子，对方又说起"好儿子"那番话。母亲握住平的手，突然抬起头，对邻家婶子说："他哥是很聪明、很优秀，但要说福气，平才是我的福气啊！以前我老说他笨，是我错了……他不笨，他只是太善良。"

（"我的青春我的梦"第三届中小学生故事会征文获奖作品选登）

（指导老师：谷 峪）

（发稿编辑：朱 虹）

（题图、插图：孙小片）

老父亲走前，一直在等他的大儿子回来。平把哥的电话打了又打，哥说忙，过几天就回。平听说，哥哥在外头名气很大，有很多事务要处理。老父亲走了，平又打电话给哥，哥仍然说忙，还说他转了五万块钱给母亲，这是他的一片孝心，葬礼好好办。母亲也只能痴痴地听着电话里的忙音，不说话。

父亲走后，母亲很依赖平。平陪她去农田、去医院、去墓地……

每次邻家婶子看到平的母亲，都会感慨："你有福气啊，有个好儿子！不像我家那小子，干啥啥不行。你真有福啊！"

母亲知道，邻家婶子说的"好儿子"是谁，她听了也只是笑笑，不说话。

您手中有没有得意之作？本刊辟有二十多个原创性栏目，如新传说、我的故事和中篇故事等；您读到或听到什么有趣事可以和大家一起分享吗？3分钟典藏故事、外国文学故事鉴赏和脱口秀等都是本刊推荐性栏目。热忱欢迎来稿，可从邮局寄发，也可从网上传递。邮寄地址：上海市闵行区号景路159弄A座308室，邮编：201101；如为电子邮件，可发本期责任编辑信箱：greygrass527@126.com。

泗州城奇人怪事多，称没出嫁的姑娘为小大姐，管小媳妇叫他大姐。泗州城的小大姐和他大姐爱美，梳洗打扮都离不开梳子……

程木匠

□ 墨中白

泗州人买梳子，爱到程家药铺。程家药铺不抓药，只卖梳子。开店的老头儿，有人尊称他为程木匠，更多的人叫他老程。也曾有人劝老程，把程家药铺的门牌摘下，重起个店名，或干脆就叫程木匠。每次老程听了都微微一笑，既不摇头，也不点头。

到程家药铺来买梳子的人要先付定钱，不过，选桃木、梨木、檀木还是黄杨木、黄牛角做梳子，这要老程说了算。老程也不是随口说的，他会给人把脉，完了，才帮人做合适的梳子。

老程把脉也不是给任何人都用手摸脉的。比如来订梳子的是小大

姐或他大姐，老程就用红线系在她们的手腕上，把手搭在线上，也能帮助她们选准适用的梳子。

尽管到程家药铺买梳子要把脉，需时间，但泗州人乐意等。据说，有的人患了疑难杂症，抓了许多药没有喝好，用了老程家的梳子梳头，病竟神奇而愈。

在无人来买梳子时，老程就在店里研磨草药，或是闭上眼睛数着檀木佛珠，就是没有人见过他做梳子。店里一块木料都没有，全是做好的梳子。

关于程家药铺为什么不抓药只卖梳子，在泗州城有多个传说。但更多人相信程家祖上是个御医，因

为给皇家抓错了一味药被赐死了。为不让子孙步其后尘，程家药铺后来就改卖梳子了。是真是假，无人考证，但老程会把脉看病却是真的。不然，他怎么能治好知府大人的病？

事情是这样的，新上任的白知府到泗州城不久，身上就起红点，奇痒，还失眠。看遍泗州城的中医，喝了无数的中药，可就是不见好。最后，白知府找到程家药铺，要看病。老程直摇头，告诉他，只卖梳子。

白知府问："你家梳子能治失眠奇痒吗？"

老程微微一笑，伸出手说："想买梳子，就交定钱吧！"白知府交钱，让老程把脉。

"三天后来拿吧！"老程睁开微闭的双眼，"还有，你没事要到乡间多跑、多看，城外风景养眼哩！"白知府的脸透着红，似信非信。

说来神奇，按照老程说的时辰方法梳头，七天后，白知府身上的红点真的就渐渐消失了，每晚睡得也香。望着手中的桃木梳，白知府百思不得其解，喝许多中药也没治好的病，怎么用梳子梳头发，就把病梳掉了呢？

白知府想不明白，也不去问，还是按时梳头，经常深入寻常百姓家了解疾苦。从百姓的嘴里，他知道老程用梳子帮助许多百姓治好了顽疾，这让白知府对老程更是高看一眼。

关于老程用梳子治好疾病的民间传说太多，但最让白知府好奇的，是程家药铺的梳子能让西猪山上的众多山匪弃刀成佛。

西猪山有一伙响马，专在大道上抢劫过往富商。响马的头目叫跳山彪，此人虽为山贼，却是个孝子。他的老母亲头晕多天，吃药无效，有人就向他推荐了老程。为给老母亲治病，跳山彪亲自骑马带着金银

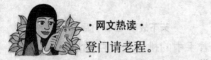

登门请老程。

老程也不拒绝，借口说药铺忙，走不开。

跳山彪见状，单膝跪地，求老程前去："只要能治好老娘的病，你什么条件我都答应。"

老程拿着手里的榆木梳说："见你一片孝心，好吧，就让家中小女随你上山一趟。"

"这……"跳山彪一脸怀疑。

"不用担心。"老程微笑如佛。

一盏茶工夫，程家药铺前跑来一匹黑马，马上的人一身白衣，尽管用白纱蒙面，但还是能看出来人是个少年。老程向跳山彪一挥手："前方带路去吧！"

跳山彪心里嘀咕，但还是上马，一路西奔。

白衣少年上山为跳山彪母亲把脉，完了，走到院子里告诉跳山彪："两天后，去程家药铺拿梳子。"

真是女娃声，望着山路上跳跃的黑白身影拖着一道尘烟远去，跳山彪自言自语："行吗？"

转眼两天过去了，跳山彪准时来到程家药铺。黑牛梳一把，其余还有十八把桃木梳。跳山彪二话没说，照价，全买。

一路上，跳山彪想不明白，别人买梳子，需要把脉，连自己的老母亲也不例外。可他们兄弟十八人，非但没有号脉，还非卖给每人一把梳子不可。这个程木匠真不是一般的怪。

回山后，跳山彪用梳子按时帮老母亲梳头，七天后，老母亲头不晕了。自己和弟兄们天天陪着老母亲梳头，却对过往商人视而不见。

再后来，跳山彪和弟兄们陪着老母亲，在山上开垦土地种粮，还修了一座庙，天天面佛念经，心静如水。

跳山彪放下刀剑数佛珠，泗州人都说是因为程木匠，可每次老程听后，总微微一笑。

泗州人这才发现，老程身边不知何时多了个小女孩儿，天天戴着面纱。有泗州人传说，别看孩子小，程家药铺卖的梳子，全出自她之手哩！

小女孩儿会把脉，白知府相信，她真的能制作出那么多神奇好用的梳子。

白知府望着手里的桃木梳，心想，不管真假，但梳子一定出自程木匠的手。小女孩儿是老程的女儿，称她为程木匠，也没有错。

（推荐者：朵 朵）

（发稿编辑：朱 虹）

（题图、插图：孙小片）

约翰是一名公司的新员工，最近，他被辞退了，一气之下他决定起诉公司。

他来到镇上最有名的律师所，前台玛丽热情地接待了他。约翰气呼呼地说："我要找最好的律师，我被公司辞退，说我……"玛丽笑着截住他的话头："这些您无须跟我说——嗯，麦克律师很不错，我安排你和他见面吧。"

一个月后，官司结束，约翰输了。他怒气冲冲地跑到律师所，对着玛丽大吼道："我要换律师，我要上诉！"玛丽依然微笑着，说："先别发火。麦克律师不好吗？"

约翰的声音提高八度："他没尽力！我知道，肯定是他报复我，怪我迟到……"就在此时，麦克正巧走出来，约翰赶紧上去拦住他。

玛丽望向麦克，低声问："怎么回事？"麦克一脸无奈："约翰先生和我见了三次面，每次都迟到很久……"约翰瞪了他一眼："那又怎样？说到底，是你不行！"

麦克说："您是我的客户，我不能怪您。可我千叮咛万嘱咐，开庭当天不能迟到，您怎么竟然还迟了半小时？"约翰愤愤不平："我也不想啊！谁知道那天路上出车祸，导致大塞车呢？"

"唉！"麦克长叹一口气。玛丽说："塞车属于意外，只要解释一下，法官会接受的。"麦克苦笑起来："我解释了，但法官还是直接判我们输。"

玛丽越听越糊涂："怎么会呢？"麦克摇头说："卷宗上写着，约翰一个月迟到了44次，法官问道，一个月都没有44天，他怎么会迟到这么多次？原来是刨除了周末的22个工作日，他每天都迟到，不仅上午迟到，下午也迟到……法官再一看，他连开庭竟也迟到，顿时火冒三丈……"

（发稿编辑：王 琦）

官司为啥输 □丁凯丽

坚强的后盾

□ 赵功强

小明是个贪玩的小学生。暑假来临，小明彻底放飞自我，他跟同学安子天天玩一款升级网游。每天除了吃饭睡觉，小明所有的时间都泡在游戏上，可他升级的速度，一直都比安子慢。没办法，他只得请求爸爸支援。小明爸爸是资深网游玩家，在他的指点下，小明进步神速，级别很快就赶超了安子。他得意地对安子说："我爸是我坚强的后盾！"

过了几天，安子约小明一起去学游泳。小明去年暑假曾学过一周，可没坚持下来，没想到零基础的安子仅仅两天就比小明游得好。看到安子一副嘚瑟的模样，小明又搬来爸爸当救兵。小明爸爸在乡下长大，小时野惯了，水性很好。有了爸爸的指导，小明的游泳技术突飞猛进，没过多久他就成了泳池里最靓的仔。他又得意地对安子说："我爸是我坚强的后盾！"

一晃离开学只剩一周了，小明这才想起来要赶暑假作业了。他在家没日没夜地闷头写了三天，终于写完了作业。爸爸看了看，有些不放心，说作业本的纸张都是崭新的，老师肯定会发现是最后赶出来的。他让小明把作业本在餐桌上摩擦，沾上油污，又用手揉搓，这才让作业本看上去"旧"了点。就在这时，安子跑来借走了小明的作业本，回家照抄。

开学第一天，小明放学后耷拉着脑袋回到家。爸爸问小明怎么了，小明哭丧着脸说："今天老师只批评了我一人，说我作业本上的污渍和折痕太新，一看就是造假的。"

爸爸有点纳闷："那安子呢？他不是比你还晚才赶写作业的吗？"

小明恨恨地说："我以为只有我有坚强的后盾，没想到安子也有。他偷偷告诉我，他爸爸是文玩爱好者，懂得做旧！"

（发稿编辑：朱　虹）

全家都在体制内

□ 吴 捷

　　阿力最近看上了一位女教师陈菲，托朋友去打听了她的个人情况和择偶要求，得知陈菲要求对方长相看得过去，最好喜欢养狗。不过最重要的是，她要求对方全家都得是体制内的。

　　阿力一听，暗暗欢喜。原来，阿力自己是名公务员，父母都是高校教师；他的长相虽然称不上帅，但也绝对不丑；至于养狗也不难，去买一条就是了。

　　没几天，阿力便购买了一条名贵犬，接着就让朋友去约陈菲出来见面。

　　果然，两人见完面，陈菲对阿力一家人的工作非常满意，也很喜欢阿力的狗，表示可以继续接触看看。阿力一阵欣喜，开始对陈菲发起了猛烈的追求。然而没过多久，他就发现陈

菲渐渐对他冷淡起来，一问朋友，才知道原来是半路里杀出了个程咬金，陈菲看上了一个叫何明的人。

　　阿力不甘心，便又托朋友去打听何明的情况。朋友了解完情况回来，对阿力叹气说："我觉得这次你是没希望了。"

　　阿力一惊，忙问："怎么了？"

　　朋友说："其实何明的条件和你差不多，主要问题出在你养的狗上。"

　　"狗怎么了，陈菲不是很喜欢吗？还夸我待狗像家里人一样……"阿力有些不解。

　　朋友无奈地说："没错！我分析下来，对陈菲这种爱狗人士来说，这狗也算是家庭里的一员，她不是要求男方全家都得是体制内的吗……"

　　阿力愣了："狗也得在体制内？"

　　朋友叹气道："听说，何明家养的狗是退役的警犬……"

　　（发稿编辑：赵嫒佳）

最近，李大妈从乡下来到城里，住在儿子家。这天，李大妈发现，儿媳小丽没说一声，就将客厅里的一盆绿萝搬进了卧室。为此，李大妈有些不高兴。儿子大鹏见状，忙劝道："妈，小丽嫌我身上有烟味儿，说绿萝能净化空气，您就别生气了。"

李大妈见儿子来当和事佬，只好作罢。

过了几天，李大妈想洗衣服，在卫生间找了半天，都没发现她从老家带来的搓衣板。她走进儿子的卧室寻找，一眼就看到了放在地上的搓衣板，心里更不高兴了。等大鹏回到家，李大妈赶紧问："你媳妇把搓衣板搬屋里干吗？她让你跪搓衣板了吗？"

大鹏挠挠头说："跪倒是没跪。小丽嫌我太懒，昨晚让我赤脚在搓衣板上站了半天，说是在网上看到，这样有按摩健身的功效。"

李大妈叹了口气说："你们年轻人的名堂可真多！"

又过了几天，李大妈发现，小丽将客厅里的电子秤搬进了卧室。等大鹏下班回家，李大妈怒气冲冲地说："你媳妇是不是不想让我待在这里？一会儿搬绿萝，一会儿搬搓衣板，今天连客厅里的电子秤都搬进去了，怎么啥东西都往自己屋里搬？别人就不用了？"

大鹏忙跟母亲解释说："妈，不是这样的，小丽最近在减肥，非要把体重控制在100斤以内不可，可每次称总差那么一点点。后来她听闺密说，称体重要'去皮'，所以就将秤搬进卧室了。"

李大妈不解地问："去什么皮？她又有啥新名堂？"

大鹏小声说："就是脱光了衣服称呗！小丽这么一试，体重果然降到了100斤以下。"

（发稿编辑：朱 虹）

年轻人的名堂

□ 楚 固

谁最倒霉

□ 衡德宏

赵钱孙三位大爷手里有些闲钱，决定炒股。三人中赵大爷最聪明，学习能力也最强，很快就学会了炒股，当即投入10万块钱。

钱大爷的学习能力可就没有那么强了，他正犯难，儿子跟他说："爸，我帮您炒股！我这头脑，您还用担心吗？"钱大爷一听，自己儿子还信不过吗？当即给了儿子10万块。

孙大爷既没有赵大爷的学习能力，也没有钱大爷的聪明儿子，正没着没落的，有人拉他进入一个神秘的微信群，嘿，里面的人都是身家百万千万的"股神"。很快就有"股神"说，有个免费代理的名额可以给孙大爷。孙大爷还在犹豫，只见群里立刻有好多人争抢这个名额，孙大爷不再迟疑，赶紧给"股神"转了10万块。

当赵、钱两大爷听说孙大爷的事情后，急得直拍大腿："老孙，你糊涂了，这是骗局啊！"

孙大爷如梦方醒，再想联系"股神"，却发现微信群解散了，急得他差点脑出血，只好抱着最后一线希望报了警。

过了一段时间，三人又聚头。赵大爷面如死灰："完了，股市就是个坑，我那10万块一眨眼全没了！"

钱大爷同样捶胸顿足："我那钱倒是没栽在股市里，可全被我儿子花天酒地挥霍完了。这年头，不成器的儿子就是最大的坑啊！"

最后，两位大爷一起同情起孙大爷："老孙，比起你，我俩还算好的了，我们一个从股市里学到了经验，一个贴补了儿子，你呢，10万块连声响都没听到，你最倒霉了。"

孙大爷摇摇头："非也，非也！告诉二位一个喜讯，警察帮我抓到了骗子，10万块一分不少追回！感谢警察，把我拉出了这个坑！"

（发稿编辑：王 琦）

穿越边境线

□ 白云红叶

亚当是一个诈骗团伙的头目，最近，他脑洞大开，租了个隐蔽的房子，自建了一个伪警局。

接着，亚当打电话给一个女人，说她的身份信息被盗用，牵扯到一起诈骗案，要冻结她的银行账户。女人心存怀疑，亚当镇定自若地提出可以视频通话。见到办公室里身着警服的"警官"正襟危坐，门口不时有其他"警察"经过，窗外还停着"警车"，谁能想到这都是假的呢？女人的钱就这样被亚当骗到了手，弟兄们钦佩不已。

一年后，这个诈骗团伙暴露了。亚当带着四个弟兄逃到了邻国A。他们要在这里找人，帮他们再次穿越边境线，逃到A国的邻国B。到了那里，警察想抓人就难了。

不久，亚当和一个叫巴颂的A国人接上了头。按计划，巴颂会带着他们到达森林内的边境哨所，在那里

穿越A国和B国的边境线。巴颂摸着下巴说："哨所的长官每年只给我五个名额，多了容易露馅。送走你们，我就只能等明年了。"亚当会意，爽快地给了他一大包现金。

这天夜里，亚当一行跟着巴颂来到边境哨所。长官将哨兵和军犬支走后，送亚当一行穿越了边境线，就和巴颂一起离开了。亚当激动地对弟兄们说："到B国了，这钱花得值啊！等咱们安顿好，很快就能挣回来！"

几人继续往前走，不料，天亮时他们就被牵着军犬的士兵发现了。懂A国语的弟兄听上兵说完，哭丧着脸对亚当说："他说前面才是边境线……"

亚当一惊，很快反应过来，叹道："我为了骗钱，弄了个假警局；巴颂更狠，居然弄了个假边境线！"

（发稿编辑：赵嫒佳）

等位子

□ 冯 凯

这天中午，大华像平时一样，来到公司旁边的麦当劳餐厅。因为公司实在太吵，所以他只能来这儿蹭位子休息。

刚走进门，大华就发现餐厅里座无虚席。他四处打量了一番，发现角落里有张餐桌前坐着一对母女。桌上的餐品快吃完了，小女孩正低头写着什么，妈妈则坐在一旁看着。大华悄悄靠过去，发现女孩正在做一份试卷，已经做到最后一题。他大喜，看来两人快要走了，这可是好位子啊！他便假装随意地等在一旁。

谁知大华这一等就是半小时，脚都快抽筋了。女孩一直在草稿纸上画画写写，就是写不出答案。她妈妈有些生气："告诉你，做不出来就别回家！"妈妈的责备让女孩更紧张，更

是毫无头绪。后来，女孩妈妈去上厕所了，大华忙低声问女孩："小妹妹，你不会做这道题？"女孩一愣，然后点点头："这题太难了，我妈也不辅导我……我回不了家啦！"大华拿起试卷，仔细看了看，哇，虽然只是五年级的题目，也很有难度。不过，这也难不倒大华这个曾经的高材生，他只花了五分钟，就解答出来了。这让女孩兴奋得直拍掌："大哥哥，你很厉害喔！"

就在此时，大华见女孩妈妈回来了，赶紧躲到一边。女孩妈妈一眼就瞥到答案，顿时笑逐颜开："不错嘛，不逼你一下，你都不知自己有多优秀。"她一边说着一边把试卷塞进书包。

大华心里乐坏了：哈哈，你们总算要离开，这个位子终于属于我的啦！

不料，女孩妈妈又掏出一份试卷，摊在桌上："来，这里这么凉快，不如把语文试卷也做完再回家吧……"

（发稿编辑：田 芳）

钢琴惹的祸

□ 玉 米

小美很喜欢弹钢琴。这天,她要去市里参加钢琴比赛,因距离较远,她想自己开车去,但她刚拿到驾照不久,丈夫大刘很不放心,便坐上了副驾驶座,陪她一起去。

一路上,大刘在一旁絮絮叨叨地教小美如何开车,一会儿喊刹车,一会儿说看后视镜,小美听得烦了,忍不住说:"闭嘴,我自己会开!"大刘摇摇头,只好默不作声了。

所幸车子还是顺利地抵达了比赛现场。比赛中,小美声情并茂地弹奏了一曲《水边的阿狄丽娜》,获得了评委的一致好评。开车回去的路上,小美意犹未尽,在车上循环播放《水边的阿狄丽娜》,手指也在方向盘上有节奏地敲打着。

就在这时,前车的速度越来越慢,没想到小美却一脚油门冲了上去。大刘惊呼道:"踩刹车!"可是已经来不及了,车子一头撞上了前车,幸好人没事。大刘气呼呼地说:"我就说你不要开车了吧,你看你把油门当刹车了。"

小美不服气地反驳道:"我哪有把油门当刹车?哪个是刹车,哪个是油门,我还是分得清的。"

大刘不解地问:"那你为啥还踩油门冲上去?"

小美撇撇嘴说:"还不是钢琴惹的祸!钢琴底下有三个踏板,最右边的是延音踏板,用于弹奏高潮……"

大刘忍不住打断道:"那和踩油门有啥关系啊?"

小美懊恼地说:"刚才车里的《水边的阿狄丽娜》正好播放到高潮部分,我一时出神,想象成自己在弹钢琴了,于是情不自禁地踩下了最右边的踏板,谁想到是油门啊!"

（发稿编辑：朱 虹）

（本栏插图：小黑孩 顾子易）

2023年

中国十大廉洁故事评选

◦ 每篇奖金 3000 元 ◦

兴廉洁之风，树浩然正气。为加强新时代廉洁文化建设，鼓励广大作者创作出老百姓喜爱的廉洁故事，上海金山山阳廉洁文化基地与《故事会》杂志社，联合推出2023年中国十大廉洁故事评选活动。

评选范围： 2023年《故事会》有关栏目发表的"廉洁故事"，如新时代廉洁故事、中华传统文化中的廉洁故事、红色廉洁故事、家风家训廉洁故事等。

评选方法： 专家评选及网络投票。

奖项设置： 获奖作品奖金为每篇3000元，全年共10篇，并颁发获奖证书。

投稿方式： 欢迎广大作者踊跃来稿。邮箱：gushihuilianjie@126.com。老作者可直接投给固定联系的编辑。篇幅控制在3000字以内。作品后请附：姓名、地址、手机号、身份证号、开户银行信息及账号。

其他说明： 获奖作品著作权归作者所有，主办方享有使用权、发布权和改编权，凡参赛者视为接受本项约定。

中国十大幽默故事评选

◦ 最高奖金 每则 4600 元 ◦

为鼓励广大作者创作出老百姓喜爱的幽默故事，中国幽默故事基地上海金山山阳镇与《故事会》杂志社，联合推出 2023 年中国十大幽默故事评选活动。

评选范围： 2023 年《故事会》"幽默世界"栏目发表的所有作品。

评选方法： 1. 每季度评选出 6 篇季度奖作品；2. 荣获季度奖的作品再参加年度总决赛，经专家评选及网络投票，评选出 2023 年中国十大幽默故事。

奖项设置： 季度奖奖金为每篇 1000 元，全年共 24 篇；年度奖奖金为每篇 3000 元，全年共 10 篇。年度奖获奖作品将颁发获奖证书。

征文邮箱： gushihui999@126.com。请作者自留底稿，参赛稿一律不退。

《故事会》杂志社地址：上海市闵行区号景路159弄A座307-308室，邮编：201101

妈妈的心思

曹晴雯　故事会红版编辑

Cao Qingwen Stories Editor

一个周日，我约了朋友小嘉吃饭。菜上齐后，我让小嘉慢点动筷，等我给菜拍张照片。小嘉觉得奇怪："以前没见你爱拍菜呀！"我告诉小嘉，这菜是拍给我老妈看的。老妈说最近对烹饪很感兴趣，让我一日三餐无论吃什么，都拍给她看看，她想参考一下。

"阿姨让你拍吃的，肯定没那么简单。"小嘉肯定地说，"当妈妈的，心思都不简单哦。"

接下来，小嘉给我讲了一件亲身经历的事。

小嘉小的时候，有一次跟着妈妈去东京迪士尼玩。在玩一个儿童过山车的项目时，妈妈紧紧拉着小嘉的手，全程没有松开。一结束，妈妈就问小嘉："害怕了吧？"小嘉摇摇头，说："我不怕！害怕的是你吧，妈妈？"妈妈没说话，只是笑着点了点头。小嘉心里想，妈妈虽然是大人，可是她的胆子竟比自己还小，玩一个儿童过山车就吓成这样，一直拉着自己的手。

现在，小嘉的宝宝也上小学了。前段时间，小嘉带宝宝去上海迪士尼玩。乐园里也有一个儿童过山车的项目，小嘉便带着宝宝去体验。一坐上位子，小嘉就不自觉地拉起了宝宝的手，而且是紧紧地攥着，全程没有松开。结束后，宝宝大笑着对小嘉说："妈妈，你胆子好小呀，一直拉着我的手！"小嘉一愣，有种似曾相识的感觉——宝宝说出了当年自己对妈妈说的话。然而小嘉知道，她并不是因为害怕才拉着宝宝的手，她是担心宝宝会害怕。

原来如此啊！小嘉想，当年在东京迪士尼，妈妈应该也不是因为害怕才拉着自己的手，妈妈也是担心自己会害怕呀！

小嘉讲完这件事，看着我说："很多事，我也是当了妈妈之后才发现的。妈妈的心思往往都藏在简单的言语和动作里，而孩子不一定会觉察到。所以我才说，阿姨最近天天让你拍吃的，肯定不简单……"

我若有所思地点点头。当晚，我就追问老妈，为什么最近突然开始让我拍吃的。老妈只好实话实说："上次见你又瘦了，所以才让你到了饭点就拍下吃的，一是看看你有没有按时吃饭；二是观察一下你都吃了些什么，要是偏食，营养跟不上，之后妈妈也好精准地给你补上呀……"

我恍然大悟，赶紧跟小嘉说了真相，感叹道："妈妈的心思果然不简单呀！"

小嘉赞同道："当然啦，满满都是爱意呢……"　　　　（插图：丁德武）

780

CONTENTS

扫二维码，可听全本故事。

2023
SEMIMONTHLY
8月上半月刊

开门八件事，扫码听故事。一本可读、可讲、可传、可听的全媒体杂志。

故事会

红版·上半月刊

社 长·主 编 夏一鸣

副社长 张 凯

副主编 吕 佳 朱 虹

本期责任编辑 曹晴雯

电子邮箱 caoqingwen0228@126.com

◆ 发稿编辑 ◆

吕 佳 陶云韫 丁娴瑶 孟文玉

美术编辑 王怡斐 郭瑾玮

红版编辑部电话 021-5320 4058

绿版编辑部电话 021-5320 4050

地址 上海市闵行区B号景路159弄A座3楼

邮编 201101

主管、主办 上海文艺出版总社

出版单位 《故事会》编辑部

发行范围 公开

◆ 出版发行部 ◆

发行业务 021-5320 4165

发行经理 钮 颖

媒介合作 021-5320 4090

广告业务 021-5320 4161

新媒体广告 021-5320 4191

◆ 融媒体中心 ◆

《故事会》微博 @故事会

《故事会》微信 story63

故事中国网 www.storychina.cn

《故事会》网店

shop36332989.taobao.com

故事会公众号　　故事会小程序

国外发行 中国图书贸易总公司

印刷 上海四维数字图文有限公司

发行：中国邮政集团公司报刊发行局总发行

国内代号 4-225 定价 8.00元

（本栏插图：包丰一）

分享奖品

公司举办联欢会，特地安排了抽奖环节。小燕和同部门的两个男同事关系挺好，就对他俩说："我们三个人，不管抽到了什么，都拿出来分享吧！能平分的就平分，不能平分的就共同使用。"

两个男同事听了，都表示赞同。

小燕运气不错，抽中了二等奖。小燕兴奋地上台领取奖票，当她看到奖票上写的奖品时，先是一愣，然后脸腾地红了。

原来，奖票上写着的奖品，是一张高级床垫……

（黄健生）

新型套路

小美问男朋友："如果有两个女生跟你表白，第一个说'我不喜欢这个世界，只喜欢你'，第二个说'我喜欢这个世界，更喜欢你'，你怎么选？"

男朋友说："选第二个吧，她更积极乐观。"

小美把嘴一撇，不满地说："你不是应该和她们说，你已经有女朋友了吗？"

（暮春）

袋鼠逛超市

长颈鹿看到袋鼠气呼呼地从超市门口走过来，就问："你为什么这么生气？"

袋鼠摸着肚子说道："超市员工不让我进去，非让我先存包不可！"

（潘光贤）

买秋裤

有个小孩，随妈妈到商场柜台买秋裤。他好奇地问妈妈："秋裤是什么啊？"

妈妈说："秋裤就是天气比较冷的时候贴身穿的保暖裤。"

这时，售货员问道："您需要穿多长的？"

不等妈妈开口，小孩就抢答道："从今年十月份穿到明年二月份的！"

（旺仔糖）

倒 装

语文课上，老师说："有些词句，颠倒原有语序而语意不变，这叫倒装。谁能举个例子？"

小明赶紧举手回答道："肉夹馍。"

（月亮狗）

换口味

大强每天都在同一家早餐店吃馄饨，雷打不动。这天，他想换换口味，进了店就对老板说："老板，下碗牛肉面。"

老板愣了几秒，尴尬地笑着说："你每天都吃馄饨，所以我看你把自行车往这边一停，就把馄饨给你下锅里了……"

（离萧天）

休息一天

为了早日拿到驾照，小刘找了个私人教练。连续练了几天后，教练说："小刘，天气挺冷的，你休息一天吧。"

小刘充满斗志地回答："教练，我不冷，也不累。"

教练看了小刘一眼，坚持道："我们休息一天吧。"

小刘依旧热情满满地回答："教练，没事，我真不累！"

教练沉默了几秒，说："要不让我休息一天吧，天天这样陪你练车，我累啊！"

（白丁儒）

酒鬼

有个酒鬼死乞白赖地要去朋友家喝酒，朋友想拒绝，就说："我家太远了。"

酒鬼说："不要紧，多远我都不介意！"

朋友继续推托道："我家很小，不好待客。"

酒鬼笑道："能有个地方让我张开嘴就行了。"

朋友急了，说："我家连个酒杯也没有。"

"不用酒杯，"酒鬼乐着说，"我最擅长对瓶吹啦！"

（苏格兰没有底）

小偷行窃

有一个小偷，准备去金店行窃，就让妻子穿着他买来的假警服，化装成女警给自己望风。快到金店时，小偷对妻子说："亲爱的，让我拥抱一下你。"

妻子拒绝说："不行，这不吉利。"

小偷问："抱一抱怎么就不吉利了？"

妻子解释道："我现在穿着警服，你抱我，不就意味着'报警'吗？"

小偷又说："可你又不是真警察。"

妻子急道："那就更不行了，'报假警'要吃官司的！"

（李云贵）

拿衣架

妈妈在晒衣服，还差一个衣架，就对着客厅喊道："少了一个衣架！"

正在客厅玩的儿子听了，立马跑到书房里，拿来一个衣架递给妈妈，说："妈妈，看，我帮你把衣架拿来了。"

妈妈夸奖道："儿子真乖！这个衣架是在哪里拿的？"

儿子仰着头，说："写字台边。这就是刚才我写功课时你用来打我的那个衣架……"

（三羊迁徙）

这个群不能退

孩子高中毕业了，班主任要解散班级群。这时，一位家长说："老师，你退吧，我们就不退了。"

老师疑惑地问："为什么？"

那家长说："再过些年，我们就把这个群改成儿女相亲群，毕竟知根知底的……"

（余 娟）

练过的

有个人看到路边跪着一个乞丐，就给了他一点钱，然后随口问："你这样跪着，吃得消吗？"

乞丐叹口气，回答道："我当年也有老婆，可是练过的，跪键盘能打字，跪蚂蚁能不死，跪灯泡能不碎，跪遥控器能不换台，现在跪个平地算什么啊……"

（俊 俊）

我饿了

一对夫妻吵架，妻子赌气不理丈夫。快到中午时，丈夫见妻子还不做饭，就在纸条上写了三个字——"我饿了"，让狗狗叼去给妻子看。

过了一会儿，丈夫见还没有动静，就悄悄去厨房瞧。只见妻子一边喂狗狗吃火腿肠，一边念叨着："我知道你饿了，多吃点儿！"

（粉雪公主）

改变命运

大伟想通过高考来改变自己的命运，于是，高考前，他就在房间里贴了一张文曲星的画像，求神仙一定要改变自己的命运。没想到，他考砸了。

大伟非常气愤，把文曲星的画像撕掉了。文曲星大怒，问大伟："你为什么撕我的画像？"

大伟说："我求你帮我改变命运，为什么你让我考砸了！"

文曲星委屈地说："我确实帮你改变命运了啊！原本你是能考上的……"

（孟 浣）

枪缨即枪上用丝或线等做成的穗状饰物，它不仅可以用来观赏，作战时还可以用来挡住敌人激射过来的血，又称"血避"……

血缨

□ 吴卫华

沧州多绝招，其中有一门绝招叫卢家枪，被时人誉为"无敌天下三十年"。

卢家独子卢君玉，卢家枪唯一传承人，年近三十，生得白面长身，是沧州地面无数有女儿人家的首选佳婿。但卢君玉日日沉溺于枪术中，没有一个女子能让卢君玉心动。

就像好马配好鞍，卢君玉喜欢在他惯用的那杆丈二亮银枪上装饰红若火焰的马鬃枪缨，数年一换。换下的旧枪缨他也不扔，而是爱惜地藏于一木匣之内。

枪缨绝不是仅仅做观赏用的。

当枪头刺进敌人体内时，血液会爆喷，此时的枪缨则靠自身的反作用力，瞬间像一个盘子一样自动张开，挡住敌人激射过来的血。血液一旦顺枪杆流下，会使枪杆滑手，不利于继续杀敌。因此，枪缨又称"血避"。为了更好地挡血，枪头上加装的缨子，一般比较稠密，长一尺半。做枪缨的材质，绒绳或兽毛都可以，马尾、牛尾和马鬃属上材，其中以马鬃最佳。

卢家居于闹市，大门口铺面、摊贩云集。那天，卢君玉出去买枪缨，忽见自家门口多出一个伞棚。

棚下支起的木板上，只摆着红白黑三片枪缨，片片编织得精致结实，用的都是货真价实的马鬃。

卢君玉逐一抚弄枪缨，越看越爱，连呼："卖家，有多少这样的枪缨？我全要。"

一女子转过身来，无所顾忌地盯着卢君玉，答："仅这三片。"

"只有三片枪缨可卖？"卢君玉感到奇怪，便多看了女子两眼。那女子二十岁出头，细手细脚、纤纤柔腰，好看的瓜子脸上飞眉吊梢、目如点漆，自带一股英气。

卢君玉第一次为一个女子无来由地怦然心跳，白脸漫上血晕："你这么做生意，一天能挣多少钱？"

女子轻笑，说："只为遇有缘人，不为挣钱。"

卢君玉说："我都要了。"

女子说："给我半月时间，我给你编织天下唯此一片的枪缨。"

卢君玉回家后，不以枪缨为重，反倒念念不忘卖枪缨的俊俏女子。他借口看枪缨的编织进程，每天跑去跟那女子搭讪。女子说自己叫"线娘"，身世却无从知晓。

说来也怪，线娘仿佛忘了给卢君玉编织枪缨的事，每天只在伞棚下挑拣马鬃，一根根细看。卢君玉也不催她，只同她说些跟枪缨不相干的。话到有意处，线娘往往瞥一眼卢君玉，卢君玉就会脸红，线娘则笑。

树大招风，盛名惹妒。三十年来，江湖上的枪术家，都为卢家枪"无敌天下三十年"这句话愤愤不平，多欲取而代之。

"梨花枪"宛如异军突起。江湖上迅疾传播开梨花枪的厉害和诡谲，说但凡与梨花枪过招的，轻伤重死，无一幸免。

很快，卢家接到了梨花枪的挑战书。约定十月十六日，在土地庙前的空地上比武，生死看枪术。

卢君玉拿着挑战书去找线娘，焦急地问："枪缨呢？"

线娘一声不响，起身拿出一片足有三尺长的枪缨。卢君玉心下一惊，他每天都去看线娘，却从未见过线娘编织枪缨，这片枪缨似是凭空变出来的一般。枪缨如此之长，且根根血红欲滴，真不知什么神仙骏马会有这样的鬃毛！

线娘说："拿枪来，我给你绑。"只见线娘倒拿丈二亮银枪，用缨片包住枪头，扎牢根部，再正回枪杆，撸顺枪缨绑缚出个葫芦形。线娘的枪缨绑得稠密又漂亮，转动枪杆展开枪缨，枪缨根根劲爽，宛如一把通体流艳的伞盖，隐隐有凛凛风声。

卢君玉惊喜过望，一把握住线娘的手，激动道："我要娶你！"

线娘苦笑："先保住你自己。"

卢家枪对梨花枪，武林百年不遇的巅峰之战。空阔的土地庙前人山人海。梨花枪的持有者是个精壮的黑汉子，那看似无缨的普通长枪，在原枪缨的部位缚一喷火筒。喷筒内装有铁蒺藜、碎铁屑，随火药喷出后灿如梨花，故名梨花枪。

黑汉子冷声说："三十年河东，三十年河西，得罪了。"说完，他上来就用了凶狠的单手式。卢君玉不敢大意，拧枪挡开。两人拿出看家本领，一时难分高下。黑汉子的枪头突然喷出雪亮的火药，随枪

狂舞出满场"梨花"，那些铁蒺藜、碎铁屑皆被见血封喉的剧毒浸喂过。黑汉子欲置卢君玉于死地！

卢君玉长枪上的枪缨，随枪收放拧拿皆如伞盖怒张，厮杀场中满耳都是枪缨凛凛的急转声，尽数把毒梨花抵挡于两米之外。眼看毒梨花喷完，卢君玉奋起余勇，一枪磕飞黑汉子手中已经寂灭的梨花枪。

场外众人早已看得惊心动魄，这时回过神来，猛呼："卢家枪天下第一！"

卢君玉得意地转动枪杆以示谢意。令人惊异的是，枪缨竟没有如伞盖张开，反而像灰烬般撒了一地。

卢君玉顾不得那么多，他急着跑去找线娘，要报告大胜喜讯。

线娘却不见了踪影，只看见平时摆枪缨的木板上，放着线娘留下的字条："我是你卢家赖以成名的那杆亮银枪上换下的那些旧枪缨，弃在木匣内已久。今日为卢家枪对战梨花枪，虽然粉身碎骨，终究是保住了卢家枪的名头。"

（发稿编辑：陶云韬）

（题图、插图：孙小片）

知府换头

□ 王焕文

早年间，青州知府是个大贪官，整天琢磨着如何巧立名目，搜刮百姓。由于他的横征暴敛，老百姓生活艰难，怨声载道。

青州百姓对他恨之入骨，天天都盼着他快点滚蛋，甚至盼他得个暴病快点死去。

老天有眼，朝廷下令彻查青州贪腐大案，青州知府被削职为民，卷着铺盖滚蛋了。听到这个消息，青州百姓高兴得像过年一般，沿街商铺更是放鞭炮、敲锣鼓，都在庆贺这个"瘟神"终于走了。

这个前知府大人带着一家老小灰溜溜地离开了青州。可毕竟贪了那么多年，家底厚着呢！除了家人仆从，家财细软足足几大车。这天路过一处深山老林，一群绿林好汉拦住了他们的去路。

这些人原本都是穷苦百姓，因为苛捐杂税，加上贪官污吏横行，日子实在过不下去了，才干了这种占山为王、打家劫舍的勾当。他们早就对这个知府大人咬牙切齿，这回早早打听到这里是贪官的必经之路，所以专门守在这里。他们手持刀枪棍棒，其中一人怒气冲冲地对知府说："你这狗官也有今天！今天给爷们留下你的脑袋，否则就杀你全家！"看到这个架势，知府吓了个半死，他的脸像是被糊上了一层白纸，直冒虚汗，浑身哆嗦，就像发了瘟病的老母猪。他想，自己好不容易花费重金上下疏通，才保住了小命和万贯家财，这还没安享晚年呢，就要交代在这里了吗？可是如果能用自己的性命保住这万贯家财和两个儿子的性命，那倒也是个划算的买卖。

这个老财迷真是"抱着元宝去跳井——要钱不要命"，死到临头还想着保住自己搜刮来的财宝。于是他牙一咬，心一横，颤颤巍巍地走上前来。看到这个往日骑在他们头上作威作福的狗官，好汉们气不打一处来。他们一拥而上，一顿拳打脚踢，这个知府就一命呜呼了。然后他们割下知府的脑袋，呼啸一声，扬长而去。

回到老家后，知府的两个儿子看着老爹那具没头的尸首，心里很不是滋味。想起从前，老爹是多么威风！那时谁家敢惹、谁人敢欺？到如今却落得个不得好死、身首异处的下场！

眼看要下葬了，老爹也没个全尸，总不能让他做一个无头之鬼吧？哥俩一寻思，便给老爹铸了一个金头，安在尸体上，这么着下了葬。之后，兄弟两人平分了家产，各自过起了日子。

话说这兄弟两个，从小娇生惯养，长大了也是出了名的纨绔子弟、浪荡公子。现在二人没有长辈管束，也没有一官半职，整天游手好闲、不务正业，只知道吃喝嫖赌、花天酒地。他们这样肆意挥霍，就算有金山银山也禁不住折腾。果然，不出几年，老大就先把自己的家产折腾光了，连吃饭穿衣的钱都没有了。在走投无路的当口儿，他把主意打到了老爹的金头上。

这下可好，一颗金头可以挥霍好一阵子了，反正是自己的亲爹，想来也不会怪罪的。老大趁着夜深人静，偷偷地跑到坟地，跪在地上念叨着："老爹老爹你莫怪，儿子没钱也无奈。"说罢，他刨开了坟头，扒开了棺材。一看，老爹的尸体已经腐烂了，但那颗头还是金灿灿的晃人眼。

抱着金头回到家后，老大又想，爹没头咋行？别叫老人家的阴魂来纠缠我，找我要头。于是，他用金头换了钱之后，拿出一部分钱铸了个银头，偷偷地给他爹安上。这下

"两全其美"了!

当初老二年纪还小，比不上哥哥这么能折腾，不过长大后他也步了哥哥的后尘，他的那份家产很快也让他折腾光了。要说这两人还真是哥俩，什么事都想到一块儿了，老二也琢磨上了他爹的金头。一天深夜，他也偷偷刨开了老爹的坟头，打开棺材，抱着沉甸甸的头就跑。可回到家，在灯下一看，金头变成了银头。他也不是傻瓜，知道肯定是哥哥抢先下了手。他没吱声，学着哥哥的样子，用银头换来的钱，给他爹又换上了一个铁头。

过了几年，这个知府大人的坟墓，让当地的一伙盗墓贼盯上了。俗话说"三年清知府，十万雪花银"，

何况这个死鬼还是出了名的大贪官！不说别的，光看他那俩儿子挥金如土的样子，就知道陪葬的金银财宝肯定不会少！

于是，在一个月黑风高的夜晚，这伙盗墓贼打开了知府的坟墓，本以为这次能发一笔大财，结果却什么宝贝也没找到，只找到了知府那个黑漆漆的铁头。这伙盗墓贼是"老猫衔个猪尿泡——空欢喜"，他们气急败坏，一怒之下将铁头扔进了河里，然后杀死一只狗，又给这个知府换上了一个狗头，让他永远不得做人。

这个知府钻营了一辈子，贪了万贯家财，自己被砍了头不得好死，家里的财产也被两个纨绔子弟给败光了，到头来，还做了个狗头鬼。

人头换金头，金头换银头，银头换铁头，最后连不值钱的铁头也没保住，被换成了狗头。这真是：贪婪是祸根，报应在前头。金头换狗头，知府变成狗。

（发稿编辑：孟文玉）

（题图、插图：孙小片）

公交车的故事

□ 上海外国语大学第一实验学校 王绮雯

我是一辆普普通通的公交车，每天接送乘客从起始站到终点站，再从终点站回到起始站，循环往复，周而复始。但在这看似一成不变的行程中，每天都发生着很多故事，又让我觉得生活是那么多姿多彩。

黑色绒线帽

路口，红灯读秒进入倒计时，我看到前方的横道线上，安静地躺着一顶黑色绒线帽。白色的横道线显得这个小家伙是那么的突兀、那么的孤单，我都有点同情起它来，不知道是被哪个丢三落四的家伙遗忘在了这里。

正想着，从路左边跑过来一个小不点，是个小男孩。嗯，符合我对那个冒失鬼的想象。只见他蹲下，捡起黑色绒线帽，又轻轻拍了拍帽子上的灰。

红灯已经转成绿灯了，我"嘀"地按响喇叭："小冒失鬼，你耽误我的行程了，下一站的乘客要着急了！"小男孩被吓了一跳，转头看看对面的绿灯，赶紧弯腰朝我鞠了一躬，小跑着离开了……

"真是个冒失鬼……"我等他安全地退到路边，在喃喃责怪中加了一脚油门，开走了。

行驶完一圈，我回到了这个路口，又遇到了红灯。等待中，我不经意地看向路边，竟然又看到了那顶黑色绒线帽。这一次，它出现在街角杂货铺的架子上。架子旁边还立着一块不大的牌子，上面写着：失物招领。

"哦，原来你不是冒失鬼呀，嘿嘿……"

超时停站

我每天都按着调度时刻表发车，尽量不耽搁一分一秒。因为我深知，我脱班会给许多人造成麻烦。但有时也会有意外，就比如现在。

这对推轮椅的母女是我在后视镜里看到的，并不年轻的女儿推着坐在轮椅上的老母亲一溜小跑。我原本要关上车门，现在反而关掉了左转出站的灯，就这么静静地敞开着车门。一丝冷风吹了进来，却没有吹散车厢里的暖意。

她们终于跑到了前门，女儿一手慢慢扶起老母亲，一手想收轮椅，但是老人站直后仍有些摇晃，轮椅也没有被一下子收起，女儿顿时手忙脚乱起来。我突然有点懊恼，为什么我没有在车门处安装升降平台，这样就能直接把轮椅推上来了……

正在这时，一只男人的手从车里伸了出去，手的主人看上去并不年轻，但给人很可靠的感觉。女儿抬头看了一眼，迟疑了一下，就把老母亲的手放到了那只有力的手中。那手稳稳地把老人搀上了车，接着，一只女人的手把老人引到离车门最近的座位旁。女儿一边道谢，一边麻利地收起轮椅，也上了车。

关门，打灯，出站，我终于能顺利发车了。好像耽误了整车人两三分钟时间，但好像又没有，因为大家仿佛什么事都没有发生一样，或看窗外，或看手机，一如之前。

迷路的阿婆

"对勿起，侬晓得哪里调47路？"一口吴侬软语打破了车厢内的安静。哦，是个阿婆。

"这部车子调勿着呃……"

"阿婆，你要去哪里啊？"

七嘴八舌，本地话、普通话，各种口音都有。阿婆有些耳背，或是听不懂普通话，只是执着地说："司机师傅，我住交通路……"

不好，我的老搭档正在开车，不能分心啊！

还好到站了，司机师傅说："阿婆，换不到的，要么坐到终点站，然后穿铁路旱桥……"也许是冬日晚上的缘故，车站上没什么人，很快车子又启动了。

"但是我来的时候就是这么换的呀……我住交通路，我要换47路……"阿婆复读机般地对着司机"循环"，看来她没有意识到单行道这回事。车厢里很安静，没有人搭腔。我寻思着：这个阿婆估计是迷路了，我的老搭档要开车，也不能搭理她，怎么办，怎么办？

"阿婆，你把你家地址告诉我。"一个年轻的女声响起，"我帮你查地图，你别打扰司机师傅。"我和老搭档都通过后视镜感激地看了后排女生一眼。

女生查了半天，抬头说道："阿婆，你住和平苑啊，没有直达车，穿过铁路桥就到了，你可以吗？"

"打个车不就好了？"一个中年阿姨给出了她认为最合理的方案。

"不要，不要！我认识的，到地方我就认识的……"

这阿婆还真倔。大家又窃窃私语了一阵，有人说："打电话给你小囡呀，叫伊来接……"

"小囡没了呀……"阿婆的眼神突然黯淡下来……

又是一片寂静。传说，人声鼎沸时突然变安静，是有天使路过了。

"和平苑啊，阿拉晓得的，你是不是到小区就认识了？"说话的是一个中年男人。他妻子接着说道："阿婆，你终点站下车跟阿拉走，阿拉送你到小区门口……"

阿婆终于露出了笑容。

冬日的夜幕笼罩着大地，公交车的灯光浸润着一小片温暖，在开往千家万户的路上行驶着。

我是一辆普普通通的公交车，每天带着希望出发，满载着收获归来。无论四季变化、阴晴雨雪，车厢里总是温暖的。

（"我的青春我的梦"第三届中小学生故事会征文获奖作品选登）

（发稿编辑：吕 佳）

（题图、插图：孙小片）

停了电的夜晚，夜空还会亮起来吗？这关乎一个大学生的命运……

□ 方冠晴

彩色的夜空

大学校园也会停电，这种千载难逢的事被小洁和阿棉遇到了。

小洁本来在宿舍里用笔记本电脑玩游戏，电一停，没了Wi-Fi，游戏玩不下去了。

空调停止工作，房间温度便"噌噌"往上升，小洁的额头很快冒出了细密的汗珠，但她一点也不烦躁，脸上反而有了微微的笑意。今天是个特殊的日子，她晚饭都没吃，就等着男朋友下班，一起出去吃夜宵。停了电才好，更浪漫，这是老天要成全她的心愿呢。

同宿舍的阿棉受不了，叫起来："热死了！热死了！"她来拉小洁，"出去吧，外面兴许有点风。"

小洁笑着，和阿棉一起出去了。

暑假，同学们都离开了学校，连宿管阿姨都走了。整栋女生宿舍楼空空荡荡，只剩下小洁和阿棉。阿棉是学校跆拳道队的，暑假要训练。小洁呢，谈恋爱了，男朋友在校外找了份暑期工，她便留下来陪男朋友。

小洁和阿棉在校园里散步，整个校园漆黑而空旷，偶尔有一两个留校的同学从她俩身边晃过。到晚

·新传说·

上10点，电还没来。

小洁要回宿舍，她说："我笔记本电脑还没关，别将电池里的电耗光了。"话是这么说，其实，她是知道，男朋友快下班了，该来找她了。

两个人往回走。她俩的宿舍在一楼，走道里黑，到了门口，阿棉打开手机上的电筒照明。电筒光一亮，她俩看到，宿舍里有个人影在晃动。小洁起初还以为那是自己的男朋友，来宿舍里找她了。当看清对方的身形比男朋友矮小许多、根本不是男朋友时，她吓得情不自禁"啊"地叫了一声。

突然的光亮，还有突然的惊叫，宿舍里的那个人也吓了一跳。那个人低着头就往外跑，怀里还抱着一台笔记本电脑。

是小洁的笔记本电脑！

阿棉不愧是练跆拳道的，胆子壮，反应也快，她大吼一声："小偷！"电筒光正正地照到对方脸上。看得出来，对方年龄与她俩相仿，应该也是一名学生。电筒光一照到脸上，那名男生更着了慌，吓得扔下电脑，本能地抬起双手，紧紧捂住脸。

"砰"的一声，电脑落了地，屏幕碎了。

男生捂着脸想跑出门，小洁吓得躲到一边让出路来。阿棉却不让，伸手拦住了。男生硬着头皮想往外闯，阿棉冷冷地说："你以为你逃得掉？别忘了，宿舍楼外有监控。"

这句话像孙悟空的定身咒，男生吓得站住了，结结巴巴地说："我没拿你们东西，不信你们搜。"

阿棉"哼"了一声，厉声问："笔记本电脑呢？被你摔坏了！"

"我赔。"男生说，"但我这会儿没钱。我在打暑期工，等发工资了，我一定赔。"

阿棉觉得这个人在忽悠她们，生气了，对小洁说："打电话，通知学校保卫处！"

一听这话，男生吓得"咚"地冲她俩跪下了，也不再捂脸了，他垂下双手，脸色苍白，央求道："求求你们，别通知保卫处，通知保卫处我的前途就毁了。"

小洁和阿棉面面相觑，男生的举动是她俩始料不及的。

男生见她俩不说话，更加可怜巴巴地央求起来："我是第一次，真的是第一次。我宿舍的同学都有电脑，只有我没有，我这个暑假没回家，留下来打工，就是为了买台电脑。刚才从外面经过，看到这间宿舍里的笔记本电脑还亮着，屋里

18

没人，我不知道怎么就鬼迷心窍了……行行好，别通知保卫处，给我个机会吧。"

男生态度诚恳，不像说谎。

阿棉不依，她想用自己的手机打保卫处的电话。小洁见了，一把按住了阿棉的手机。

阿棉冲小洁皱起了眉，她附到小洁耳边，轻声说："摔坏的是你的电脑呢。你想清楚，放他走了，你再想找到人家就难了。"

小洁懂阿棉的意思。宿舍楼外确实有监控，但停了电，监控也就没法工作了。放这小偷走了，想再找到人确实不容易。

但正是因为这一点，小洁觉得，这个男生还算老实，阿棉一句"外

面有监控"，就将对方唬住了。

小洁抬手看看手机，屏幕上显示的时间是晚上 10 点 26 分，夜已经很深了，男朋友快来了，她该和男朋友一起去吃夜宵了。她不想将这件事拖下去，淡淡地对跪在地上的男生说："给不给你机会，就看天意吧——如果这夜空亮起来了，我就不通知保卫处，放你走……"

一个停了电的夜晚，夜空怎么会亮起来呢？男生扭头望向窗外，窗外的天空像是蒙上了布帘子，黑得没有半点光亮。他抬头朝着宿舍里那盏灯眼巴巴地望着，双手合十，喃喃祷告："来电吧、来电吧！老天爷，帮帮我，我今后绝对不再干这样的傻事了。"

电，一直没来。屋内的灯，一直没亮。窗外的夜空，仍是漆黑一片。

突然，"砰"的一声，宿舍窗外的地面蹿起一条暗红的线，一直往天空升腾，接着，"啪"的一声，一朵烟花在空中炸开了。那烟花像一朵五彩的花，霎时间绽满夜空，将整个校园，将宿舍的窗户，还有屋内的三个人，都映亮了。

男生扭头望着空中的那朵

烟花，像溺水的人抓住了救命稻草。他回头望着小洁，可怜巴巴地说："亮了呢，亮了，这算不算？"

小洁没答话，只是望着窗外。夜空中的那朵烟花，那么明亮，那么灿烂，她脸上有了微微的笑意。

第一朵烟花还没熄灭，接着，第二朵、第三朵烟花纷纷升上天空，"噼啪"炸响，整个夜空，被染成了彩色。

小洁根本没看那个眼巴巴望着她的男生，她的双眼一直望着窗外的烟花。她点了点头，说："这是老天要给你机会呢。你走吧。"

眼泪蒙住了男生的双眼，他站起来，一边揩眼泪，一边朝小洁鞠躬："谢谢，我一定会赔您的电脑。"他跑走了。

阿棉想拦住那男生，但手只是抬了抬，又放下了。

后来好些日子，都没见那个男生来赔电脑，小洁在校园里也没遇见过他。

四个月后的深秋，小洁收到一个包裹，打开，里面是一台与她以前电脑一模一样的笔记本电脑。电脑上贴着一张纸条，上面写着：

"我后来才反应过来，那晚停了电，宿舍楼外的监控拍不到我，但我不能逃避自己该负的责任。我会永远记住那晚的彩色夜空，那是老天给我一次改过的机会，也是您给我一次改过的机会。我不能辜负老天和您的善意。我珍惜这次机会，再也不会犯这样的过错了。这段时间我一直在做钟点工，挣钱买了这台电脑。非常感谢您。"

落款是："一个没脸见您的同学"。

看着那张纸条，小洁笑了。她又记起了那晚的烟花，还有那天早晨与男朋友的微信对话。男朋友说："今天是你生日，我想破脑袋也不知道你最想要的礼物是什么，能不能给点提示？"她回道："禁放烟花爆竹好多年，我好多年没见过烟花在夜空绽放了，你能选一个特别的时刻，送我一个彩色的夜空吗？"

小洁是晚上10点28分出生的，她曾经多次和男朋友提起，男朋友笑着说一定不会忘记。她知道，以男朋友浪漫、细心的性子，烟花会在那个时候照亮夜空。

没有什么老天给的机会，只是她给了人家一个改过的机会。小洁微笑着想，现在看来，她当时的选择，没错。

（发稿编辑：陶云韫）

（题图、插图：豆 薇）

郭宇是一家都市报的体育记者，也是篮球场上的"神射手"。这天，他去打球时，发现了新鲜事：好几个球友都穿了同一款篮球潮袜，花里胡哨的颜色，上面还有个涂鸦风格的篮球手，十分拉风。

听球友介绍，这是新晋"网红"运动品牌——"踩一脚"，他们家的专业运动袜是时下最流行的运动装备。说者无心，听者有意，郭宇的职业本能被激发，觉得这是个很好的新闻素材，于是他主动联系了品牌方。对方很爽快，虽然品牌创始人最近出差了，但宣传主管可以随时接受采访。

这日，郭宇来到"踩一脚"大本营，他算是大开眼界了：办公区能整一片篮球场，怕是全市独一份。宣传主管相当年轻，竟然还是个"00后"。两人相谈甚欢，主管知无不言，郭宇收获不少，估摸着能写一篇很有趣的报道了。收尾时，

郭宇随口问道："'踩一脚'这名字挺特别，有何来头？"

这个简单的问题，倒是把主管难着了："嗯……具体还真说不清，好像听我们创始人说，是得一个高人指点……"

呵，这么年轻的品牌，故事倒是不少嘛，看来得找机会再约创始人聊聊，做个深度报道也不错。

回去后，郭宇很快以"满城尽穿新潮袜"为题完稿了。编前会

了不起的袜子

□ 宁莎鸥

上，这篇报道以新颖的题材、独到的视角受到了编辑室主任和不少同事的好评。本以为可以顺利发表了，却遭了老宋的质疑。

老宋是这家报纸的老读者，从创刊号读起，一期不落，还常发来一些阅读笔记啥的，比编辑还上心。总编为保证报纸质量，成立了专门"捉虫"的审读委员会，聘请老宋当特约专员。每次编前会，老宋也会来参加。老宋看了郭宇的稿子，皱着眉头说："一个卖袜子的，要给这么大版面？不合适吧……"

老宋一番话，让总编也有些动摇，他似有顾忌地问道："小郭，这篇报道你做得这么用心，要不你也聊聊最初的动因？说起来，我们记者发稿，还是得有原则，有些门槛，不能轻易被踏过哦……"

郭宇算是听明白了，领导是担心他搞"有偿报道"呢！天地良心，那天在人家公司，他可是连口汽水都没喝上，真是天大的冤枉！郭宇赶紧自证清白，说自己的银行卡、微信、支付宝可以随便查。如果查出他收了对方的好处，哪怕一分钱，他就原地辞职。

见郭宇说得斩钉截铁，总编的疑虑也消了大半，正准备签发稿件，

没想到这时候，前台捧着个包裹敲门进来，说是急件，要郭宇亲自签收。郭宇一看，瞬间要哭了：这快递怎么早不送晚不送，偏偏挑这个当口儿！

包裹上赫然写着"踩一脚"。在众人目视下，郭宇硬着头皮拆开了包裹，原来里头是几双袜子和一些品牌宣传资料。估计对方是为了让他更好地完成稿件，寄来了样品和补充材料。

郭宇松了一口气，可一旁的老宋叹着气说道："明面上是几双袜子，私底下送点什么可不好说哦……再说了，这种事，好像还可以收现金吧？"

老宋这话说得不痛不痒，但引得好几位审读委员会的成员连连附和。总编的脸色又不好看了，为了息事宁人，他给郭宇下了一道指令——采访和寄包裹的事，需要品牌方出具加盖公章的书面说明。这份文件，稿件刊发前必须到手。

郭宇欲哭无泪，只好求助"踩一脚"的宣传主管。事因自己而起，主管也好说话，只是听到"加盖公章"时，却犯难了："放公章的抽屉钥匙，只有老板手里有。"

郭宇忙问："你们老板出差还没回来？"

主管苦笑："没呢！"

郭宇顿时心如死灰。对方又想到什么，问道："这说明文件最晚什么时候要？"

郭宇答，本周五下午。主管想了想，说道："老板正好是周五上午的航班，应该赶得上。"主管很讲义气，一再保证会立即向老板说明情况，请他务必按时赶回，不会误事。

好嘛，对方都把话说到这份儿上了，只能听天由命了。

转眼到了周五，都快到午饭点了，郭宇还没收到对方的回复。他立刻打电话给对方主管，得到一个好消息和一个坏消息：好消息是老板很重视，说绝不让朋友为难；坏消息是，航班晚点了。

这……郭宇哭笑不得。唉，只能硬着头皮上了。

郭宇捧着稿件的签发材料，走进总编办公室，刚准备求领导网开一面，没想到来得不是时候，老宋也在。"老法师"把着关呢，总编还能偏袒自己？郭宇的心彻底凉了，正准备退出总编办公室，却见老宋走了出来，对郭宇说了一句："小郭，稍等——"

这老顽固又想整什么幺蛾子？郭宇心里正暗骂，只听老宋缓缓说道："经委员会讨论，我们收回对你的报道和工作作风的质疑，具体原因我已向领导详细报告了……"

郭宇疑心自己听错了，难以置信地望着老宋。老宋笑笑："咋啦，放你一马，还不高兴了？"

这事毫无征兆地开始，又没头没尾地结束，郭宇可不吃这哑巴亏！他追着老宋问怎么回事。老宋拍拍他的肩，说道："我找社里的同事了解过你的情况了，你小子的风评不错，这一次，恐怕是我错怪人了，对不住！"

郭宇一再追问，终于知道了"乌龙事件"背后的缘由。原来，老宋的孙子也是"踩一脚"篮球袜的忠实粉丝，平时老穿这牌子的袜子。老宋看不惯年轻人脚上穿得花里胡哨的，责令孙子以后都换普通的棉袜穿。然而让老宋没想到的是，竟然在最新一期报纸的待发稿里看到了关于这个品牌的大篇幅报道。他觉得简直不可理喻，所以第一时间提出了质疑。然而，事情的转折发生在几天前，在一场球赛上，孙子发力过猛，把棉袜戳破了，脚指甲盖都磨出了血。他陪孙子去医务室给伤口消毒，医生说，运动时，为了安全考虑，还是建议穿专业运动袜。后来老宋打听到，"踩一脚"篮球袜虽是"金玉其外"，却并非败絮其中。这种袜子能防滑、吸汗、减少摩擦，对打球有加成作用。老宋后知后觉，这才知道是自己老顽固了，不接受新生事物而有了偏见。

郭宇和老宋握手言和，迎面就撞见"踩一脚"的宣传主管带着一个年轻人进了报社。经介绍，郭宇这才知道，这年轻人正是这宝藏新品牌的创始人李修。李修听闻事情解决了，长舒了一口气："还好还好，没误事。"

郭宇好奇地问道："飞机不是晚点了吗？"一旁的主管解释说：

"老板忧心这件事，当即改了高铁，紧赶慢赶地赶回来了。"

堂堂大老板，这么够义气，怎么也得加个微信，交个朋友。郭宇提出这个要求，李修当即同意。两人打开微信，一扫二维码，却尴尬地发现，居然早就加过了。

李修沉思了一阵，恍然大悟："哎呀，我们见过的！有一次还一起打过球！"

郭宇后知后觉，愣了几秒后，也想了起来：几年以前，他跟一个穿酷炫袜子的小子打过一场球，他当时还直夸对方袜子好看呢！

李修谈起往事，颇为感慨："那时是创业初期，我跑遍各大球场推销，一天到晚也卖不了几双。要不是你夸我的袜子好看，给了我鼓励，我恐怕都坚持不下去。"郭宇记得当时自己一不小心踩掉了对方的鞋，露出了袜子，他才注意到对方脚上有"乾坤"的……

李修笑着说："'踩一脚'，露出袜子，如今也让产品在市场上崭露头角，这么说起来，你还是咱们品牌的命名之父呢！"

（发稿编辑：丁娴瑶）

（题图、插图：豆薇）

周森纳闷，川菜讲究"一菜一格，百菜百味"，好吃不就行了，什么叫味道不对？但奇怪的是，这个给差评的客人，居然又在平台上下了一单，点名让他上门做菜。

这位客人姓刘，是个满头白发的老阿姨，她独居在别墅区，花园里鲜花盛开，家具陈设也都非常高档。也许这种生活品质高的老人家，口味就是格外挑剔吧。

周森第二次敲响刘姨的家门，不免有点紧张，刘姨劈头就问："小伙子，你是不是因为我的差评，心里不高兴啦？"

"没有，"周森摇头，但还是按捺不住心里的好奇，问，"可既然你不喜欢我做的口味，换个代厨不就好了，为啥还让我来做菜呢？"

刘姨笑了："因为你做的辣子炖鸡最接近我想要的味道。"见周森一脸不解，她继续解释："不瞒你说，我已经不知道请过多少个代厨了，虽然都打了差评，但你是'较差'，别人是'很糟糕'。"

周森有点哭笑不得，问："那

代厨难做

□ 严奇

代厨是时下一种新兴的工作，就是走家串户替主人家做菜。周森是一家饭店的主厨，业余时间接些代厨的私活。因为手艺好，做完订单后都会收到客户的好评。最近周森有点郁闷，他收到了职业生涯以来的第一个差评：好吃是好吃的，可是味道完全不对！

这次要做什么菜？"

"不做别的菜，我叫你过来，是要教你做辣子炖鸡。"

"你要教我做菜？"周森是专业厨师，还从没见过这种奇怪的要求，他有些始料未及。

刘姨郑重地点点头："只要你在下个月3号前能把这道菜做到让我满意，所有的报酬我都翻倍给你，可以吗？"

还有这种好事？不就学个菜吗？那还不容易，这是稳赚不赔的活儿啊！周森连忙答应了，撸起袖子说："那现在先剁鸡块吧？"

刘姨摇头，把周森领到了家中的库房里，翻出一口周身通红、沁满黑渍的老锅，锅把手上歪歪扭扭地刻着"俊飞"。然后她递给周森一张单子，上面列着：南郊鸡一只，南郊大集香料店的八角、桂皮、干灯笼辣椒、大红袍花椒……

买齐材料后，周森在回来的路上想：怪不得刘姨觉得味道不对，原来原料都是有讲究的。这一回肯定能做出她想要的味道了！

材料收拾停当，周森问刘姨："刘姨，你来给我讲讲做法吧！"

刘姨望着鸡块和各种配料，脸上却露出了茫然的神情。原来，刘姨只记得味道，却不记得她想要的

辣子炖鸡究竟是怎么做的，连各种香料的配比也完全不记得了。周森只好凭经验做了一份。香喷喷的炖鸡端上桌后，刘姨尝了一口，还是缓缓地摇了摇头。

这么试了好几次，每次口味都有变化，但每次刘姨都是满眼希望地品尝，满脸失望地放下筷子。周森不免有些灰心丧气，说道："刘姨，你看，我们反复试了那么多遍，都没有成功，要么算了吧？"

"不行！你答应过我，下个月3号之前要把这道菜做得让我满意。"

"刘姨啊，你那口锅真不好用，

食材也很普通，比如三黄鸡就比南郊鸡口感好……要不，我们换一口好锅，换更好的食材试试看？"

刘姨坚决地说："不行！就得用那口锅，食材也必须用南郊的！"

周森有点不耐烦了："老是下个月3号，烦死了，工钱我不要了，我不干了还不行吗？"

刘姨一把拉住周森，带着哭腔说："别走……我试过那么多代厨，只有你的手艺最接近。下个月3号，是我儿子俊飞一家回国的日子，他从小最爱吃我做的辣子炖鸡，后来他大了，去国外读书、做生意，这一去就是十年。他特地打电话跟我说，这次回来想吃我做的辣子炖鸡呢！可惜啊，我现在年纪大了，怎么都做不出那个味道了。那口锅虽然旧了，可那是他小时候我给他炖鸡用的呀，只有那口锅才能做出他小时候的味道……"说着说着，一滴泪水划过刘姨苍老的脸庞。

是啊，老人年纪大了记忆退化是难免的。看着刘姨的样子，周森想起自己的母亲。她得阿尔茨海默病初期，常常自己跑出去乱走，有时候站在路口发呆，几次差点发生车祸。周森只好把母亲送到了专门的看护机构，他业余干代厨，也正是为了多挣钱给母亲缴纳看护机构

的费用。

周森打消了离开的念头，决心一定要学会刘姨的辣子炖鸡。周森记录下每一回试菜的调料比例，还专程跑了一趟刘姨的老家，跟村里的老师傅学了家常炖鸡的做法。这天，周森信心满满地把一锅辣子炖鸡端到了刘姨的餐桌上。扑鼻的香气一瞬间点亮了刘姨黯淡的双眼，她连忙夹起一块鸡尝了一口，眼泪滚滚而下。

刘姨喃喃道："终于好了，终于好了。谢谢你啊！小伙子……"

周森兴奋极了，对刘姨说："刘姨，你知道之前差在哪儿吗？我跟老师傅请教了才知道，少了一味关键的配菜……"

周森没有继续说下去，因为刘姨已经靠在椅背上睡着了。周森安顿刘姨睡下后，悄悄关门离开了。

第二天，刘姨在平台上给周森付了双倍报酬，还提前下好了3号的代厨订单。

3号一大早，周森去南郊大集买齐了食材后，来到了刘姨的家。可是，开门的是一个四五岁的小男孩。小男孩问道："你是谁？"

周森猜测这肯定是刘姨的小孙子了，便笑呵呵地说："我是来给你爸爸做辣子炖鸡的。"谁知小

男孩白了周森一眼，一言不发地跑进屋去。片刻之后，一个年轻女子走了出来。听了周森的自我介绍后，女子泪流满面："我是刘姨的儿媳妇，果然，婆婆一直都不肯相信那件事啊……"

原来，刘姨的儿子俊飞在和母亲通电话后的第二天，就突发脑出血去世了。刘姨受到了刺激，在她的脑海中，抹去了儿子去世的事情，只是执拗地重现儿子要吃的那道菜，然后等待儿子一家的归来。

女子说："我带儿子回来的时候，她一看到俊飞的遗像，当场就晕过去了，现在人还在医院呢，还好已经脱离了危险期。"周森眼睛一扫，果然看到了客厅的桌子上摆着一张遗像，那是一个长相酷似刘姨的男青年。女子继续说："常听俊飞念叨辣子炖鸡，你会做这道菜？"

周森默默地走进厨房。一段时间后，香喷喷的辣子炖鸡端上了桌，周森说："之前味道不对是少了一个配菜，黄花菜。刘姨老家的老师傅告诉我，黄花菜学名叫萱草，代表母亲的爱。"

刘姨的小孙子又跑了出来，依偎在妈妈怀里，悄声说："妈妈，这是什么菜？好香。"

女子对周森说："我儿子喜欢这个味道，你教我做吧！我一定要学会做这道菜，做给我的儿子吃，让他也记得奶奶的味道、爸爸的味道、家乡的味道……"

（发稿编辑：孟文玉）

（题图、插图：佐　夫）

红版编辑部各编辑邮箱：

吕　佳：lujia411@126.com

丁娴瑶：dingxianyao@126.com

陶云媪：taoyunyun1101@163.com

曹晴雯：caoqingwen0228@126.com

孟文玉：yuwenmeng@126.com

"恩将仇报"

□ 童树梅

这天，有件事在村里引发了一阵不小的轰动，原因是韩海阳夫妇带着儿子开车回了老家。之所以说引发了轰动，是因为他俩婚后多年不生养，想不到现在儿子已经一岁多了！

韩海阳夫妇婚后一直在外打工，韩海阳在一家大公司做仓库保管员，他老婆在同一家公司的食堂烧饭。两人工作都算轻松，这点看得出来，因为比起别的打工人，他们衣帽整洁、头脸干净。唯一的美中不足，就是两人婚后好多年一直没有孩子，现在带着孩子回老家，大家当然为他们高兴。

黄涛是韩海阳的老朋友，韩海阳回来的时候，他正在帮韩海阳的爸妈修理屋顶。韩海阳一见到黄涛，感动地说："我爸妈早就告诉我了，我在外打工这些年，是你一直照顾他们，太谢谢你了！"

黄涛放下手中的活儿，摆摆手，说："我们从小玩到大，帮着照顾老人是应该的。"

大伙听说韩海阳一家回来了，一下子都上门来了。正说说笑笑，黄涛老婆突然跑过来，哭喊道："黄涛，儿子小宝被人贩子抱走了！"大伙都一惊，黄涛老婆又说："孩子奶奶在田里锄草，孩子在路上玩，就这么一愣神的工夫就不见了。刚才有人告诉我，有个从没见过的人抱着孩子上了一辆小车跑了，那人肯定是人贩子……"

黄涛早蹦了起来，吼道："快报警，我去追！"

大伙一起吼："我们一起追！"他们吵着骂着，心急火燎地走了，留下韩海阳夫妇面面相觑。

三天三夜后，黄涛夫妻俩回来了，他们是被大伙硬拉回来的。孩子没找到，夫妻俩像是被割去了心头肉，急得差点发疯，三天三夜滴水未进，再不把他们硬拉回来，恐怕凶多吉少。警察那里暂时也没消息，因为没有人知道那小车的车牌号码，人贩子的信息半点也没有。

这边大伙正围着黄涛夫妻俩安慰，那边又有意外发生了：孩子奶奶见没找回孩子，心里又是自责又是难过，竟偷偷喝下剧毒农药，等送到医院人已经不行了。

儿子失踪、老妈惨死，黄涛夫妇觉得天都塌了。两人不吃不喝，就这么傻坐着，大伙也不晓得怎么劝。就在这时，有人来了，是韩海阳，他怀里还抱着一个孩子！

黄涛夫妻俩瞥了那孩子一眼，像被电击一样一起跳起来。黄涛伸出手抢着抱孩子，大喊道："小宝？是我们小宝吗？天哪！"

韩海阳一脸兴奋地说："这不巧了吗？我到邻县有事，刚好看到一个人抱着孩子。我一看，这不是你儿子吗？上前就抢，那家伙见我认出孩子，怕了，扔下孩子就跑。"

黄涛问道："你怎么没抓住那家伙？"

"能找到孩子已是谢天谢地，我哪还有心思惹那家伙？"韩海阳眼神有些闪躲，解释道，"再说他人高马大，我不是他对手，要是打起来，不小心伤着孩子怎么办……"

黄涛一想到人贩子作的恶，气得握拳大叫："要是遇上我，非把他打个半死不可！"然后他死死地搂住孩子，"小宝，你可回来了……"接着，他又朝孩子奶奶的遗像哭道："妈，你快看，小宝回来了，你也回来啊！"

这时，黄涛老婆忽然想起了什么，她对韩海阳说："大哥，以后你就是我们家小宝的干爸，你的大恩大德我们永远不忘！"

以前，黄涛一直在照顾韩海阳的爸妈，帮他们处理家中大大小小的事，现在韩海阳又找回了黄涛的儿子，两家关系因此更近了。

可时间一长，村里有了一些风言风语：随着韩海阳的儿子越长越大，大伙发现他一点也不像韩海阳

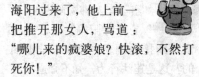

夫妻俩。他们结婚以来一直没孩子，后来突然带回来一个孩子，又和自己丝毫不像，有人开始悄悄议论：这孩子很可能是韩海阳老婆跟别人生的！这些话当然不会传到韩海阳耳朵里，再说又关别人什么事？所以这话题议论一气后也就平息了。

谁知这天意外发生了。当时韩海阳老婆正抱着儿子和大伙在村口聊天，由远而近过来一个女人。那女人蓬头垢面的，像是个疯婆子，她一见到韩海阳老婆怀里的孩子就凑过来。只看了一眼，女人就大叫起来："这是我孩子，是我的！"

女人嘴里喊着，扑过来就抢，韩海阳老婆吓得脸都白了，拼命撕打。众人早惊呆了，就在这时，韩海阳过来了，他上前一把推开那女人，骂道："哪儿来的疯婆娘？快滚，不然打死你！"

女人鬼哭狼嚎道："这是我儿子，放开我！还我儿子……"

女人的话没说完，嘴巴就被韩海阳用破毛巾堵上了。韩海阳吼道："你吓着我儿子了！"

女人拼命挣扎，可怎么也挣不脱韩海阳有力的手。那边，韩海阳老婆早就抱着儿子跑回了家。韩海阳对大伙说："我得把她捆起来，不然会伤着我儿子的。各位，我们一家三口今天要到山那边的姑妈家去一趟，等我们走了，再麻烦你们解开这女人的绳子，好不好？"

大伙想，对付疯子是应该这么着，就答应了。于是，有人上前帮着摁住那女人。韩海阳找来一根麻绳将她捆紧了，然后急急地回了家。过了一会儿，一辆小车开出来，大伙看到车上坐着韩海阳一家三口，他们这是要去姑妈家。

这时，从远处开过来一辆警车。有人看到韩海阳脸色变了，他的车想掉头，早被警车抢先一步拦住了。警

察下车对韩海阳说："你是韩海阳吗？走，去趟派出所接受调查！那女人是谁捆的？这是违法行为，知不知道？"

韩海阳夫妻俩不得不抱着孩子下车，大伙看到他们脸色苍白，好像在害怕什么……突然，韩海阳恶狠狠地扫视着大伙，问："谁报的警？"见没人吱声，他又问："有胆子报警，怎么没胆子承认？"

片刻沉默后，有人上前说："是我。"大伙一看，全惊呆了，报警的人竟然是黄涛，跟韩海阳关系最好的黄涛！

韩海阳老婆疯了似的冲过去要抓黄涛，被警察拦住了。韩海阳跳脚大骂："你这个恩将仇报的畜生，你忘了是谁帮你找回儿子的了？"

黄涛分外冷静地说："所以我才恨你们！"

原来，那天韩海阳找回了黄涛的儿子，黄涛第一反应是高兴和感激，可事后他想，儿子被拐后，他们怎么都找不到，甚至警察那边都没消息，为什么韩海阳那么轻松地就"偶遇"了呢？而且，当时韩海阳回答怎么不把人贩子抓起来这个问题，眼神一直在闪躲。后来，村里传言，韩海阳的儿子不是他亲生的，这也引起了黄涛的怀疑。

"虽然我不愿相信，但我早就怀疑你儿子也是被拐的。直到今天这个女人出现，你们夫妻对待她的态度让我坚定了自己的猜想。这个女人不一定是你儿子的亲生母亲，但你们害怕了，想出去避风头。你们说是去姑妈家，实际上是逃跑。我也确信了一件事：你们夫妻在外打工是假，做人贩子是真！你们回来那天，我正好在你家帮忙干活，你应该是因为这个，心里一软，所以得知我儿子被拐后，才肯帮我。我们这地方不大，你肯定是通过同行打听到我儿子还没出手，就把他找回来了。"黄涛严肃地说，"即便如此，我还是要报警，人不能没有正义感，何况你们并不是我家恩人！要不是世上有人贩子这个邪恶的行当，我儿子又怎么会被拐？我妈又怎么会惨死？你们知道儿子被拐后，我们一家有多痛苦吗？再看看这个被你们捆住的女人，她和她的家庭有多痛苦，你们想过吗？"

韩海阳夫妻俩沉默着低下了头，在被带上警车的一刹那，他们听到身后的黄涛在说："你们父母我来照顾，希望你们好好改造，伤天害理的事再也不要做了！"

（发稿编辑：曹晴雯）

（题图、插图：陶　健）

32

第一块矿石

□ 姚国庆

黄局长去白眉岭铜矿考察。天气不好,"哗啦哗啦"下着暴雨,然而,黄局长的心情一点没受到恶劣天气的影响。他对白眉岭铜矿有感情啊!当初,地矿局在白眉岭投入了大量时间、资金,也没找到铜矿,局里大部分人赞同放弃,唯有他坚持继续找下去。终于,他的付出得到了回报,找到了这个大型铜矿床,而他也因此"一炮而响"。

车随山路转了大弯,白眉岭铜矿的厂区出现在眼前。新修的大门很气派,上任一年多的汪矿长站在门前迎接。

黄局长和汪矿长寒暄了几句,汪矿长就带着黄局长参观新盖的职工宿舍楼。房间里装修得可真漂亮,配有电视、网络、洗衣机等设施。顶层还设有娱乐室,里面摆着图书杂志、乒乓球台等。参观完宿舍,又参观新盖的食堂,黄局长感慨道,矿山的条件和过去比,真是一个天上一个地下。汪矿长说:"您说过,工人是矿区的生命,这话我一直记着呢,一定要给工人师傅们提供最好的生活条件。"

接下来是招待宴,设在食堂的雅间。黄局长一走进来,看到一桌工人已围坐好了,正在鼓掌欢迎他。汪矿长说:"黄局长,这里有几个熟人,看您还认不认识?"说着,他走到一个黑瘦的小个子工人旁边。那工人站起来,朝着黄局长憨

笑。黄局长说："哪能不认识？刘师傅嘛。"矿山开采的第一年，设备才刚刚安装到位，他就被请来参加开工仪式，就是坐在刘师傅的挖掘机里，他们共同挖出了这个矿区的第一块矿石。

黄局长说："刘师傅，咱俩挖出来的那块矿石，是多少斤来着？我记得当时还称了的。"

刘师傅说："1783斤！"

"对对对，是1783斤，我也想起来了。"

汪矿长又介绍了这一桌的其他工人，有搞电焊的、搞放炮的、搞隧道掘进的……都是黄局长几次下来考察，有过接触或合作的工人师傅。

宴会开始了，工人师傅们都来给黄局长敬酒。黄局长一向敬重实实在在干活的人，见师傅们一个个扬脖子就干，他也不含糊。没想到过了一会儿，师傅们居然又来了第二轮。黄局长示意汪矿长，下午还有工作，不能喝多，想让他给挡一挡。哪知汪矿长没明白似的，居然鼓动师傅们一起高喊："干，干，干……"黄局长不知不觉就喝多了，汪矿长忙安排人送黄局长去休息。

就在黄局长休息时，矿山里的另一处却忙成了一锅粥。那是一个陡峭的山坡，山坡上有一群工人正顶着大雨劳作。他们浑身泥浆，"一二三"地喊着号子，要用绳子把一块巨大的矿石从半山坡拉到山顶。

这是怎么回事呢？原来，这块矿石就是当年黄局长和刘师傅共同挖出的第一块矿石，一直作为纪念品摆在这山顶上。汪矿长上任后，觉得原来的石座子太普通了，就做了一个闪闪发亮的铜座子。不料今天下了一场暴雨，泥地被雨水浸泡，铜座子又太重，竟歪倒了，上面摆着的大矿石也滚下了山坡。这可愁坏了汪矿长，他想：黄局长来考察，见不到自己挖出来的那块矿石，那还了得啊？无论如何，必须恢复原状。为了争取时间，汪矿长就安排那些工人师傅上桌，交代他们给黄局长敬酒，最好把他灌醉，让他多睡一会儿。

趁黄局长休息，汪矿长打着伞赶到了现场。他一看进度，不禁烦躁地说："这么多人，干了几个小时，居然连一块矿石都拉不上来，真是窝囊废！"他看了看表，又对工人们喊道："最多半小时，必须拿下，否则这个月你们每人罚款五百元！"

汪矿长正发脾气，突然，一个人气喘吁吁地跑来，边跑边喊："汪矿长，不好啦，黄局长醒啦！"

汪矿长吃了一惊，他不知道，黄局长这几年因为工作，酒量比以前好多了，今天是因为敬酒的人太多，黄局长喝急了，才一时上了头。不过，黄局长睡前除了让别人叫醒自己，还特地在手机上设了闹钟。虽然别人没敢叫醒他，但闹钟一响，他自然就醒了。汪矿长赶忙让一个手下带着工人们离开。刚安排好，就见黄局长从远处走了过来，不一会儿就到了近前。

汪矿长忙迎上去说："黄局长，您这才睡了半个小时，再休息一会儿呗。"

黄局长说："我休息好了，咱们下一项工作是考察矿井。"

汪矿长暗自庆幸，还好自己事先安排人用塑料布把铜座子包裹起来。黄局长居然没注意到，看来他并不在乎那块矿石呀！

走上矿区排水沟的石桥，黄局长一不小心踢到了台阶，把脚弄疼了。汪矿长见状，忙交代身边的人："记住，把这台阶铲了，做成斜坡……"

黄局长说："好好的台阶，铲了干吗？是我的错嘛，怪什么台阶？"

当他们站在桥上说话时，桥下突然传来了一连串的打喷嚏声，打得那样急促，好像憋了很久似的。

黄局长问汪矿长："怎么，桥下有人？"

汪矿长说："可能是巡查安全的师傅，下雨天，矿区的安全很重要。"

黄局长"嗯"了一声，就在这时，又听到下面有好几个人同时打起喷嚏来，还纷纷说："实在憋不住了。"

黄局长问："怎么，巡查安全的师傅全都感冒了？"

汪矿长吞吞吐吐地说："我……我也不清楚。"黄局长就喊："桥洞里的师傅，请出来一下！"

随着这声喊，桥洞下陆陆续续地走出一群工人师傅，他们满身泥浆，还在不断地打着喷嚏，正是先前在山坡上拉矿石的工人！原来刚才汪矿长让手下带他们快点离开，别被黄局长撞见，他们来不及走远，只好在这个桥洞下躲着。

黄局长一看这情况，就问是怎么回事，师傅们都支支吾吾的。黄局长觉得这里头肯定有问题，就找一个老师傅了解情况。老师傅犹豫了一下，一咬牙，说："豁出去了！我也一把年纪了，什么都不怕了。"

老师傅把知道的情况全说了，从汪矿长修铜座子开始，到下雨导致矿石滚下山坡，到他们被调来拉矿石，完不成任务要罚款五百元，到他们在这桥洞下躲着……黄局长这才恍然大悟，原来中午汪矿长是故意灌自己酒啊！

"说得真痛快！"老师傅说得兴起，干脆撸起袖子来，"这个汪矿长呀，做事风格跟前几任矿长大大不同！他爱搞面子工程。你瞧，那新盖的宿舍楼，真是为我们工人盖的？不，是给你们这些领导看

的，也只给关系户和他的亲信住。自打这汪矿长来了，矿区的规矩多了一倍都不止，一违反啊，就是罚款，还有专人记录呢！"说着，老师傅突然气冲冲地走向身边的一个人，"刚才你说，谁憋不住打喷嚏，罚款二百，罚了多少，你给局长看看！"老师傅奋力从那人口袋里抢出一个小本子来，跑过来递给黄局长。黄局长打开一看，只见密密麻麻的，记的全是谁谁谁因为什么事罚款多少。

黄局长把小本子递给汪矿长："你有什么要说的？"汪矿长低着头，不敢接话。黄局长说："你不是说工人是矿区的生命吗？就用这样的事实呈现给我看？"

后来，黄局长独自在那铜座子下站了很久，坡地上的踩踏痕迹太触目惊心了。他转身回去，立刻着手调查汪矿长。在查实所有情况后，汪矿长被撤职。黄局长暂时留在了矿区，他想亲自挑选出一个爱护工人的矿长。而那块矿石，他让人拉去冶炼，做了一块铜牌，上面刻着一行字："工人是矿区的生命。"这铜牌就放在矿长办公室，无论谁坐这个位子，进门就会看到它。

（发稿编辑：吕　佳）
（题图、插图：陆小弟）

抱小姐

□ 冯骥才

清初以降，天津卫妇女缠脚的风习日盛。

无论嘛事，只要成风，往往就走极端，甚至成了邪。比方说，东南角二道街鲍家的抱小姐。

抱小姐姓鲍。鲍家靠贩卖皮草发家，有很多钱。人有了钱就生闲心。有了闲心，就有闲情、雅好、着迷的事。鲍老爷爱小脚，渐渐走火入魔，那时候缠足尚小，愈小愈珍贵，鲍老爷就在自己闺女的脚上下了功夫。非要叫闺女的小脚冠绝全城不可，美到顶美，小到最小。

人要把所有的劲都使在一个事上，铁杵磨成针。闺女的小脚真叫他鼓捣得最美最小。穿上金色的绣鞋时像一对金莲，穿上红色的绣鞋时像一对香菱。特别是小脚的小，任何人都别想和她比——小到头、小到家了。白衣庵卞家二小姐的小脚三寸整，北城里佟家大少奶奶戈香莲那双称王的小脚二寸九，鲍家小姐二寸二。有人说，最大的秘诀是生下来就裹。别人五岁时裹，鲍家小姐生下来几个月就缠上了。

脚太小，藏在裙底瞧不见，偶尔一动，小荷才露尖尖角；再一动就不见了，好赛娇小的雏雀。

每每看着来客们脸上的惊奇和艳羡，鲍老爷感到无上满足。他说："做事不到头，做人难出头。"这话另一层意思，单凭着闺女这双小脚，自己在天津也算一号。

脚小虽好，麻烦跟着也来了。闺女周岁那天，鲍老爷请进宝斋的伊德元出了一套"彩云追凤"的花样，绣在闺女的小鞋上，准备抓周时，一提裙子，露出双脚，叫来宾见识一下嘛样的小脚叫"盖世绝伦"。给闺女试鞋时，却发现闺女站不住，原以为新鞋不合脚，可是换上平日穿的鞋也站不好，迈步就倒。鲍太太说："这孩子娇，不愿走路，叫人抱惯了。"

鲍老爷没说话，悄悄捏了捏闺女的脚，心里一惊！闺女的小脚怎么像个小软柿子，里边好赛没骨头？他埋怨太太总不叫闺女下地走路，可是一走就倒怎么办？就得人抱着。往后人愈长愈大，身子愈大就愈走不了，去到这儿去到那儿全得人抱着。

这渐渐成了鲍老爷的一个心病。

小时候丫鬟抱着，大了丫鬟背着。一次穿过院子时，丫鬟踩上鸟屎滑倒，小姐虽然只摔伤皮肉，丫鬟却摔断腿，骨头又没接好，背不了人了。鲍家这个丫鬟，难得一个大块头，从小干农活有力气。这样的丫鬟再也难找。更大的麻烦是，小姐愈大，身子愈重。

鲍老爷脑袋里转悠起一个人来，是老管家齐洪忠的儿子连贵。齐洪忠一辈子为鲍家效力，先是跟着鲍老爷的爹，后是跟着鲍老爷。齐洪忠娶妻生子，丧妻养子，直到儿子连贵长大成人，全在鲍家。

齐家父子长得不像爷儿俩。齐洪忠瘦小，儿子连贵大胳膊大腿；齐洪忠心细，会干活，会办事；儿子连贵有点憨，缺心眼，连句整话都不会说，人粗粗拉拉，可是身上有使不完的力气，又不惜力气。鲍家所有需要用劲儿的事全归他干。他任劳任怨，顺从听话。他爹听鲍老爷的，他比他爹十倍听鲍老爷的。他比小姐大四岁，虽是主仆，和小姐在鲍家的宅子里一块儿长大，而且小姐叫他干吗他就干吗。从上树逮鸟到掀起地砖抓蝎子，不管笨手笨脚从树上掉下来，还是被蝎子蜇，都不在乎。如果要找一个男人来抱自己的女儿，连贵再合适不过。

鲍老爷把自己的念头告诉给太太，谁料太太笑道："你怎么和我一个心思呢。连贵是个二傻子，只有连贵我放心！"

由此，齐连贵就像小姐的一个活轿子，小姐无论去哪儿，随身丫鬟就来呼他。他一呼即到，抱起小姐，小姐说去哪儿就抱到哪儿。只是偶尔出门时，由爹来抱。渐渐地，爹抱不动了，便很少外出。外边的人都叫她"抱小姐"。听似鲍小姐，实是抱小姐。这外号，一是笑话她整天叫人抱着，一是贬损她的脚。特别是那些讲究缠足的人说她脚虽小，可小得走不了路，还能叫脚？不是烂蹄子？这样难听的话还多着呢。

烂话虽多，可是没人说齐连贵坏话。大概因为这傻大个子憨直愚呆，没脑子干坏事，没嘛可说的。

鲍老爷看得出，无论连贵是背还是抱，都是干活。他好像不知道自己抱的人是男是女，好像不是小姐，而是一件金贵的大瓷器，他只是小心抱好了，别叫她碰着磕着摔着。小姐给他抱了七八年，只出了一次差错。那天，鲍太太发现小姐脸上气色不好，像纸似的刷白，便叫连贵抱着小姐在院里晒晒太阳。他一直抱着小姐在院里火热的大太阳地儿站着。过了许久，鲍太太出屋，看见他居然还抱着小姐在太阳下站着，小姐脸蛋通红，满头是汗，昏昏欲睡。鲍太太骂他："你想把小姐晒死？"

这话吓得连贵一连几天，没事就在院里太阳地儿跪着，代太太惩罚自己。鲍老爷说："这样才好，

嘛都不懂才好，咱才放心。"

这么抱长了，一次小姐竟在连贵怀里睡着了。嘿，在哪儿也没有给他抱着舒服呢。连贵抱着小姐，直到她二十五岁。

光绪二十六年，洋人和官府及拳民打仗，一时炮火连天，城被破了。鲍太太被塌了的房子砸死，三个丫鬟死了一个，两个跑了。齐家父子随鲍家父女逃出城，路上齐洪忠被流弹击中胸脯，流着血对儿子说，活要为老爷和小姐活，死也要为老爷和小姐死。

连贵抱着小姐跟在鲍老爷身后，到了南运河边就不知往哪儿走了，一直待到饥肠饿肚，只好返回

城里。老宅子被炸得不成样子，还冒着火冒着烟。

五年后，鲍老爷才缓过气来，却没什么财力了，不多一点皮草的生意使他们勉强糊口。鲍老爷想，如果要想今后把他们这三个人绑定在一起，只有把女儿嫁给连贵。这事要是在十年前，连想都不会想，可是现在他和女儿都离不开这个二傻子了，离了没法活。尤其女儿，从屋里到屋外都得他抱。女儿三十了，一步都不能走，完全一个废人，谁会娶这么一个媳妇，嘛也干不了，还得天天伺候着？现在只一个办法，是把他们结合了。他把这个意思告诉女儿和连贵，两人都不说话。女儿沉默，似乎认可；连贵不语，好似不懂。

鲍老爷悄悄把"婚事"办了。

结了婚，看不出与不结婚有嘛两样，只是连贵住进女儿的屋子。连贵照旧一边干活，一边把小姐抱来抱去。他俩不像夫妻，依旧是主仆。更奇怪的是，两三年过去，没有孩子。为嘛没孩子？当爹的不好问，托一个姑表亲家的女孩来探听。不探则已，一探吓一跳。原来，齐连贵根本不懂得夫妻的事。更要命的是，他依旧把小姐当作"小姐"，不敢去碰，连嘴巴都没亲一下。这

叫鲍老爷怎么办？女儿居然没做了女人。这脚叫他缠的——罪孽啊！

几年后，鲍老爷病死了。皮草的买卖没人会做，家里没了进项。连贵虽然有力气却没法出去卖力气，家里还得抱小姐呢。

抱小姐活着是嘛滋味没人知道。她生下来，缠足，不能走，半躺半卧几十年，连站都没站过。接下来又遭灾受穷，常挨饿，结了婚和没结婚一样，后来身体虚弱下来，瘦成干柴，病病歪歪。一天坐在那里一口气没上来，便走了。

剩下的只有连贵一人，模样没变，眼神仍旧像死鱼眼痴呆无神。细一看，还是有点变化。胡茬有些白的了，额头多了几条蚯蚓状的皱纹，常年抱着小姐，身子将就小姐惯了，有点驼背和含胸。过去抱着小姐看不出来，现在小姐没了显出来了。特别是抱小姐的那两条大胳膊，好像不知往哪儿搁。

（发稿编辑：陶云韬）

（题图、插图：陶　健）

在长白山一带，"狼虫虎豹"这个词里其实包含的是三种动物，老虎、豹子和狼虫。狼虫不是虫，那是长白山难得一见的神兽……

急于求和

民国十七年，山东大旱，那年月，拖家带口闯关东的人不少，林老爹也是其中之一。那时候，他刚娶了媳妇，和同村的七八户人家一起逃荒到吉林。冬日里，大伙雇了三架爬犁，相约沿着松花江往长白山腹地走，打算去一个叫娘娘库的地方开荒种田。

一行人走到晚上，林老爹在江边找到一处背风的地儿，招呼大家生起三堆火，围成半圆，让人和马匹都躲在火堆旁边。火堆上横着江边的浪木，火焰不高，柴烟很浓，以防万一，林老爹还在浪木上摆了一些石头。

入夜时分，传来狼的嗥叫，接着，五六头狼顺着江边过来了。它们在火堆不远处停下来，观望了一会儿，慢慢地向火堆靠近。

林老爹发现了险情，他铲起一块烧得通红的石头，瞄着离得最近的狼甩去，打得那头狼原地翻滚了一下，立时，空气中传来一股毛发烧了的焦煳味。那头狼被烫得连连后退，其他狼也跟着后退了几步。

狼虫

□ 安学斌

只见挨了烫的那头狼把嘴插在雪地里"呜呜"叫了几声，又仰天对着月亮嗥叫起来。很快，远处有了狼的回应。不一会儿，江边出现了几十头狼。这些狼慢慢地围了过来，在石头击打的射程之外站定，就像排好阵势似的，一起发出像哭似的嗥叫。

这下，所有人都惊醒了。在火光的映照下，大伙儿看到其中一头大狼驮着一头小狼走到跟前。那头小狼直挺挺地立在大狼背上，一身雪白雪白的细毛，短腿、尖嘴、绿眼，下颌处还有一绺雪白的胡须。

"狼虫！"林老爹惊叫起来。

这时候，狼虫也嗥叫起来，那声响和普通的狼发出的叫声不同，更刺耳，让人听得喘不过气。狼群听到狼虫的叫声，仿佛接到了指令一般，开始叼着木棍往一处堆。那木堆越来越大，越来越高，很快，狼站在木堆顶上，已经和火堆齐平了。然而，在狼虫的指挥下，狼群没有停下来的意思，叼木棍的速度越来越快……

大伙看明白了——狼群是要居高临下，跳过火堆来进攻！有人急了，铲起烧红的石头就要朝狼群甩过去，还有人招呼同伴，拿起家伙准备与狼群决斗。

"别动！"林老爹见了，厉声喝止，"你们要找死吗？狼虫在呢！它可以召集上百头狼听它调遣，你们打得过来吗？"

"那能怎么办？"有人问。

"我们只能求和，不能硬来。听着，所有人，把随身的食物都扔给狼吃，一点也不准留。女人的胭脂、香粉、桂花油什么的也要扔，谁要敢藏一点，就把人扔出去！"

林老爹带头把身上的食物都扔到了火堆外，还招呼媳妇把胭脂、香粉也扔了出去。大伙便照着做，火堆外面的雪地上很快散落了一片好吃的、有味儿的东西。那些狼并不去抢食，照样往木堆上叼木棍。

林老爹紧张得脸上直冒冷汗，他凝视着狼群，一咬牙，牵过一匹拉犁的马来，拍了拍马头，突然一刀狠狠地刺进了马屁股。那匹马痛叫一声，蹿了出去。这时，几头狼一下子扑上去，把马按倒，却没吃肉。只见狼虫从狼背上跳下来，跑到马跟前，大口吮吸马的血液，直吸到肚子鼓了起来。接着，狼虫又回到狼背上，仰头嗥叫一声，那些狼就像听见开饭的号令，开始撕咬马肉，捡拾扔在地上的食物……

后来，狼虫走了，其他的狼吃完食物也销声匿迹。

过了好久，林老爹才仿佛想起要呼吸似的，他长长地松了一口气，嘴里喃喃着："老话说得没错啊，狼虫不贪，不轻易伤人……"

狭路相逢

后来，林老爹他们终于到了娘娘库，并在那里安顿下来。时间一晃而过，转眼十几载。那一年，长白山里"冒烟雪"肆虐，山林里的动物都躲了起来。那日，林老爹进山狩猎，被困在了山上。他躲在炝子里等雪停，却看到令人心惊的一幕：山上的狼群饥饿难耐，跟疯了似的，见什么吃什么。林中，十来头狼把一只牛犊大小的老虎团团围住了。稍远处，狼虫依旧立在大狼背上，一副运筹帷幄的样子。

俗话说"好虎难敌群狼"，这只虎面对狼群却敢豁出去拼命。老虎足有七八百斤，一巴掌就能拍断狼的脊梁骨。老虎拼命，狼虫就指挥狼群前头引诱，后面主攻，两边侧扑，偏偏不跟老虎正面硬拼。狼虫用的是拖死老虎的战法，激怒它，消耗它的体力。

在山里，老虎是单打独斗的，狼是成群结队的。老虎左扑右跳，几轮突围，累得不时趴在雪地上喘息。狼群趁机扑上去一通乱咬，可

百兽之王哪那么容易束手就擒？这时，老虎改变了战法，一跃而起，凶猛地扑向正在指挥的狼虫。狼群发现狼虫有危险，一头头不管不顾地冲上去阻挡老虎，老虎却杀红了眼，打得狼群非死即伤。狼虫在狼背上发出哀鸣，开始躲避老虎的反扑。

林老爹心头一紧，他替狼虫捏一把汗，更重要的是，如果狼群围猎老虎失败，一定会接着搜寻猎物，那他自己就难逃一死。狼群要是围住炝子，吃人可比吃老虎容易多了。林老爹权衡一番，瞄准老虎开了一枪，正中虎嘴，老虎瞬间失去了战斗力，被几头狼一拥而上扑倒在地。林老爹眼睁睁地看着狼群分食老虎，不到半个时辰，老虎就被啃得只剩下散落的骨头。

后来等了两天，雪停了，林老爹见野物出来活动，再听狼嗥声也离得远了，这才离开炝子跑回家。

没想到一回家，林老爹就听家里人说："头天晚上看见一头狼进了院子，我们吓得紧闭房门，大气不敢出。直到早上，发现柴火棚子里放了一只狍子。"林老爹愣了半天，恍然大悟，自个儿在炝子里偷看狼群捕虎的事，其实并没有躲过狼虫的眼睛。林老爹庆幸帮了狼

虫一把，让狼群吃饱了，他自己才逃过一劫。狼虫让狼送来野物，那是觉着欠了他的情分。

只是狼虫是怎么找到家里来的？林老爹想不明白，但也不去想了。那可是狼虫，它干得了的事，有啥好稀奇的呢？从那天起，林老爹撅枪洗手，再没打过猎。他也劝村里人别再打猎了，说都是长白山的生灵，人吃米、狼吃肉，各有各的活法，理当彼此留一条活路。

只可恨人心不足蛇吞象，有人惦记着打猎发横财，竟打起了狼虫的主意，那狼虫不报复倒怪了……

一泯恩仇

又过了几年，有个大老板开出天价赏金，要捕捉狼虫，办展览赚钱。村里的几个猎人为了这笔赏金，进山见狼就杀，连躲在洞里的母狼也用烟熏出来打死。他们想激怒狼虫，逼狼虫现身。

狼虫自然不会藏着掖着，带着一百多头狼围住了这几个猎人。双方对峙，狼虫指挥狼群采取挖雪沟的办法靠近猎人，不料这几个猎人带了炸弹，把雪沟里的狼全都炸死了。这工夫，几个猎人用准头好、射程远的钢枪打狼，剩下的狼躲避

不及，又被打死几十头。眼看就剩几头狼了，猎人们争着瞄准背着狼虫的那头大狼开枪，哪知其他的狼都相继扑上来，替那头狼挡下了枪子。猎人们听见狼虫哀鸣，看见大狼背着狼虫向一处悬崖跑，然后纵身跳了下去。有人下山崖去找狼虫的尸体，可只看到摔得血肉模糊的那头大狼，而狼虫，不知踪影。

得知猎人们把狼虫逼得跳了崖，村里主事的吓坏了。狼虫一定会回来报仇，到时候可不得掀了村子！主事的马上让村里的老幼妇孺都搬到邻近的村子去避一避，知道林老爹和狼虫有交情，就恳求他留在村里，想想法子向狼虫求和。

林老爹把几个猎人狠狠地数落了一顿，然后皱着眉头在屋里踱了大半宿。他让猎人们在放了醋的热水桶里泡了澡，换上新的衣服、鞋袜。接着让他们把脱下来的衣服、鞋袜抹上各自的屎尿，再包上半扇猪肉，连鞋袜一起埋到村外的雪地里。林老爹让猎人们躲到吉林城去，叮嘱他们过个两三年再回来。

林老爹每天都去埋"假尸"的地方察看，没几天，就见狼把假尸都刨了出来，衣服、鞋袜被撕得东一块西一块，衣服里包的猪肉也被吃得干干净净。

从那以后，村里人不再打猎，把村子四周的森林都开垦成耕地。夏天，庄稼长得密密麻麻；冬天，田地一片白雪皑皑，狼群无处藏身，领地离村子越来越远。

过了两年，一直没有狼闹腾，这几个猎人的家人觉得没事儿了，纷纷捎信让他们回家过年。没想到大年初一的晚上，村子周围又传来了狼嗥。林老爹赶紧把那几个猎人召集到他的屋子里，猎人们都带着枪，一副要和狼虫拼命的样子。

奇怪的是，狼在屋外嗥叫，不扒门，也不扒窗子。有猎人举枪就要朝屋外射击，林老爹怒目而视，赶紧把猎人的枪摁住。他还让猎人们都把枪从窗子扔出去，又用桌子、柜子堵住了门窗。

天快亮的时候，屋外没有动静了。有人挪开柜子，把窗子推开一条缝，朝外面瞧——下雪了，院子里白皑皑的。林老爹先出了屋子，他走到窗前，踢到了昨晚扔到窗外的几杆枪。他蹲下身，拨开积雪，就见每杆枪的枪托都让狼啃烂了，枪带也都被撕碎了，木屑和碎片到处都是。靠近屋子的那块地面，被白雪覆盖着，上面却干干净净，没有任何痕迹。林老爹不禁眼眶一红，又笑出声来——狼群咬烂了猎枪，算是复仇了，它们再未靠近屋子半步。

林老爹望着静悄悄的周围，心里竟有些不舍，以后怕是再也见不着狼虫了吧。他慢慢走到村边，突然，在刚刚露出晨曦的茫茫雪地上，好像看到了狼虫！它蹲在一个朽烂的大树根上，一动不动。林老爹加快脚步，走近瞧，突然站住了，那不是狼虫，只是一团雪。山风吹过，那团雪化作飞扬的雪雾，散得无影无踪。林老爹久久地望着山林，雪后的林海白得耀眼……

（发稿编辑：丁娴瑶）

（题图、插图：谢 颖）

饭店推销特色菜违法吗

□ 刘彦才

这天，李某请两个朋友在一家新开的饭馆吃饭，三个人点了四菜一汤，还要了一些酒水。吃喝得正尽兴呢，一位女服务员笑盈盈地走过来，说："各位好，店里新推出两道特色菜，食材新鲜，口味独特，欢迎品尝！"说着，她将一张新菜式的宣传单放在了桌上。

李某正要接话，身边的朋友甲就抢先开口道："下次吧，今天我们点的菜已经差不多啦！"

服务员又说道："我们现在有新店优惠，一道特色菜只要99元。今天是活动的最后一天，明天就要恢复原价198元了哦！"见李某拿起宣传单看了起来，服务员趁热打铁道："好菜配好酒，不负好朋友！尝尝吧！"好歹今天是自己请客，不能抠门，于是，李某说："行吧，这两道特色菜都要了！"

"好嘞！"服务员喜上眉梢，"各位稍等片刻，菜很快就来！"

服务员走开后，朋友乙忍不住打了个饱嗝，对李某说道："兄弟，你看我都吃饱了，你还加菜，真是太客气了！"李某跟两个朋友碰了碰酒杯："既然点了，就尝尝吧！要不再叫两瓶酒，咱们慢慢喝？"

两个朋友一听，哭笑不得，赶紧摇手劝阻。三人有一搭没一搭地聊着天，可过了好久，也没见上菜。李某刚要找服务员问情况，就见一个老板模样的中年人，领着刚才那位女服务员走了过来。

"各位好，我是小店的老板。不好意思啊，刚才我们服务员向你们推荐了两道特色菜……各位看，还有需要吗？"中年人瞄了一眼李某他们桌上的剩菜，意有所指地问道。朋友甲反应快，立马接道："能退单吗？其实我们都吃饱啦，要不是刚才服务员太热情……"

"好的，好的！"老板客气地应道，"我立马就帮你们退单，真是不好意思，给你们添麻烦了！"

头一次见老板主动让客人退单，还又是赔礼又是赔笑的。李某实在好奇，他朝老板眨眨眼，问道："老板，是不是'特色菜'出了什么问题？"

"这……"老板面带尴尬，一时不知如何接话。

这时，从老板身后走来两个身穿制服的男人，其中一个说道："特色菜没问题，但这样'推销'就涉嫌违法了。"

违法？推销特色菜还违法了？李某和朋友们都大吃一惊。

原来，这两位是市场监管局的工作人员。近日，他们正开展"制止餐饮浪费专项行动"。今天在检查这家饭店时，发现很多桌客人都留下了不少剩菜，有的甚至都没怎么动筷，其中不乏店家推销的"特色菜"。刚才，他们告诉饭店老板，商家诱导、误导消费者超量点餐，造成严重食品浪费的，是要按法律规定接受处罚的……

律师点评：

这个故事涉及的法律问题，即经营者故意诱导、误导消费者超量点餐的法律后果。

根据国家"反食品浪费法"相关规定，经营者诱导消费者超量点餐等最高处罚一万元。经营者未主动对消费者进行防止食品浪费提示提醒的，也有过错，当由相关部门责令改正，给予警告。

故事中，饭店服务员促销特色菜本无不当，但其明知李某所点的菜品已经足量而还在促销，这就明显构成了诱导、误导的故意，而且结合现场其他顾客都有剩菜的迹象，如饭店经营者不及时改正而造成食品浪费，将按照法律规定予以相应的处罚。

（发稿编辑：丁娴瑶）

（题图：张恩卫）

四枚硬币识保姆

司汤达是法国著名作家。十三岁时，为了方便学习，父亲帮他在学校附近租了套公寓，打算雇一个保姆照顾他。可如何在短时间内找到理想的保姆呢？

这天，司汤达对来应聘的保姆说，请她按厨房、客厅、卧室、卫生间的顺序将屋子彻底收拾一遍，然后，他就和父亲一起外出了。路上，父亲说："你是不是太苛刻了？每个人都有自己的工作方式，为什么要给她规定顺序？而且你也不知道她到底有没有按你说的顺序打扫。"司汤达笑了笑，没说话。

等两人回来，房间已经打扫干净。这时，保姆说她在收拾时发现了

四枚硬币，共有18法郎。司汤达问："你还记得发现它们的顺序吗？"保姆说："先是1法郎硬币，然后依次是2法郎、5法郎和10法郎硬币。"司汤达点点头，把这些硬币当作小费给了保姆。他告诉父亲，这个保姆就是理想人选。

父亲一脸疑惑，司汤达解释："那些硬币都是我特地放在隐秘的角落的。保姆能按顺序找到它们，说明她干活认真、细致，而且严格按照我的要求做了；而把硬币全部交还给我，足以说明她诚实、守信，所以她一定会是一个出色的保姆。"父亲恍然大悟，连连点头。

司汤达看似"苛刻"，实则是以此来检验对方的认真程度。很多时候，这是快速区分认真负责和马虎敷衍的有效办法。

（作者：张君燕；推荐者：白丁儒）

救他的理由

巴顿是二战时期的著名将领。一次，他率部队撤退，途中遭到敌方部队偷袭。双方交火后，巴顿部队因为防备不足，很快兵力不支。在这过程中，部队的通信兵一直在联系增援。可其他部队也都被围困了，哪还有人来帮他们呢？就在大家快绝望时，有人过来了，而且是近四十人！大家听到援兵的喊杀声后，顿时士气

大振，全力反击，最后转危为安。巴顿发现，带队来救他的人是通信兵乔治安。

后来，一位随军记者采访乔治安："当时部队全被围困，甚至被打散了，你怎么冒险来救巴顿的？"

乔治安说，他听到呼救时身边有三名战友，他便坚定地带着战友奔向巴顿的受困地。路上，他不断碰到被打散的队伍，逢人就说去救巴顿。大家都积极响应，一路竟集合了近四十人，最后救下了巴顿。

记者又问："一开始你身边只有三名战友，如果路上没有集合到那么多人，你去救巴顿将军必死无疑。你为什么要去救他呢？"

乔治安想了想，说："部队里有那么多士兵，可那天我走在路上，巴顿将军竟然叫出了我的名字。不知道为什么，我的心底就涌起了一股奇特的力量，我必须要救他。"

让人奋不顾身的理由很多，有时候可能只是因为记住了他的名字。

（作者：程 刚；推荐者：离萧天）

梁漱溟理直气"和"

梁漱溟被称作"中国最后一位大儒家"。每天晚餐，他都让保姆给自己做一碗清淡的菜汤喝。

这天菜汤上桌后，梁漱溟拿汤匙舀了一勺，喝了一口，笑着对保姆说："请你帮我在菜汤里加点开水吧。"保姆照做了。梁漱溟又舀了一勺，尝了一口，又一次微笑着对保姆说："得麻烦你再加一些开水。"保姆不高兴了，小声嘀咕着，又在菜汤里加了一些水。梁漱溟舀了一勺喝下去，请求保姆再往汤里加点水。保姆抱怨道："不能再加了，再加就流出来了。好好的一碗汤，怎么来回加水？"说着，她拿起汤匙舀了一勺，尝了尝。

"哎呀，咸死了！"保姆不禁叫出声来，难为情地问，"您怎么不早告诉我？"梁漱溟笑道："因为我不想埋怨你，埋怨没意义。眼下最关键的，是加些开水后弄得能喝就行了。"保姆十分过意不去，说要重新做一碗。梁漱溟却说："不用了！别浪费，要惜福！"接着他把一碗汤分成两份，在其中一份里加了些开水，而后慢慢地喝起来。

对于保姆的失误，梁漱溟没一句抱怨，而是十分包容。梁漱溟的理直气"和"，着实令人敬仰。

（作者：张 雨；推荐者：田晓丽）

（本栏插图：陆小弟）

学写作文，从读故事开始

骗亦有道

清朝时，京城有个叫徐大诳的人，在丝绸铺做伙计，经常随老板走南闯北，是个见多识广的老江湖。因为他爱说大话骗人，被取了个"大诳"的外号，但他骗亦有道，从来不骗穷人，而是专骗骗子。

这天，徐大诳要为东家去置办一些珠宝。东家让他带上车钱，坐站口车去。那时，沿街受雇的车辆分为站口车和跑海车两种。站口车有固定上车点，车夫来历清楚可查；跑海车来往无定，车夫也都是些底细不明的三教九流，经常跑到一半就威胁客人提价，客人不答应的话，还会被中途赶下车。

大家都愿意坐站口车，徐大诳却偏要坐跑海车。出发前，他找来两段扫帚柄截齐，外面用绵纸层层包好。接着，徐大诳就抱着两捆扫帚柄上

了一辆跑海车。车夫一看他穿着丝绸铺伙计的衣服，就以为他带的是包好的两段丝绸。徐大诳不直说要去珠宝行，而是随便说了个其他店铺。路过珠宝行时，他让车夫停下，说："我突然想起要买个东西，你在门口稍等片刻。"

因为是中途下车，稍后还要回来，徐大诳把"两段丝绸"放在座位上，没付车钱就直接下车了。车

徐大诳巧破骗局

□ 姚璐

夫心里有鬼，正巴不得他中途下车呢。待徐大诳进店后，车夫立即把车拉走了，殊不知上了徐大诳的当。车夫回去后把绵纸拆开一看，里面有张字条，上面写着四句诗："车夫常骗人，今也被我骗。若非两帚柄，险失两段缎。"车夫自己先起的歹心，吃了亏没处说。徐大诳不仅免费坐了车，还顺便教训了一下不老实的车夫。

再说徐大诳，他走进珠宝行后，听到里面闹哄哄的，原来是一个客人正和老板吵得不可开交。徐大诳听了一会儿，知道了事情的来龙去脉。客人名叫吴天材，与夫人一起上京城拜访亲戚。他上午在这里买了十颗珍珠，谁知拿回去给夫人一看，夫人一眼识破是假的，让他退回店里。老板却一口咬定卖给吴天材的是真货，是吴天材自己调换成了假货，想要诈骗他。两人各说各的理，争得面红耳赤。

店里吵成这样，除了徐大诳之外，就没有其他客人敢进门了。伙计们都忙着劝架，顾不上招呼徐大诳，他却一点也不生气，反而饶有兴趣地站在一旁看热闹。看着看着，徐大诳突然被吴天材手上的一枚和田玉扳指吸引了目光，他不由得想起了去年的一件事……

去年，徐大诳随东家去金陵做生意，在茶铺听说了一桩奇闻：金陵一家玉器行的老板与客人发生争执，客人突然七窍流血，死在店中。客人的遗孀一口咬定，是老板下毒，害死了自己的丈夫，威胁要告上公堂。老板坚决否认下毒，还私下请来仵作验尸。不料仵作查验后说，客人确是中毒而亡。那客人死前喝过店中的茶水，老板无法自证清白，只得与客人的遗孀达成和解，答应赔偿一万两白银。因为店中现银不够，老板把不少珍贵的玉器都抵偿给孀妇了，其中就有一枚和田玉扳指。据说，那扳指上有名家雕刻的蝶恋花图案，价值连城……

徐大诳注意到，吴天材手上的玉扳指，雕刻的正是蝶恋花图案。这会不会就是金陵那家玉器行赔出的扳指呢？徐大诳一时无法判断，可吴天材与老板争吵的情景，不由得让他联想到金陵的那件奇闻，那也是由顾客和老板争吵引发的……

想到这里，徐大诳打量了一下四周，只见墙角茶案上放着一个杯子，杯子里的茶水已被喝掉大半。店里没有其他客人，想必这杯茶就是吴天材进店时，伙计为他送上的。一般大店铺都有为客人上茶的

以骗治骗

徐大诳猛地打了个哆嗦，脑子里灵光闪现。他一个箭步冲上去，抓起吴天材的手，喝问道："你这玉扳指是哪儿来的？"

吴天材吓了一跳，回道："是我夫人送的！"大概是徐大诳的样子太像在捉贼，吴天材紧接着又道："这是她父亲的遗物。我夫人貌美心善，待我真心实意，我正愁没法报答她。她第一次提出让我送她十颗珍珠做珠花，我专门挑了这家有名的珠宝行，想买上好的珍珠让她开心，谁知竟被骗了！"

老板很不服气，正要还口，徐大诳一掌拨开老板，火急火燎地拉着吴天材奔向茅厕，一边跑一边吼道："你赶紧抠喉咙，把今天吃的东西全部吐出来，不然性命不保！"

原来，徐大诳推测，去年金陵的那名客人不是在玉器行里中的毒，而是在进店前就已经被人下了毒。如果今日之事是同一伙人干的，那吴天材肯定也早就中毒了！现在他只盼望吴天材中毒时间不长，还来得及解救……

半个时辰后，一辆马车停在珠宝行门前，一名美貌少妇走下车来。

这时，珠宝行门前已经围满了张头探脑看热闹的人。少妇好奇地问一个老翁："里面怎么了？"

老翁说："里面死人了！有人买到假货，来店里讨说法，结果却横死店中！"

少妇闻言一声惨叫，发疯似的推开人群冲了进去。只见店内墙边，吴天材直挺挺地躺在地上，脸上盖着一块白布，俨然已经断气。少妇扑到吴天材身上，撕心裂肺地痛哭起来："官人，你死得好惨啊……"哀号了一阵后，她扭头恶狠狠地瞪着老板，骂道："你这黑店，知假售假，被拆穿了还要杀人害命，简直是丧尽天良！"

老板急得满头大汗，道："你不要血口喷人！我们没碰过他一根指头，他分明是突发急病而死……"

少妇眼含热泪，愤然道："好歹毒的恶棍，杀了我丈夫还敢抵赖！我要报官！"

老板说："是不是病死，我可以请仵作前来验明！"

少妇毫不畏惧，马上应道："好，那就验个清楚！"

老板立刻派人去请仵作。仵作来后，先让伙计用白布将尸体围挡起来，不许外人观看，然后提着工具箱独自进去查验。不久，仵作出

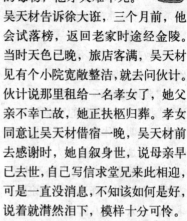

来了，说："此人乃是中毒身亡……"

少妇泪流满面，说："他出门前滴水未进，没吃过别的东西。现在死在这店里，只喝过店家上的茶，不是店家下毒，还能是谁……"

围观众人听了议论纷纷，都觉得少妇的指责不无道理。就在这时，里屋突然传来响亮的声音："谁说我没吃过东西？出门前，我刚吃过你煮的饭！"

所有人的目光齐刷刷地望过去，只见两名伙计一左一右地搀扶着吴天材从里屋走出来。吴天材脸色煞白，神情憔悴，犹如大病初愈，刚才说那句话已经耗尽了他的气力，现在正累得气喘吁吁。

本已死去的人，现在却活生生出现在眼前，众人都发出惊呼，少妇也吓得魂不附体。她蓦地扬手掀开尸体脸上盖的白布，不禁吓得尖叫起来。原本躺在地上的"吴天材"也站了起来，笑嘻嘻地看着她，还厚颜无耻地喊了一声："夫人！"

少妇花容失色，尖叫道："你、你是谁！"

"我叫徐大诳，专骗江湖上卑鄙无耻的骗子。"

揭破骗局

原来，徐大诳及时识破骗局，

让吴天材吐出了肚子里的毒物，他才大难不死。

吴天材告诉徐大诳，三个月前，他会试落榜，返回老家时途经金陵。当时天色已晚，旅店客满，吴天材见有个小院宽敞整洁，就去问伙计。伙计说那里租给一名孝女了，她父亲不幸亡故，她正扶柩归葬。孝女同意让吴天材借宿一晚，吴天材前去感谢时，她自叙身世，说母亲早已去世，自己写信求堂兄来此相迎，可是一直没消息，不知该如何是好，说着就潸然泪下，模样十分可怜。

吴天材心生恻隐，想到自己正好顺路，便提出送她一程。两人在路上朝夕相处，渐渐产生感情。孝女说自己在京城有亲戚，可以用亡父的遗产托亲戚为吴天材捐个官。这等好事，吴天材当然答应了。两人将孝女的父亲就地安葬后，马上赶往京城，这才有了今天的事……

听吴天材说完事情经过，徐大诳已经断定，孝女就是杀夫骗财的惯犯。吴天材刚刚吐出毒物，好不容易从鬼门关逃回来，一时没有力气，徐大诳就穿上吴天材的衣服，又用白布盖住脸，冒充"尸体"，果然骗过了少妇。徐大诳又让一个伙计假扮成仵作，为的就是要诈出少妇那句"没吃过别的东西"。

此时，徐大诳对少妇怒喝道："你先在金陵谋杀亲夫，又逃窜到京城故技重施，以为还能得逞吗？"

少妇神色惊恐不安，却依然嘴硬道："你、你诬赖我！"

"要证据还不简单？"徐大诳道，"把你中途埋下的那副棺椁挖出来，验明尸体年龄，看到底是你的老父还是前夫就真相大白了！"

少妇闻言，知道再也瞒不住了，立即跪在地上，连连向徐大诳磕头求饶。众人七手八脚地把她押到衙门去了。

吴天材侥幸捡回一条命，珠宝行的老板也逃过了被讹钱的厄运，两人都对徐大诳千恩万谢。听说徐大诳要买珠宝，待他挑好款式后，老板没有收钱，直接送给他了。徐大诳带着珠宝回去见东家，东家听说珠宝没花钱，大吃一惊，道："你白坐车就算了，怎么还白拿人家的珠宝？又诳语骗人了吧！"

"东家，你这可冤枉我了，坏人骗人是杀人，我骗人可是救人啊！"徐大诳把事情经过详细讲来，东家听后，也是惊叹不已："亏你生了一副好脑筋！"

徐大诳把珠宝给了东家，自己半个子都没捞到，他并不在意，心安理得地睡了个舒服觉。第二天，吴天材登门道谢，给徐大诳送来十颗珍珠当谢礼。他说，那贼婆的赃物已经全部上交官府，唯独这十颗珍珠是他自己买的，还道："这东西我留着是耻辱，你留着却是福报。"徐大诳觉得有理，高高兴兴地收下了。

（发稿编辑：吕　佳）

（题图：刘为民）

· 本刊信息传真 ·

法律知识故事征文

　　本刊推出的"法律知识故事"，通过发生在我们身边的、短小而具体、在法理上容易混淆的个案，生动、形象地宣传法律知识。为鼓励作者深入生活，写出高质量的法律知识故事，我刊决定面向全国征文。

　　来稿方法：1. 从邮局寄发，请在信封上注明"法律知识故事"字样，本刊地址：上海市闵行区号景路159弄A座308室《故事会》杂志社，邮编：201101。2. 从网上传递，可发至电子邮箱：fabianji@126.com，请在主题上注明"法律知识故事"字样。凡已和我刊编辑有联系的作者，稿件可继续投给原编辑。

杰克·里奇，美国作家，曾获得爱伦·坡最佳推理小说奖。他毕生创作了五百多篇短篇小说，构思精巧，为人称道。本篇故事改编自其短篇小说。

再明显不过的答案

凶手来信

海斯警长是一名刑警。他所在的警察局每天都会收到大量来信，有提供线索的，有威胁恐吓的，也有胡说八道、不知所云的。这些信大都被丢进了垃圾桶，警察们可没有精力跟踪信中提供的每一条线索。但是，今天寄来的一封信引起了海斯警长的注意，这封信是用打字机打印的，信的内容是这样的：

我建议你们对比一下杀死威尔逊和克林顿的子弹。你们会发现，它们是从同一把枪里射出的。

信中提到的"威尔逊"和"克林顿"，都是最近发生的谋杀案中的被害人。亨利·威尔逊深夜回家，正掏出钥匙开门，背上挨了一枪，当场就没了气。第二天，乔治·克林顿也被枪杀，凶手的作案手法几乎一模一样。

看完信后，海斯警长立刻让化验室进行了检验，子弹确实来自同一把手枪。

海斯警长找来手下哈里森，提出了自己的推测："写信的人很可能就是凶手，要不然他不可能知道两颗子弹是同一把手枪射出的。"停了一下，海斯警长问道："我让你去查两名被害人的关系，查得怎么样了？"

哈里森递上一份报告，说："查过了，他们互不相识，唯一的共同点是，他们都服过兵役。"

这算什么共同点？海斯警长皱了皱眉，接过报告看起来。报告上说，亨利·威尔逊未婚，是建筑公司会计。乔治·克林顿是一家广告公司的副总裁，离异独居，前妻带着两个女儿住在华盛顿。克林顿脾气暴躁，被杀的三天前，曾在酒吧与人发生过冲突。

海斯警长问："找到跟他发生冲突的人没有？"

哈里森说："找到了，可那人有不在场证明。"

海斯警长叹了口气。从报告来看，被害人只有两个共同点：他们都在军队服过役，都是独居。

几天后，海斯警长吃过午饭，刚回到办公室，秘书就拿来了一封新寄来的信，信上写道：

我从报纸上得知，你们已经确认，威尔逊和克林顿是被同一把枪杀死的，干得不错！那把枪属于我，我打算再用一次。

很快，第三名死者出现了。他叫威廉·A.惠勒，是一名音乐老师。这天深夜，惠勒被门铃声吵醒，他刚把门打开一条缝，凶手就开枪了。惠勒的邻居听到了枪声，但没有看到凶手。

海斯警长在凌晨三点被电话吵醒，他与哈里森一起赶到了现场。两人忙到上午十点半才回到办公室。这时，秘书拿来了第三封信，信上写道：

我相信，当你们收到这封信时，你们已经发现了惠勒的尸体。你们以为我在滥杀无辜吗？不，我的目标都是经过精心挑选的。

海斯警长感到奇怪，信怎么来得这么快？他仔细看了信封，发现邮戳是昨天晚上八点的，比惠勒遇害的时间早了六个小时。看来凶手非常自负，敢在动手之前六个小时就寄出信件。

海斯警长问哈里森："三名被害人之间有什么联系吗？哪怕再细微的也行。"

问完这句话，海斯警长就后悔了，因为哈里森发表起了长篇大论："他们都是男性，独居，都服过役。他们的头发都是棕色的，被杀的时间都是凌晨。还有，他们都会游泳。惠勒屋子里有游泳大赛的奖杯，看到奖杯后，我亲自去确认了另两个被害人的情况……"

海斯警长痛苦地闭上眼："你还忘了，他们都会呼吸，他们的鼻子都长在脸上。"

哈里森一脸无辜地说："你不是说，要找出最细微的联系吗？"

动机成谜

第二天早上，海斯警长刚到办公室，秘书就迎了上来，说："这次他把信寄给了你，我放在你的桌子上了。"

海斯警长仔细检查了信封，信是昨天傍晚发出的，上面写道：

亲爱的海斯警长，报纸上说，这件案子由你负责，所以，我还是直接给你写信吧。我想，你们已经发现第四号死者了。你什么时候才能发现其中的规律，提前阻止我呢？

海斯警长立刻接通了秘书的电话，她提前半个小时上班，通常会听取夜晚的简报。

"为什么不告诉我，他们发现了第四号被害人？"

秘书茫然道："没有呀！昨天夜里确实有两起凶杀案，但都是两口子吵架引起的，跟我们要查的案子不相关。"

下午一点，海斯警长吃过午饭，回到办公室时发现秘书在等他："他们刚刚发现了四号，哈里森已经出发了。"说着，她递给海斯警长一张写着地址的纸条。第四号被害人住在老城区一间狭窄的棚屋里。

哈里森从现场回来后，向海斯警长汇报了情况：第四号被害人名叫查尔斯·W.费尔班克斯，今年72岁，是被害人中年纪最大的。他一个人住，靠领保险金生活。法医估计遇害时间是凌晨一点，当时被害人正在厨房喝咖啡，凶手就站在屋子外面，隔着玻璃窗冲他开了一枪。发现尸体的是被害人的侄女。

哈里森叹了口气，接着说："四号不会游泳，连划水都不会。"

海斯警长皱了皱眉。哈里森咳嗽了两声，说："我的意思是，我们又失去了一个关联点。按照之前的推断，所有的被害人都会游泳。而且，四号是灰色头发，所以，我们的推断——被害人都是棕色头发，也给毙掉了。"

海斯警长抬眼望天："是你的推断，不是我们的。"

哈里森自顾自地说："好在四号以前在军营待过几个月，所以，现在我们可以推断：所有被害人都是男性，独居，都服过役。"

海斯警长猛吸了一口气："你爱怎么想就怎么想吧。"

五号被害人是三天后被发现的，他死于凌晨两点，是一名打更人，名叫理查德·M·约翰逊。

哈里森看着手里的报告，摇摇头，说："约翰逊不可能是五号，他不符合我们的模式。"

"但子弹符合，它们来自同一把手枪。"

哈里森绝望地说："可他从未服过役，也不是独居，而是跟妻子和两个孩子住在一起。"

海斯警长拍了拍哈里森的肩："别太难过了，推断失误是常有的事。"

哈里森郁闷地说："现在唯一能把他们联系在一起的线索，就是他们都是男性。"他皱着眉头沉思，"凶手是不是按照字母顺序挑选的被害人呢？"

"当然不是。"海斯警长不耐烦地说，尽管他也有过这样的想法。

哈里森摸着下巴，说："凶手在误导我们，他漫无目的地杀人，可能是为了掩藏真正的动机。他把真正想谋杀的对象藏在这些无关的

人中，好引开我们的注意力。"

海斯警长没想到哈里森还能说出如此靠谱的话，看来自己低估了同事的智慧。他说："我也是这么想的，问题是，谁才是凶手真正的目标呢？"

哈里森摇摇头："我不知道，或许他还没有动手。"

姓名奥秘

那天晚上十点，海斯警长还待在办公室。他又累又饿，但一想到很快还会有人遇害，他就打起精神，反复研究起被害人的资料来。

办公室的门开了，哈里森带着他上中学的儿子走了进来。"我从外面路过，顺便上来看看。有没有新的线索？"

"什么也没有。"海斯警长阴沉着脸，头也没抬，继续盯着桌子上的纸片。纸上列出了所有被害人的名字：

1. 亨利·威尔逊
2. 乔治·克林顿
3. 威廉·A·惠勒
4. 查尔斯·W·费尔班克斯
5. 理查德·M·约翰逊

哈里森的儿子凑上来，盯着纸片，这让海斯警长很不耐烦："你能看明白这上面的名字吗？"

"当然能。"

海斯警长怀疑地看着他，男孩说："我背过美国历史人物表，这些都是美国副总统的名字。"

海斯警长张口结舌，足足过了二十秒，他才站起身，找出一套百科全书。

那天晚上，海斯警长召回了所有探员，对着全城居民的姓名记录，开始安排蹲守。

在富有的威廉·A.金的别墅里，一名蹲守的探员抓住了他的侄子，也是他唯一的继承人。当时，这名年轻人拿着手枪，正准备打穿他那熟睡的叔叔的头颅。

威廉·A.金与富兰克林时期的副总统同名。

抓获凶手后，海斯警长在自己的办公室里举行了一个小小的庆功会。除了手下，他还特地邀请了局长。

哈里森给自己切了块蛋糕，说："一开始，我还以为凶手是在酒吧里跟克林顿发生冲突的那个人。"

秘书往咖啡里加了一块糖，说："我更离谱，我还以为是他的前妻，可她跟两个孩子住在华盛顿。"

海斯警长说："要是我们能早点发现……"

局长拍了拍海斯警长的肩膀，说："要我说，这都怪凶手故意出难题，谁会记得副总统的名字？要是他选跟总统同名的人，比如林肯啦富兰克林啦，准一眼就能看出来。"

大家纷纷点头，局长又对海斯警长说："我会为你请功。对了，你叫什么来着，我总是记不住你的全名。"

"拉瑟福德·B.海斯。"

拉瑟福德·B.海斯是美国第十九任总统的名字。

（编译：王立志）

（发稿编辑：吕 佳）

（题图、插图：佐 夫）

老婆孩子热炕头

□ 金云鹤

何君晟是一家游戏公司的总监。最近，公司开发的一款游戏，单日在线玩家数量已跌破一百。公司经过慎重考虑，决定关停这款游戏，着手开发新的游戏项目。

作为这款游戏的项目总监，何君晟纵有万般不舍，也不得不接受这个事实。这天，他登上自己的游戏账号，打算在游戏关停前再好好看看凝聚着自己心血的游戏世界。

何君晟操纵着角色在空旷的地图上漫步，忽然收到提示说前方有玩家出现。游戏在线玩家本就少得可怜，何君晟所在的本市服务器里的玩家就更少了，能碰上也是稀罕。

于是，他操纵角色向前走去，只见一位名叫"老婆孩子热炕头"的玩家正与几只怪物肉搏。那玩家装备精良，还买了个性皮肤，看得出来是一名资深玩家，然而面对一群低级怪物的围攻，他却显得狼狈不堪。何君晟见状赶忙上前帮忙解围，并问他为什么不用组合魔法。没想到对方反问道："那是什么？"

何君晟有些无语，组合魔法是资深玩家必须掌握的一门魔法攻击技能，这玩家一看就不是新手，怎会不懂？反正闲着也是闲着，何君晟一步步地教会了"老婆孩子热炕头"怎么使用组合魔法。对方很高兴，对何君晟说：“谢谢权叔。”

叔叔？看"老婆孩子热炕头"这名字，这人的年纪应该不小，怎么会叫自己叔叔？何君晟既疑惑又尴尬，问道："你多大年纪啊？"

"我今年七岁了。"

何君晟哑然失笑：看来是孩子登录了爸爸的账号在瞎玩呢，怪不得啥都不懂。可是，接下来对方说的话让他笑不出来了。

"爸爸去世了，他的手机还在，我 chen（趁）妈妈不 zhuyi（注意），toutou（偷偷）玩爸爸的手机，只要大虾（大侠）还在，爸爸 jiu（就）还在。"

对方年纪小，有些字不会打，就用了拼音和别字代替，等何君晟捋顺了这句话，他着实被震惊了。

原来，这个账号的原主人已经去世，现在的玩家是他儿子。"老婆孩子热炕头"在游戏里是一名侠客，形象也是古代侠客的造型，于是就成了他儿子口中的"大虾"。每次孩子思念爸爸，就登录游戏看看，仿佛爸爸还在。可这个游戏就要关停了，以后再也无法登录了，到时候这个孩子该多么无助啊！

何君晟正出神间，屏幕突然一暗，原来是自己许久没动，角色被怪物偷袭死掉了。这时"老婆孩子

热炕头"匆匆赶来，用刚学会的组合魔法打败了怪物，又对何君晟使用了一个"复活丹"，复活了他。

游戏中的"复活丹"价格不菲，而且只能用钱来买，见"老婆孩子热炕头"出手这么阔，何君晟问道："你的复活丹怎么来的？"

"妈妈每个月都 toutou（偷偷）给爸爸的手机充话 fei（费），我用话 fei（费）买的。"

何君晟又惊呆了，眼睛也湿润了。玩家虽已去世，但遗孀和孩子都在以自己的方式缅怀他，从玩家的游戏名也能看出他对妻儿的浓浓爱意。这曾是多么恩爱的一家呀！

"以后别在游戏里买东西了，你妈妈也很辛苦。"发完这句话，何君晟想了想，又问，"小朋友，你家在哪儿啊？"

对方将自家地址告诉何君晟之后，就下线了。

这个小朋友叫鹏鹏，因为快要考试了，鹏鹏的作业多了很多，平时还要上很多补习班。

这天，鹏鹏刚从补习班回家，看着空荡荡的屋子，忽然感觉有些难过。自从爸爸去世后，妈妈越来越忙了，常常见不到人。鹏鹏想起了之前爸爸妈妈带他去游乐场的情

形，那个时候真的好开心，不知以后妈妈能不能再带自己去。

趁妈妈不在家，鹏鹏又找出了以前爸爸用的手机，打算玩会儿游戏。这个游戏是爸爸生前常玩的，他用着爸爸的游戏角色，就好像跟爸爸一起玩一样。今天，鹏鹏特别开心，因为他在游戏里遇见了一个好心的叔叔，不仅教会了他使用组合魔法，还叮嘱他别乱花钱，这些都让鹏鹏想起爸爸。

可是过了一段时间，鹏鹏发现游戏登录不上了，只在界面上显示出一封信，鹏鹏只认得信上"感谢""玩家""再见"等很少的几个词，把游戏关掉重新打开还是这样。鹏鹏还不死心，又重启了手机，结果依旧。

鹏鹏又着急又委屈，游戏进不去，就没法再跟游戏里那位好心的叔叔一起玩了。爸爸已经不在了，他不想再失去这位好心的叔叔。

正在这时，妈妈回来了。

鹏鹏的妈妈叫白娟。丈夫去世后，白娟独自挑起了生活的重担。她每天很早就要起床，帮鹏鹏收拾齐整、送他去上学后，她才能去上班。

有时不得不加班，白娟还要给鹏鹏找个托付之所。其中的辛苦自不必说，但为了鹏鹏，白娟都可以忍受。

白娟一进门，看到鹏鹏在玩手机，顿时来了气："都快考试了还玩手机，把手机给我！"鹏鹏却执拗地把手机藏在身后，不肯给。白娟更生气了，上前要夺手机。鹏鹏见状，满屋乱窜躲着白娟，情急之下躲到了桌子下面。白娟刚想把鹏鹏揪出来，忽然传来了敲门声。

白娟开门一看，差点叫出声：来人竟是何君晟。何君晟也愣在当场，他没想到这里竟是白娟的家。

原来，两人早在网上认识了。

何君晟此前一心都扑在工作上，没顾得上个人问题。前段时间，他在网上认识了一个女人，对她印

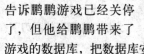

象挺好的。经过了解，何君晟发现两人年龄相仿，也有很多共同话题。后来，他就约对方出来见了一面，那人就是白娟。何君晟能感觉到白娟对自己有些好感，可又总是隐隐觉得她有什么顾虑。现在看来，白娟的顾虑就是儿子，她应该是担心自己能不能好好对待她儿子吧？

何君晟先反应了过来，他对着屋里喊道："'老婆孩子热炕头'在不在？"何君晟今天是来找游戏里那个小朋友的。

听到这话，鹏鹏立刻跑过来说："你是游戏里的那个叔叔！"

白娟把何君晟请进屋，三个人聊了好久才把事情捋明白。何君晟

告诉鹏鹏游戏已经关停了，但他给鹏鹏带来了游戏的数据库，把数据库安装到手机上就还能进入游戏，之前的角色也还在，只是无法联网。鹏鹏听后高兴极了。

不知不觉间，天色暗了下来，白娟留何君晟在家里吃饭。就这样，一对母子、一对游戏玩家、一对互有好感的男女，共进晚餐，其乐融融，就像一家人一样。

不久，何君晟和白娟在一起了。这天，两人带着鹏鹏来到游乐场。鹏鹏开心地在前面跑，何君晟在后面追赶着。白娟慢慢地跟着，看着前面追逐的两人，脸上满是掩饰不住的幸福。

何君晟追上鹏鹏后，把他紧紧抱在怀里，问："怎么样，还是我厉害吧？"接着，他又对远处的白娟喊道："娟娟，这里风景真好，快来看啊！"

闹腾了一会儿，何君晟有些热，他解开了外衣，露出了里面的T恤，只见上面印着七个大字："老婆孩子热炕头"。

（发稿编辑：曹晴雯）

（题图、插图：豆 薇）

当一个人为了金钱，出卖自己的良知，灵魂便时刻与魔鬼为伍。在罪恶的利刃下，无辜的生命化作条条冤魂……

罪恶之刀

□ 田雪梅

1. 饭店陈尸

十二月份是曼谷旅游的最佳月份，俗称"凉月"。夜幕降临，来自各国的游客纷纷走在曼谷街头，享受着色彩斑斓的霓虹灯，逛着熙熙攘攘的小吃街。

小吃街街口，是湄南河畔区警察局的位置。刚满35岁的女警帕兰达，正和年轻男警员阿诺一起值班。阿诺正在处理醉酒闹事的几个游客，帕兰达讨厌醉鬼，于是她出去买了几份杧果糯米饭，准备当作二人的夜宵。她拎着便当回到警局，刚推开门，与冲出来的阿诺差点撞个满怀。

"怎么？哪儿又有醉鬼闹事？"帕兰达问道。

阿诺收住脚步："不是醉鬼，是死人。刚接到报警电话，有人死在华丰饭店！"

帕兰达把便当往桌上一放，抢过钥匙，扔下一句："一起去。"

别看帕兰达是女警，胆量丝毫不输给男警，多惨烈的命案现场她都敢于进入。帕兰达上了车，"砰"的一声关上车门。

华丰饭店是一家中等规模的华人饭店。帕兰达和阿诺赶到时，餐厅的玻璃门把手上已经挂着"暂停营业"的告示牌。帕兰达和阿诺推门进入并出示了证件，一名服务员马上站出来，引领他们上了二楼，饭店老板正等在二楼楼梯口。

在走廊尽头拐角，有一间独立的包房，208。

包房不足二十平方米，没有窗，一张圆桌、六把椅子、一个三人位沙发填满了狭小的空间。这里没有血迹，没有打斗痕迹，沙发上躺着一名50岁左右的中年男子，面色平静，像是醉酒之后睡意正酣。饭店老板示意，那就是死者。

帕兰达上前查看了一下死者的瞳孔，动动死者手指测试尸僵状态，初步估计死亡时间在一到两小时之内。她回头看向餐桌，上面摆着六个菜，几乎没被动过。两只茶杯有使用痕迹，而两套餐盘和筷子，很明显只有一套被使用过。

帕兰达示意阿诺先拍照，之后将菜品和餐具装进证物袋，准备带回警局化验。

老板在一边急切地保证："饭店开了二十年，菜绝对是没问题的。如果这个包房里的菜查出有毒，肯定是和他一起吃饭的那个人下的。"

"另一个人呢？"帕兰达问服务员。

服务员说："我记得那人是个胖子。胖子点的菜，又在这儿等了好长时间死者才到，但我没注意胖子是什么时候离开的……"她接着解释："饭店是点完餐马上结账，没有逃单隐患，我们不用分神去注意客人是什么时候走的。走廊有监控，查查就知道了。"

帕兰达眉头一蹙，问："死者在包房已经待了五六个小时，这么长时间，你们怎么才报案？"

服务员忙说道："包房一直关着门，挂着'请勿打扰'的牌子，我就没进来催。晚上就餐高峰到了，包房不能一直这么占着，所以进来催一下，这才看到……"

原来如此。不管怎么说，得找到那个提前离开的男人。

出完现场，回到警局已是夜里10点，案情分析随即展开。根据死者身份证显示，他叫陈欧，50岁，家庭住址在是隆。在电脑系统中查到，陈欧于1997年从中国移民来到曼谷，家属一栏中只有其子陈嘉豪。帕兰达在陈欧的手机联系人中找到陈嘉豪的电话号码，几次拨打，都是关机。帕兰达留意到手机中最后一个电话的呼入时间是11点58分，名字显示为张征繁。这是那个和死者一起吃饭的男人吗？

此时，阿诺已经调试好了陈欧从地铁站出来和饭店内监控视频的清晰度。时间倒回到当天中午——

中午12点25分，从饭店附近的地铁站，走出来一个头发灰白、身材瘦高、略微驼背的男子，他就是陈欧。陈欧身边是一个外国旅游团，他的目光朝旅游团扫了好几眼，团员的胸前贴着橘红色圆形笑脸贴纸——这样做是方便导游和团员找到彼此。陈欧收回心神，拿出手机，看看时间。然后，他走进了华丰饭店。208包房在一个拐角，监控不能直接拍摄到房门，但每一个进出的人还是记录到了。

帕兰达不时将画面暂停，用笔记录下几个关键的时间。

11点58分，服务员领着一个男人去了208，视频捕捉到了那人的面部信息，帕兰达记住了那张脸。12点50分，死者去了包房；12点52分，死者从包房出来去卫生间；12点57分，死者从卫生间出来回到包房；13点25分，男人从包房走出；14点20分，服务员拐进去，但两三秒钟就出来了。

帕兰达知道，这是服务员看到包房门上挂着"请勿打扰"的牌子后退了出来。直到18点55分，服务员再次拐进208，她惊慌失措地跑出来……

有了那个男人的影像，帕兰达在信息查询系统中输入张征繁的名字，系统中显示了三个同名之人，其中一人的照片正是视频中这个男人。信息记录，他于1995年从中国移民到曼谷，名下有两家旅行社。

帕兰达轻轻舒了口气，关键人物找到了。现在死者的死因不明，要等法医那边的尸检结果和餐食的化验结果，有了结果再去找这个张征繁也不迟。对了，还要通知死者家属，既然电话打不通，看来明天得去趟死者家里。

2.窃贼谜云

第二天一早，帕兰达和阿诺驱车半个小时，来到湄南河畔的是隆。这里是曼谷最老牌、也是真正意义上的中央商务区，高楼大厦林立，充满现代气息。然而，在现代化的繁华背后，也隐匿着破败和不堪。

陈欧家在这些高楼背面一个狭小的巷子里。刚进巷口，帕兰达看到十几米外一家叫"陈记食杂店"的店门口围着一圈人，两人疾步上前。

"阿婆，发生了什么事？"帕兰达向一位年长的阿婆问道。

阿婆看了帕兰达一眼，悄声说："店里遇贼了。"

遇贼？帕兰达上前几步，也贴着玻璃向窗内看去。里面光线昏暗，隐约可见店内有两个货架。通往后面堂屋的门开着，室内很乱。

帕兰达又退到阿婆身旁，问她这是什么时候发生的事。阿婆摇摇头，说："昨天中午，陈欧跟邻居们打了招呼，说下午有事，店里要关门。直到今天早晨，门还是关着。刚刚，一个急着买烟的邻居敲门，他发现锁被撬开后又挂在门上，又看到屋里的样子，赶紧报了警。"

正说着，巷口停下一辆警车，从上面走下两名警员。警员迅速拉起警戒线，帕兰达上前拿出证件，向同行简单说明了来意。接着，四人一起穿上鞋套，进入食杂店。

开门后，阳光照进来，店内情况一目了然。堂屋面积不大，摆放着几样简单的家具。正对面是一张单人床，被子整齐地叠放着。东侧是一个老式单门衣柜，里面的衣服都被扔在地上；西侧是张书桌，书桌抽屉放在了桌面上。帕兰达看了看抽屉里的物品，都是些杂物，杂物堆里有一沓用小夹子夹住的票据。帕兰达随手一翻，大多是食杂店进货单，夹杂着便利店小票、打车收据，还有一张陈欧的验血单。

帕兰达移步到户外。巷子极为破旧，帕兰达没找到一个监控探头。

陈家堂屋是水泥地面，水泥不是脚印的良好载体，提取脚印有难度。窃贼把撬过的锁毫无顾忌地挂在门上，也不怕警方查到指纹，看来作案过程中必定戴着手套。如此一来，要想获得线索，只能寻找目击者。不过不能抱太大希望，帕兰达太了解当地人了，他们滑得像泥鳅，为了避免被打击报复，与己无关的事绝对守口如瓶。

果然，帕兰达将邻居问个遍，没找到一个目击者，但问起陈家的情况，他们倒是爽快地介绍起来。

陈欧的妻子叫丽塔，本地人，三年前去世。陈欧和丽塔二十年前搬到巷子里，开了这家食杂店。那时，丽塔看店，陈欧在一家私立医院当医生，日子过得还行，夫妻关系也很好。十年前，丽塔得了严重的肾病，曼谷的医生已经给她判了"死刑"，陈欧不放弃，带着妻子数次回中国看病。由于频繁请假，陈欧被医院辞退。后来，他为了照顾妻子，放弃了当医生，找了个饭店勤杂工的兼职。四年前，事情出现转机，丽塔找到肾源，做了移植手术。原以为厄运从此结束，没想到术后一年，丽塔出现了严重的排异反应。她彻底绝望了，在一个夜晚服药自尽。丽塔死后，陈欧辞掉了饭店的工作，回家照看食杂店。

提到陈欧的儿子陈嘉豪，邻居说："那孩子去年考上了新加坡国立大学，拿了全额奖学金的。"

帕兰达知道，新加坡的大学11月底放假，今天是12月8号，陈嘉豪为何没回来，电话也打不通？帕兰达的心不由得抽动了一下。

手机响了，帕兰达见是法医来电，她马上起身，走到僻静处接听。

是尸检结果出来了。法医说："死者并非死于食物中毒，而是体内胰岛素含量过高。结合尸体肚皮上发现的新鲜注射针孔，确定是注射了过量的胰岛素。"

这结果让帕兰达大吃一惊，她想起陈欧的验血单，血糖一项显示正常，化验日期是三天前。陈欧没有糖尿病，自然不会是自己注射的胰岛素。陈欧怎么会在饭店那样一个公共场合被人强行注射？

电话那边，法医的话还在继续：

"注射胰岛素致死要满足三个条件，一是大量注射，二是注射后不进食，三是长时间不干预和救治。死者满足了这些条件，他胃里空空，而且在体内检出了迷药成分。"

迷药！帕兰达有了新的猜测：陈欧先被人下了药，昏迷后被注射，导致陈欧无法自救。包房门上挂着"请勿打扰"的牌子，堵住了他人救助的路。显然，这是谋杀，最大的嫌疑人，当然是那个和死者一同吃饭又提前离开的张征繁！

3. 正面交锋

张征繁被带到了警局。

帕兰达直奔主题，询问了张征繁前一天中午12点到1点期间在什么地方。张征繁说在华丰饭店，和一个叫陈欧的老同学吃饭。

"你们吃饭吃到几点？是一起离开饭店的吗？"

"不是，我先走的。"

"为什么没一起离开？"

"我们定了12点吃饭。我很准时，可陈欧快1点才来。我之后跟别人还有约，所以提前走了。"

帕兰达继续问了些问题，张征繁一一作答，眼中带着一丝疑惑。

终于，张征繁在帕兰达记录时

找机会问道:"警官,到底怎么了?"

帕兰达想看看张征繁听到陈欧死讯的反应,于是停笔凝视着对方说:"陈欧死了,就死在208包房。"

张征繁惊得身子一抖,险些从椅子上滑下来。"什么?死……死了?怎么可能?我走时他好好的。"

张征繁的反应有些过度,但似乎不是装出来的。他的眼神和微表情都说明,陈欧的死出乎他的意料。

帕兰达说:"死因暂时不能透露。因为你是最后一个见到死者的人,而且死亡现场又是你们共同进餐的房间,所以希望你配合我们,再回答几个问题。"

张征繁勉强稳定了一下情绪,说:"警官,我知道的一定回答,全力配合你们。"

帕兰达点点头,继续问:"陈欧约你吃饭,想谈什么呢?"

张征繁想了一下,答道:"就是随便聊聊。还有一个多月是中国的春节,我们聊聊过节的事。"

"陈欧要回国吗?"

"不回,他父母早就去世了,他在国内也没什么走得近的亲戚。"

接着,张征繁讲起了他和陈欧的个人情况。两人是初中同学,张征繁学习不好,初中没读完就辍学了。出国后,他靠一张巧嘴干起了导游,先是国内团,然后是出境团,几年时间干得风生水起。1995年,他干脆定居曼谷,自己成立了旅行社。按理说,他和陈欧不会有交集,陈欧是医学院硕士,毕业后在省医院当外科大夫。可谁也没想到,陈欧因为一次医疗事故丢了工作,后来才来的曼谷。初中毕业二十多年后的一天,两人竟在曼谷的一家饭店偶遇。那之后,两人经常走动,后来,陈欧还让儿子陈嘉豪认张征繁当了干爸。

帕兰达询问张征繁,最近是否联络过干儿子,张征繁回忆说:"嘉豪之前说，12月学校有冬令营，他想参加。我在国立大学有朋友，可以帮忙去找找看。"

帕兰达示意阿诺将张征繁的手机给他，让他马上联系。

就在张征繁拨打电话找人时，阿诺把指纹比对结果递交给帕兰达，那块"请勿打扰"的牌子上没有张征繁的指纹。

稍稍等待了一会儿，张征繁的朋友回了电话，听筒里传来陈嘉豪的声音，张征繁马上打开免提。

"干爸，您找我？"陈嘉豪声音里满是热情。

"嘉豪，手机怎么打不通？"

"我参加学校冬令营呢，入营第二天，手机就坏了。活动是封闭管理，没法出去修手机。我想，反正再过几天活动就结束了，所以就没管它。"

"你这孩子，手机坏了就跟老师说一声，出去买个新的呀！你知道联系不上你，我们多着急吗？"

"干爸，您告诉我爸一声，我没事，别担心。对了，您找我什么事呀？"

张征繁一时不知该怎么回答，他看向帕兰达，帕兰达轻声提示说："先回来再说。"

张征繁继续和陈嘉豪对话："电话里说不清楚，你回来再说。下午5点有班飞机，我给你订机票。"

"究竟怎么了？"陈嘉豪紧张地追问。

"回来再说……"张征繁赶紧挂了电话，叹了一口气。

4. 真相疑团

对张征繁的问讯没找到疑点，也没有他作案的实在证据，但他仍是陈欧死亡事件的最大嫌疑人。帕兰达把他关在警局看守室，至少，关押24小时是合法的。

晚上7点，夜幕降临，机场的跑道亮成一条条光带，陈嘉豪乘坐的航班已经落地。

出站口，陈嘉豪没看到张征繁，迎接他的是一名女警。

帕兰达带陈嘉豪上了车，在车上告诉了他陈欧死亡的消息。面对突然的噩耗，陈嘉豪崩溃、痛哭，他不相信这是真的，他要马上回家，他说爸爸一定还在家里等他。

帕兰达给陈嘉豪系好安全带，之后启动汽车驶向陈家。40分钟后，车已靠近陈家巷口。车未停稳，陈嘉豪就打开车门冲了下去。帕兰达赶紧下车追赶。突然，陈嘉豪身子定住了，他看着前方的家门，失魂低语："那里没开灯……没开灯……我家是开食杂店的，不可能关灯。"说着，他双腿一软，险些瘫倒在地，被正好赶上来的帕兰达一把扶住。

"我爸怎么死的？"陈嘉豪的眼神里透着浓浓的悲痛。

帕兰达不能多说什么，她简单地告诉陈嘉豪，案件还在调查，现在陈家留下了明显的盗窃痕迹，也许和陈欧的死有关，所以需要陈嘉豪配合，看一下家里丢失了什么。陈嘉豪说了"我配合"三个字，强打精神，一步一步向家里挪去。

现场保持着原状，陈嘉豪在各处查看。先是衣柜，然后是床，最后他来到书桌前，拿起桌上一个倒着的相框，那是爸爸年轻时的照片。端详着照片，陈嘉豪眼中再次滚落泪滴。

"有什么异常吗？"帕兰达关切地问道。

陈嘉豪无力地摇摇头。

"确定吗？"

"这么小的地方，本来也没有什么值钱的东西。我确定。"

帕兰达有些失望，随即又问道："张征繁是你干爸，他和你爸的关系怎么样？"

陈嘉豪警觉起来："问这干吗？难道我爸的死跟他有关系？"

"不是，你爸身边关系密切的人，我们都要了解一下。"帕兰达解释道。

陈嘉豪缓缓收回冷峻的目光，沉声说："他们关系挺好的。当年妈妈一直找不到换肾的肾源，命都快保不住了，是干爸帮忙找的肾源，救了妈妈一命。我是那时认他当干爸的……警官，我现在心里很乱，想一个人静一静。"他的手一直轻轻抚摸着相框中父亲的相片。

"你自己在这儿，行吗？"帕兰达有些不放心。

陈嘉豪没说话，只是轻轻地点了点头。

帕兰达想了想，拿笔写下自己的电话号码交给陈嘉豪，让他有事随时打电话。

出了陈家，帕兰达径直驾驶汽车奔华丰饭店而去。根据她的经验，尸检结果出来后要进行二次现场勘查，很可能会有新的发现。

华丰饭店门锁着，警方的调查结果出来之前他们是不能营业的。帕兰达找来饭店老板开了锁，她和阿诺两人推门走进去。

在208包房，阿诺拿着放大镜，

仔细地在地面寻找。帕兰达又检查了桌面，既然陈欧体内有迷药，帕兰达想看看现场有没有散落的迷药粉末。包房、走廊，甚至卫生间，几个小时的搜索仍然没有新的发现。疲惫不堪的两人正悻悻地打算离开，这时，风中吹来一股腐败气味，帕兰达不禁掩了一下鼻子。饭店老板注意到帕兰达这个动作，解释说，这是后院垃圾桶的味道，环卫工人每天夜里10点来收垃圾，因为案发那天7点多钟饭店就关门停业了，那天的垃圾现在还在后院的大垃圾桶里，两

天的发酵味道实在难闻。后院还有个垃圾桶，而且当天的垃圾还在！帕兰达眼中闪过一丝光亮，她让老板马上带着他们去后院看看。

两个绿色的大垃圾桶立在墙角，虽然盖着盖子，还是散发出浓浓的味道。阿诺上前，先打开了其中一个垃圾桶的盖子，他皱着眉用手捏住了鼻子，那是装厨余垃圾的。帕兰达将阿诺拉开，让他去查看另外一个垃圾桶，自己则尽量憋着气，用一根木棍在桶内小心地翻找着。

阿诺打开另外一个垃圾桶盖，仔细地翻找起来。时间一分一秒过去，就在帕兰达以为一无所获的时候，阿诺兴奋地喊道："组长，快来看！"

帕兰达走过去，看见在白色的手纸堆中，赫然躺着一支墨绿色的注射笔。

帕兰达几乎瞬间确认，这就是作案工具。周边的手纸说明这是卫生间的垃圾，作案者将注射笔扔在卫生间的垃圾桶里，下午，饭店工作人员在清理卫生间时，将垃圾倒在了这个大垃圾桶内。

"这注射笔会不会是其他客人的？"阿诺问。

帕兰达坚定地摇摇头："不会，因为谁也不会在注射过胰岛素后将

注射笔扔掉。”

“可张征繁没去过卫生间啊！”

这句话提醒了帕兰达。是啊，监控中并没有张征繁去卫生间的记录，反而是死者陈欧去过。这时，陈家书桌上那张血糖化验单在她脑海中定格。陈欧三天前专门做了血糖检测，三天后就死于注射过量胰岛素，两者之间也太巧了！

帕兰达心头一紧，说：“阿诺，你现在就带注射笔回警局，进行指纹比对。记住，不但要比对张征繁的，还有陈欧的，我要尽快知道结果。”

接着，帕兰达给法医打了电话，要看陈欧的尸体。如果胰岛素是陈欧自己注射的，那么迷药也可能是他自己带去并服下的。服下后，他没有出208包房，那么携带药粉的包装在哪儿？现场没有，遗物中也没有，帕兰达想到了尸体。

果然，在尸体指甲缝里找到了残留的迷药。很快，阿诺那边的指纹比对结果也出来了，注射笔上的指纹是陈欧的。

种种证据表明，陈欧是自杀！

帕兰达一时间糊涂了，陈欧要自杀，为什么搞得如此麻烦？

不管怎么说，案子已有结论，不能再继续关押张征繁。帕兰达看看时间，已是半夜。明天释放张征繁，还得把案子的结果通知陈嘉豪。

5. 深入虎穴

陈欧的死结案了，但帕兰达的调查没有结束。陈欧的死，让大家把怀疑的目光直指张征繁，陈欧似乎是故意这么做的，可是，张征繁给过陈欧不少帮助，陈欧为何要这么做？

帕兰达想找陈嘉豪再聊聊，她去了陈家，陈嘉豪不在。

邻居说：“嘉豪啊，住到他干爸家去了。”

转眼间到了月末，警长提醒帕兰达，陈欧的死已经结案，不要再浪费精力查了。可帕兰达不甘心，陈欧的死亡案件还留着一条尾巴，她总感觉，顺着这条尾巴能牵出更多东西。

这天，帕兰达收到一封匿名信，上面说：“难道你不想知道，陈欧为什么要自杀吗？”匿名人约帕兰达第二天下午3点，在中央公园步道第二个长椅旁见面。

帕兰达依约而去，一直等到4点也未见人来。正要离开时，陈嘉豪走了过来。

陈嘉豪问帕兰达，是不是还在调查他父亲的死。帕兰达说："原来是你写的信？你父亲的死，我觉得背后还隐藏着什么。"

听了这个回答，陈嘉豪坐下来，掏出一个绿皮日记本："信是我写的。这是我爸爸留下的，上面有你想知道的东西。"

陈嘉豪说，之前家中食杂店"失窃"，被人翻得乱七八糟，其实是他爸爸自己翻的。"他的目的是想告诉我，家里有件重要的东西要给我。相框里的照片原本是我们一家三口的，十几年没换过。那天，我看到照片被换掉了，就觉得有蹊跷。照片右下角，爸爸写着113这个数字。我立刻想起，我们家有一个印着数字113的饼干盒，一直放在食杂店的杂物堆里，爸爸拿它来放重要物品。爸爸说过，越是重要的东西越要放在不起眼的地方。"陈嘉豪接收到这个信息，提出想一个人静一静。等帕兰达离开，他找到饼干盒，发现了里面的日记本。

帕兰达张口想问什么，陈嘉豪示意她先看看日记的内容。

帕兰达翻开厚厚的日记，一篇篇读下去。她看到了一段记录陈欧与张征繁偶遇的日记，时间是五年前……

那时候，陈欧在一家饭店干勤杂工。一天，他准备下班回家，在饭店门口，一个人叫住了他："陈欧！我张征繁啊，咱俩一个初中，一个班的……你当年是学习委员，我啥也不是，个儿最小，坐在最前排，想起来没？"

陈欧眯着眼睛想了会儿，记起来了："张征繁，是你啊，变样了！"

"可不是，都快50岁了，能不变吗……"

往下读日记，里面记录了丽塔在张征繁的热心帮助下，找到肾源，做了移植手术。

接着，四年前的一篇日记引起了帕兰达的注意——

丽塔手术后，张征繁带着鲜花去探望，陈欧问张征繁怎么找到的肾源。张征繁说，那是他托人从黑市买的肾，钱已付过，不用陈欧操心。陈欧追问价格，张征繁说300万泰铢。陈欧心里默默计算着，孩子在上学，丽塔术后要吃排异药物，那些药都不便宜，靠自己的收入，得二十年左右才能还上。

陈欧拿出纸笔，给张征繁写下一张借条，写明每年还15万，还款期为二十年。张征繁看了眼借条，一把撕掉，他说在这异国他乡，他和陈欧就是亲人，给亲人救命的钱不用还。陈欧坚持再写张借条，张征繁按住陈欧的手，说："我现在也遇到个难事，你能不能帮个忙？"

"你说！"

"帮忙找到肾源的朋友，让我帮他找个外科医生。"

陈欧心中莫名有了一丝不安："干什么？"

张征繁环顾了一下四周，悄声说："你知道东南亚人体器官交易黑市最缺什么？手术医生。这是你的本行，你答应做几台手术，我也算还了人情。老陈，我跟你说实话，这个肾还没付款。你如果答应做五

年手术，300万就不用付了。当然，你不答应也没关系，我明天把钱给人家打过去，不过我还是那句话，不用你还钱。"

陈欧看着病床上还在昏睡的丽塔，再想想五年就可以结清所有债务，他答应了下来。

根据陈欧后面的日记记录，一年后，丽塔出现严重的排异反应。丽塔自杀后，陈欧被逼着继续履行五年之约。

陈欧每月做一到两台手术。他在手术中发现，供体都是年轻人，都处于昏迷状态，每个人身上都有伤，手臂有捆绑伤，身上有鞭痕，有的供体已被摘取其他器官，而受体大多是一些老迈的躯体。陈欧不禁想到一句话，"青春娇艳皆化作腐土，老朽丑恶却在世间横行"。他看着自己握着手术刀的手，想着自己沦为了罪恶的帮凶，悔恨逐渐在心中聚积。

这天，在一个年轻供体的内衣上，陈欧看到一枚熟悉的橘红色圆形笑脸贴纸，那是张征繁名下一家旅行社的。陈欧震惊了，他知道张征繁和器官买卖黑市有联系，但如果这些供体中有来旅行的游客……陈欧不敢再想。他强压心中涌起的

波澜，按照正常程序，消毒、打麻药，供体出现了麻药过敏反应。状况危险，手术必须叫停。陈欧走出手术室，对走廊上一身黑衣的安保人员说明要停止手术。安保人员说，他没有权力让手术停止，得打电话请示老板。电话接通，黑衣人虽然走开了几步，但听筒里还是隐约传出一个陈欧熟悉的声音——是张征繁。陈欧倒吸一口凉气。那枚橘红色的笑脸贴纸和张征繁圆滚滚的脸交替着在眼前闪动。张征繁，他就是这个黑暗组织的幕后老板。难怪，他能在短时间内找到给丽塔移植的肾源。想到在医院里，张征繁撕毁借条时说的那番话，全是谎言，陈欧只觉得一阵伴随着恶心的心痛。

黑衣人得到指示，回来告诉陈欧，老板说手术必须得做，既然供体对麻药过敏，就别打麻药了。

"不打麻药做手术？你们太没人性了！"陈欧咆哮着，额头青筋暴起。没等陈欧说出下一句话，黑衣人已将一支枪管抵在他的头上。

那天，陈欧在枪口下、在凄厉的喊叫声中做完了手术。手术过后，他整个人瘫倒在地，感觉自己的灵魂被抽走了。当晚，他找到张征繁，质问这一切。张征繁原本矢口否认，

直到陈欧将那枚橘红色笑脸贴纸拍在桌子上，张征繁不作声了。陈欧怒斥张征繁的狠毒，说他是恶魔，问他怎么忍心毁掉一个个年轻的生命。陈欧说，他不会继续给张征繁充当刽子手了，同时，他让张征繁马上停止这罪恶的勾当。他会一直盯着张征繁，如果发现张征繁没有收手，他就立刻报警。说罢，陈欧气冲冲地转身离开了。

几天后，就是儿子陈嘉豪放假的时间，陈欧却打不通儿子的电话。正焦急，张征繁主动找来，毫不掩饰地开始了威胁，他说自己给陈嘉豪的电话做了手脚，陈嘉豪早已在自己的掌控之中。陈欧怒斥张征繁，大人之间的事不要牵扯孩子。张征繁劝陈欧回心转意，两人重新合作，合作满五年，他绝不会让陈欧继续干下去。陈欧坚决不同意。张征繁留下一句话："我已经不可能收手了。想想你的儿子陈嘉豪，别干傻事。"

12月7日，是陈欧死亡的日子，他也留下了最后一篇日记，或者说，是写给陈嘉豪的一封信：

"儿子，原谅爸爸，我已经将你带入危险。我也是刚知道，你的手机不是张征繁送你的礼物吗？其实被他做过手脚，他可以远程控制

你的手机！这几天，我一直打不通你的电话。张征繁已经向我摊牌，他露出了獠牙。我想报警，可我没有证据。具体的手术地点我不知情，每次去都有车接送，我全程被蒙着眼睛；我也不能携带任何电子产品，所以没法拍照。可我不想向他们屈服，继续做操刀的刽子手。我也知道，如果坚决退出，不光我活不了，他们连你也不会放过。解决这样两难的问题只有一种方法，就是我死！我死后，张征繁的要挟没有意义，他自然会放过你。同时，我想一箭双雕，将我的死亡设计成'谋杀'，把张征繁引入警方视线。

"我死后，警方会来家里，家里会被我布置成有人潜入的样子。抽屉里的验血单能引发我被'谋杀'的疑问，同时，家里的东西是否丢失，需要你的确认，警方一定会找到你。只要你回来，你一定会看明白我留给你的信息，找到这个日记本。嘉豪，你必须知道真相，远离张征繁那个恶魔。至于是否报警，你自己选择，如果报警，就将这本日记交给警察；如果为自己的安全考虑，就卖掉房子，回新加坡好好学习，永远不要回来！"

日记到这里结束了，帕兰达缓缓合上日记本。

陈嘉豪说："看完日记，我就做了决定，要报警。我提出住到干爸家去，近距离地观察他的一举一动。三天前，我想到一个拿证据的办法。"

帕兰达问："什么办法？"

陈嘉豪没有回答，从口袋里拿出一个 U 盘，交给帕兰达，说："这是一个信号接收器，连接电脑，能查看实时定位。四天之内，我会想办法让你们找到犯罪地点。"

"能保证你自己的安全吗？"帕兰达担心地问。

陈嘉豪没回答这个问题，他只是冲着帕兰达凄然一笑，之后转身离开，瘦弱的身影迅速融入渐浓的夜幕之中。

6. 直捣魔窟

陈嘉豪在张征繁的卧室和书房各放了一支录音笔。三天前，他在书房那支录音笔中听到了张征繁接听的一个电话内容。有个富豪为儿子求购肾源，要求供体也为年轻男性，身体健康，A 型血，一周之内要搞到。张征繁听了这最后一条要求，回复说，手头没有符合条件的，得给他一段时间。对方说，愿出十倍价格，张征繁沉默片刻，答应了

下来。

当陈嘉豪听到这段录音时，他的心止不住地颤抖起来，他感觉冥冥之中，上天在给他为父亲报仇的机会，虽然这个机会很可能要付出沉重的代价，陈嘉豪还是决定不惜一切地把握住。

陈嘉豪查过医学资料，了解到一些器官移植知识。他知道，血型匹配上就能移植，但如果不考虑其他因素，后续排异反应可能会很大。地下交易既然以赚钱为目的，自然不考虑后续反应，只考虑短期交易，把钱拿到手。所以他们寻找肾源，只看血型。

陈欧和丽塔的血型都是 A 型，陈嘉豪知道自己的血型也是 A 型，符合作为诱饵的条件。重点是，怎样促使张征繁吞下自己这个诱饵？

陈嘉豪秘密见过帕兰达之后回到张家。张征繁正坐在餐桌前，然而桌上没有饭菜，却摆着两支录音笔。陈嘉豪的心里"咯噔"一声，张征繁发现了录音笔！不过他很快镇定下来，同时又在暗暗庆幸。他庆幸自己已经将信号接收器交给了帕兰达，也庆幸自己刚刚将定位装置放在了张征繁的车底。一路上他都在想怎样激怒张征繁，让张征繁吞下自己这个诱饵，现在看来，机

会来了。

张征繁冷冷地看着缓步走进来的陈嘉豪，问了一句："嘉豪，你去哪儿了？"

陈嘉豪镇定地答道："去图书馆了。"

张征繁起身，从酒柜里拿出一瓶白兰地，将两个酒杯分别倒满。他先端起一杯一饮而尽，然后指了指桌上的录音笔："嘉豪，我刚刚发现家里多了这么两个东西。你能解释一下吗？"

陈嘉豪咬咬嘴唇，没说话。

张征繁继续倒酒，一饮而尽："嘉豪，可以说，你是我从小看着长大的，虽然你对我还是一口一个'干爸'地叫着，但你的眼睛骗不了人，你好像知道了什么。你搬过来住是有目的的，我说得对吗？"他盯着陈嘉豪的眼睛，看到对方刚刚还平静的眼中此刻有了一丝波澜。他指了指陈嘉豪斜挎着的背包："我总感觉，你知道的东西就在你的背包里，拿出来给我看看，好不好？"

陈嘉豪捂着背包，挺着脖子，眼中喷射出怒火。

张征繁打了一个响指，从屏风后面走出一个黑衣人，他从陈嘉豪身上扯下背包，在里面搜出日记本，

放到张征繁面前。

陈嘉豪彻底爆发了："我爸的死就是你逼的，你是杀人凶手，是恶魔，是靠摘取人体器官发财的恶魔。我要报警，报警！"

张征繁翻开日记，扫了两行之后就合上了本子，做手势让黑衣人退下。脱离了黑衣人掌控的陈嘉豪马上拿出手机，作势拨打报警电话。张征繁挥起手掌，狠狠地打在他的脸上。陈嘉豪栽倒在地，手机也脱手而出。

张征繁一脚将手机踩碎，然后拎着陈嘉豪的领子将他拽起，推搡到座椅里。陈嘉豪的嘴角渗出了血，他用仇视的目光盯着张征繁。

张征繁坐下来，再次给自己倒了满满一杯酒，一饮而尽。他扭头看向陈嘉豪，此时，那投射过来的目光已成了千年寒冰。

"你们父子俩一个脾气，都是那么倔，那么蠢。报警！报警！你们都拿报警威胁我。是，我的确怕坐牢，可我更怕受穷。你们不知道，我刚到泰国，为了每天能吃上一顿饭，我要干二十个小时。我做过船工，在海上一漂就是几个月；我也做过力工，干活慢点就被人用鞭子抽。吃苦我不怕，只要能把吃苦挣的钱给我，可那些钱我根本就拿不到！在这该死的鬼地方干了三年，我还是每天只能吃上一顿饭。嘉豪，你让我怎么办？我要活着，我要体面地活着。你知道我开旅行社的启动资金是怎么来的？是我卖了自己的一个肾！"说着，张征繁缓缓掀起衣服，一道长长的伤疤露了出来。

看见伤疤，陈嘉豪难以置信地瞪大了眼睛。接着，张征繁又倒了杯酒喝下，说："我知道自己做的是掉脑袋的生意，高风险才有高收益。你看我现在拥有的一切，不需要在海上漂泊，不需要像牛一样出力，这难道不好吗？可你们父子俩要毁了我现在拥有的这些，你说，我能怎么办？嘉豪，别怪我心狠，是你逼我的。"

张征繁又倒了满满一杯酒，拿着酒杯站起身，缓步走到陈嘉豪面前，说了句："嘉豪，你和你爸妈一样，都是 A 型血吧？"说完，他一把捏住陈嘉豪的嘴巴，将酒灌了下去，接着是第二杯，第三杯……陈嘉豪没有丝毫反抗，如同待宰的小羊羔，任凭张征繁将自己灌醉。

在陈嘉豪失去意识前，他的嘴角浮起一抹神秘的微笑。

与此同时，帕兰达已将陈嘉豪的情况向警局做了汇报，引起了

上级的重视。

警方在电脑上密切关注着陈嘉豪的定位情况。

陈嘉豪被灌醉后没多久，帕兰达兴奋地喊了起来："电脑上的信号出现了异常移动！"

警方派出了精干人马，追踪着这个信号，一路来到了一个破旧的码头边。

这里有一栋看似废弃的海边别墅，可异常高大的围墙、围墙上的电网，都显示出别墅里有着不可告人的秘密。别墅紧靠美丽的大海，旁边还有一片浅黄的沙滩。谁都不会想到，在这怡人的风景边上，竟然有着一个血腥的器官贩卖工厂！

警方悄无声息地包围了海边别墅，两拨人分别从南北方向破门而进。警方让一个保安为他们带路，保安带着帕兰达等人，穿过迷宫般的走廊，最终来到了一扇厚重的铁门前。保安战战兢兢地按下了门的密码，"咔嚓"，铁门打开了。只见里面的医生已穿戴整齐，正准备割开手术台上那个年轻人的皮肤。

众人都转过头，诧异地看着从天而降的警察。帕兰达冲了过去，率先护住了年轻人。

"嘉豪！"帕兰达虽然知道他被麻醉了，听不见，还是轻轻唤着他的名字，自言自语地说道，"傻孩子，没事了，那些年轻无辜的生命，不会再被罪恶之刀屠戮了……"

（发稿编辑：陶云枢）

（题图、插图：杨宏富）

您手中有没有得意之作？本刊辟有二十多个原创性栏目，如新传说、我的故事和中篇故事等；您读到或听到什么有趣事可以和大家一起分享吗？3分钟典藏故事、外国文学故事鉴赏和脱口秀等都是本刊推荐性栏目。热忱欢迎来稿，可从邮局寄发，也可从网上传递。邮寄地址：上海市闵行区号景路159弄A座3楼《故事会》杂志社，邮编：201101；如为电子邮件，本期责任编辑信箱：caoqingwen0228@126.com。

故事会微信号：story63，欢迎添加故事会微信，参与互动！

·神探夏洛克·　　不在场证明

一位公寓管理员来警局报案，他说："二楼的玛丽太太平常都会早晨8点出门给她养的猫买鲜鱼，可昨天和今天她都没有出现，敲门也没有人应答，我打开门发现她已经死了。"

警方来到现场查看，发现玛丽太太倒在床边，她的猫也死了，但死前似乎有过激烈的挣扎，尾巴上掉了一撮毛。

法医鉴定，玛丽太太死于煤气中毒，死亡时间是在前天晚上10点左右。房内门窗紧闭，一旦打开煤气阀，半小时左右就能致人死亡。警方根据各种线索，迅速锁定了一个嫌疑人，就是玛丽太太的侄子约翰。然而，约翰有不在场证明，他前天晚上7点就已经乘车去了另一个城市，至今人还在那里。约翰不可能人在千里之外，打开玛丽太太房间的煤气阀门啊！警方问夏洛克是不是可以排除约翰的嫌疑了，夏洛克却说："不，约翰就是杀人凶手。"

你知道夏洛克为何会这样说吗？

超级视觉

黑色绒毛垫子怎么长出了眼睛呢？原来是一只小黑狗呀！换个视角，总是会有惊喜！

疯狂 QA

在广阔的草地上，有一头牛在吃草。这头牛一年才吃了草地上一半的草。请问，它要把草地上的草全部吃光，需要几年？

想知道答案吗？

1. 购买 2023 年 8 月下《故事会》。

2. 扫二维码：

动感地带，与您不见不散！上期答案见本期 P40。

刘劭提前改年号

刘劭是宋文帝刘义隆的嫡长子，六岁就被册封为太子。后来，父子关系出现了裂痕。刘劭找来一个女巫，诅咒父亲，并最终弑父篡位。即位后的刘劭想通过提前改年号来确立自己的地位，群臣大多不同意，只有王僧辩说："提前改年号的也有，晋惠帝就是一个先例。"晋惠帝是有名的痴呆皇帝，最后死于非命。但刘劭不知道，以为有例可循，开心地改了年号。结果两个月后，他就被自己的弟弟所杀。

刘昱射肚子

刘昱是南朝刘宋第八位皇帝，一次，他率数十人冲进镇军将军萧道成的府上。当时是夏天，萧道成正赤裸着午睡，刘昱就命人把

萧道成架住，在他肥胖的肚子上画了个靶子，张弓搭箭准备拿他开练。萧道成大吼："臣无罪，陛下为何滥杀！"幸好有个太监劝阻道："萧将军肚子长得圆满，弄死了就没有了，不如拆掉箭头再射吧！"刘昱一听大喜过望，就这么折磨了萧道成半天才回去。萧道成由此生出篡位的念头，后来在七夕节买通刘昱的亲信，将他杀死，刘宋王朝覆灭。

司马曜开玩笑

有一次，东晋孝武帝司马曜在清暑殿举行宴会。孝武帝喝多了，对身边的张贵人开玩笑说："你现在年龄大了，我也应该换一个新人了。"年近三十的张贵人不禁怒火中烧，但没有发作。到了下半夜，张贵人先是赐皇帝身边的侍从们饮酒，把他们遣散后，张贵人就与自己的亲信来到寝宫，用被子蒙住司马曜的脸，将他活活捂死了。由于当时东晋朝局混乱，事后竟然没有人追究张贵人的罪。

侯景难得胆怯

侯景攻破台城后，杀气腾腾地冲上大殿，八十五岁的

萧衍坐在龙椅上。侯景见到萧衍时，仍有些紧张。倒是萧衍，他不慌不忙地问："爱卿在军中已久，难道不劳累吗？"侯景默然不语。萧衍又问："你是哪里的人？竟敢作乱到此。你的妻子、儿女还在北方吗？"侯景的部下替他答道："臣景的妻子和儿女都被高氏杀了，现在只有一人归顺陛下。"萧衍安慰侯景说："你有心忠于朝廷，应该管束好部下，不要骚扰百姓。"侯景依旧无语。出殿后，他对部下说："我征战疆场多年，刀箭齐下都未胆怯过，这次见萧公，竟有点怕他，莫非真是天子威严不容侵犯吗？"

胡顺之催缴赋税

北宋年间，胡顺之做浮梁县令。县里有个臧姓的富裕户，一向跋扈蛮横，不肯缴税，每年都是里正替他缴税，前任县令也不管。胡顺之到任后，命里正聚集藁草，他自己来到臧家，用藁草塞门烧烟。臧家人都逃了出来，胡顺之下令将他们全部驱赶到县衙，先打一顿板子，然后对臧家当家人说："县令无道，杖责平民，你可速往州府诉讼。"臧家人自知理亏，没有敢去州府诉讼的。从那以后，臧家都第一个缴税的。

子厌父

南朝刘宋时有个皇帝叫刘子业，他很讨厌自己的父皇。有次去太庙，他点着老爹宋孝武帝刘骏的画像，批评说："这家伙有个大酒糟鼻，为何不画上去？"当场命令画师用笔把刘骏的鼻子还原成酒糟鼻。即使这样，刘子业依然不开心，还想挖老爹的陵墓。大臣劝道："挖祖坟不利于陛下啊！"刘子业这才悻悻作罢。不过，他还是命人把大粪泼在了刘骏的陵墓上以泄愤。

苏洵求学

苏洵到二十七岁还不知道学习，有天，他感情激昂地对夫人说："我看自己现在还可以发愤求学，可全家要依赖我生活，如果我去求学，会断绝生活来源，怎么办呢？"夫人说："我早就想说这件事了，只是不想让你认为是因为我才学习的！你如果有志向，就让我来承受生活的劳累吧。"于是她卖掉了所有服饰器玩，来经营家业，谋求生计，没几年就成了富裕之家。苏洵因此能够专心致志完成学业，最终成为一位学问渊博的人。

（本栏供稿：严　俊）

（本栏插图：孙小片）

为啥父辈能存到钱而我不能

◆ 父辈：水。

我：咖啡、奶茶、可乐、果汁……

◆ 父辈：什么矿泉水要20块钱？渴着回家喝。

我：什么矿泉水要20块钱？买两瓶尝尝。

◆ 父辈：存点钱吧，万一哪天要用呢？

我：存什么钱啊，万一明天就死了呢？

◆ 父辈：好好攒钱给儿女买车买房。

我：儿孙自有儿孙福，没有儿孙我享福。

◆ 父辈：吃饱。

我：火锅、日料、韩餐、西餐、中餐、简餐、减肥餐、下午茶、烧烤、海鲜……

◆ 父辈：不能苦了孩子。

我：不能苦了自己。

（推荐者：吞金兽）

这个谐音梗好冷啊

◆ 问：猫会喵喵叫，狗会汪汪叫，鸡会什么？

答：鸡会（机会）留给有准备的人。

◆ 问：如果想把月亮买下来，什么时候买最实惠？

答：月中，因为十五的月亮十六元（圆）。

◆ 问：知道狐狸为啥站不起来吗？

答：因为它脚滑（狡猾）。

◆ 问：男生在相亲的时候，要记得带什么？

答：要带蚊香，因为蚊香（闻香）识女人。

◆ 问：愚公移山的时候唱什么歌？

答：移山移山（一闪一闪）亮晶晶。

◆ 问：为什么说整天戴AirPods（无线耳机）会影响爱情运？

答：因为AirPods没有音源（姻缘）线。

（推荐者：冷冷的南方）

笑一笑，十年少

◆ 父母都是有虚荣心的，当别人问"你孩子在哪儿高就"，人家的父母都会回答在当老板、当公务员、当老师，我妈就不一样了，她会告诉别人，她没有孩子。

◆ 我恨不得脚踏八条船来表达我想谈恋爱的决心。

◆ 你们那种会自动显示体重45kg的电子秤是在哪里买的呀？我也想要。

◆ 我真的太喜欢上网课了，这种好似整天都在上课，实则没有一点知识进脑子的感觉太让我着迷了。

◆ 朋友说没事还是要多看书，这样才会有深度。我试了一下，果然获得了深度睡眠。

◆ 为了你，什么苦我都可以吃，但香菜不吃。

◆ 出个恋爱脑，自己的，以前用过两次，现在基本不用了，九成新。

◆ 现在的男孩子可真有意思，和一个女生看电影就发朋友圈炫耀，我和五十几个女生一起上课，我说什么了吗？

（推荐者：猫猫凶）

◆ 看到平静了五天的群聊又开始"滴滴"响个不停，我就知道，你们开始上班了！

◆ 遇见你，我心里的那头老鹿抽着烟对我说，可以撞一下试试。

◆ 现在啥平台都猜我喜欢，这个也猜，那个也猜，可猜了这么久，都没猜出我喜欢免费的。

◆ 年纪轻轻的我就过着月入十万还差九万八的日子。

◆ 高冷只是我的保护色，有病才是我的必杀技。

◆ 如果真像鸡汤文里说的那样"想到什么就去做"，我早就进监狱了。

◆ 每天8杯水计划——上午：3杯可乐，下午：1杯奶茶，晚上：4瓶啤酒。

◆ 今日接单：奶茶代喝，外卖代吃，闲钱代花。

◆ 别人出门：辣妹风、工装风、优雅风、复古风；我出门：打工的勤劳小蜜蜂。

（推荐者：苍山雪）

（本栏插图：孙小片）

网言网语

换手气

□ 欧阳华丽

夜深了，步行街上的人群渐渐散去。巧玲收摊后骑着三轮车往家赶，路过彩票店时，她跳下车进去买了两张彩票。

"给自己换台三轮车你舍不得，三天两头买彩票一次不落。你一个摆地摊的命，不要再怀当富翁的幻想了，好不好？"一块儿收摊回家的凤姨忍不住又一次劝说巧玲。

巧玲笑笑，这是她多年的习惯。当初男人生病，家里拆了东墙补西墙，她就想买彩票中个大奖。可老天爷偏不睁眼，买了一年连个末等奖都没中。后来男人去世，她这买彩票的毛病也落下了。

这些年巧玲就是不信命，早出晚归摆摊挣钱，反正一天几块钱攒下来也发不了财，还不如给自己买

个希望。她也中过几次小奖，但"一夜暴富，让儿子过上好日子"的期望，就像是黑夜里的星光一样，微小却美丽。每次看到电视里说，某省某县的某某中了500万、1000万大奖，她都暗暗告诉自己，好好过下去，说不定哪天这样的好运气就轮到自己了呢？

因为不知道怎么选号码，所以巧玲每期都买两注机选号码。这天，巧玲叹口气，把又没中奖的两张彩票扔进垃圾桶，一旁的儿子说话了："妈，要不以后这彩票就由我来买吧。"

"什么，你这臭小子，不好好读书，想什么彩票的事，我摆个地摊供你上学容易吗……"

巧玲开始给儿子痛说家史，可

刚开个头就被儿子噎回来："妈，那你怎么期期都买呀！"

"我……我不是想改善改善咱家的生活水准嘛！但这是我的事，你别管，你的任务是好好读书。"

"妈，我是个高中生，学过概率学，我会研究彩票中奖数字出现的概率。如果让我买，会比你这么盲目地买，中奖率高得多！"儿子信誓旦旦。

巧玲一听兴奋起来："真的？"

"当然，我们最好每次都买相同的号，这样中奖的概率才大。"儿子侃侃而谈，"而且我们要选一些与自己有关的数字……"

理论巧玲没听懂，不过细琢磨还真有点道理，看来读过书的人想问题到底不一样。在儿子的建议下，她把家里的手机号、门牌号、儿子和自己的生日，排列组合半天，弄出两组号码。

儿子一本正经地说："我们得换换手气，从明天开始，买彩票的事由我来办。我放学路上就有一家彩票店，我就在那儿买，像你一样，一次买两注，只要我坚持下去，说不定哪天好运就轮到我头上了。"

有道理，反正是选好的号，儿子基本不怎么费神，到了彩票店买好就是。巧玲默许，在每周给儿子的零花钱里多加了二十元。

巧玲一开始担心儿子会因为买彩票而分心，影响成绩，可儿子几次考试成绩都比之前大有进步，这让巧玲安下了心。而且她发现儿子买彩票后性格也变了，以前他吃了饭就看书，要么就和同学在楼下打篮球，和自己没什么话说，现在儿子的话比以前多了，除了帮她一块儿做家务，讲学校的事，有时还说说彩票。巧玲挺满足。虽说让儿子买彩票是为了换换手气中大奖，但如今母子俩因为这小小的彩票，关系亲密了不少，就算不中奖，这钱花得也值。

可事情就这么邪，以前巧玲特别想中奖却中不了，现在她不在意还真中了。那天下午看摊，凤姨买了一份糖炒板栗和一份报纸。两人吃完板栗，巧玲的眼睛习惯性地往报纸上扫，不自觉地溜到彩票信息那儿。一看惊呆了，居然还真的中奖了！虽然不是大奖，但也有五万元！她一蹦而起，拿起报纸收好摊，匆匆骑上三轮车往儿子的学校赶，路过商店时她下车给儿子买了双球鞋，然后又在一旁的菜市场买了些儿子爱吃的熟食卤味。

正是放学时间，儿子见妈妈来

接他，很吃惊。巧玲笑着说："傻儿子，你还不知道吧，咱们中奖啦，就是你选的那组号码，五万块！"

巧玲激动地抖着手，把报纸递给儿子。儿子一看傻了眼："妈，对不起，我，没买……"

"哪期没买？"巧玲的心一颤，声音都飘了。

"开头买了两次就再也没买过。"儿子嗫嚅道。

"那你的钱都干什么了？"好半天，巧玲才回过神来，她一把抓住儿子，莫不是这小子……顿时，抽烟、上网、打游戏、早恋……一系列花钱的法子涌现在脑海里。

"妈，我没买彩票，可钱我也没瞎花，我攒起来打算给你买一辆

新三轮车。你的车子太破，骑了十几年，不安全。我早就劝你买辆新的，可你就是不肯，我只好……"

儿子说不下去了，巧玲的眼泪也流下来。

儿子给巧玲擦擦眼泪："妈，你别哭，你狠狠打我一顿出出气！"

巧玲不作声。

"我好好读书，以后考上好大学，毕业了找个好工作，保证把这钱挣回来……"儿子含着泪又说。

巧玲"扑哧"一声笑了，抬起手背抹去眼中不断涌出的泪："走，妈回家给你做好吃的。"

儿子看着三轮车上那一大袋熟食卤味，有些心疼："这得花多少钱啊？"

"不贵，你在长身体，需要营养！我还给你买了一双球鞋，你脚上这双已经补了几次，妈给你买了双好的。妈打听过了，彩票的奖金，还要扣掉不少税呢，到手也不多了。钱是很重要，可是我的儿子最重要！有你这样懂事、聪明的好儿子，可不是谁都有的好'手气'！"

（发稿编辑：孟文玉）

（题图、插图：孙小片）

六年前，我和老郑结了婚。前不久，我们新买了一辆红色轿车。我知道老郑喜欢车，就咬牙掏出了家里的全部积蓄。昨天，他带我去兜风，在高速公路大桥上出了车祸。

老郑死了，我以为我也死了，但我还活着。

我苏醒过来的第一件事儿，就是给巧玲打电话，语气很强硬："你来一趟吧，老郑死了，我有话要说。"

我有百分之百的理由强硬，这事还得往前说。

巧玲是大明的老婆，大明是和老郑一起光腚长大的兄弟。老郑娶我之前的那两年，天天在他们家蹭饭吃。

我和巧玲只在我和老郑的婚礼上见过一面。这个女人面庞白净，身段婀娜，在给我们送祝福时，目光在老郑身上一勾的瞬间被我看到了。我很不爽，心想这一定是个妖媚妖娆的主儿，尽管她只是个开成衣铺的。老郑在她家混了那么长时间，他俩会不会有事儿？

老郑现在是我的，我不许任何人染指，不许他再跟巧玲来往，甚至大明也不行。老郑还真听话，六年来，我们的日子过得太太平平的。

巧玲走进病房后，我撵走了我妈。屋子里就我们俩，巧玲站在我的床前。我没有抬头——抬不

一道折痕

□ 穗 子

了，我的脑袋上打了两个洞，坠着个大铁砣子做牵引——颈椎断了；眼睛也没睁——眼睛肿得一点儿缝都没有，想睁也睁不开。我使尽所有的力气说了几句话："老郑跟我发誓，说如果他跟你有事儿就出车祸撞死。现在他真被撞死了，所以是你害死了他。我恨你，恨死你了！我说完了，你走吧。"

我试图摆摆手，可胳膊也是断的，抬不起来。等我确定巧玲关上门走了，眼泪才从眼角奔涌出来。我要放声大哭，可哭不出声来，我还没有力气哭得响亮一些，只是暗哑地号叫。

昨天的情景历历在目。早上八点，老郑来到洗衣店，非要带我出去玩儿不可，结婚以来老郑一直这么黏。"媳妇，走，我带你去镜泊湖，咱们走高速公路！"

老郑高兴时，大眼睛里就往外冒火星子，让人不忍拒绝。这个整天笑呵呵的男人大我五岁，可他明明就是个永远长不大的孩子，我总怕他太淘气。我说："你看，我这儿还有一堆衣服要洗呢。"

"啥活儿也不干了。走人！"话没说完，老郑"咔"地拉下了电闸。

老郑是一家国企的电工，四十几岁了还这么不着调。这是老郑第一次上高速公路，我能感受到他的兴奋和紧张。他不时地问我："媳妇，美吧？"

"你不用管我，专心开车就是！"坐在自己家的新车上吃无花果，我心里可美了。

美美地玩了一天，游湖、看瀑布、逛地下森林，我和老郑开心到了极点。眼看着天擦黑了，我们才急急地往回开。

一回到高速公路，我又暗暗紧张。这时，老郑的手机忽然响了，我拿起一看，是巧玲打来的，顿时火冒三丈："跟那个狐狸精居然还有来往，你个王八蛋！"

"哟，哪个狐狸精这么有魅力呀，让我媳妇变得这么不淑女？"老郑开玩笑地说，分明没意识到事情的严重性。

我大声说："还有谁？那个死不要脸的巧玲！"

老郑急了，说："媳妇你咋就不信我呢？我跟她要是有事儿，就立刻被撞死！"

我当然不信："这话，你敢瞅着我的眼睛说吗？"

"我心里又没鬼，怕啥！"老郑一回身……他一回身，车撞断了桥栏杆。

出事儿那天是我爸的生日聚会。俺家大明不知咋的一上桌就把自己喝醉了，饭局散了后他躺在路边不肯起来，说想郑哥想得不行，闹着要找郑哥喝酒。我咋也弄不动他，所以才给郑哥打了电话。"

巧玲说这些的时候，眼睛并不瞅我，大明在她身后直点头。接着，她又说："那天在医院我没敢争辩，毕竟你都那样了……"

"哼，在他坟前你还敢抵赖？我们结婚那天，你瞅老郑的眼神就不对！"

巧玲把视线从天上的云朵拉回到我的身上，瞪了好一会儿才幽幽地说道："那天，郑哥的领口上有一道没熨开的折痕，所以我才盯着看了一眼，是职业病。"

天旋地转，天旋地转。我瞅着墓碑上老郑的名字，软软地撞了过去……

老郑死了，我也不想活。躺在床上一动不能动地做了两个多月的牵引，生不如死。骨头仍然没有长起来，最后还是做了三次大手术，可以说是体无完肤，九死一生。

出院时已经是冬天了，家里冰冷冰冷的，老郑带走了我生活的全部热度。没有了老郑，我不知道我还活着干吗，可我妈二十四小时死盯着我。

第二年清明，我总算能爬起来了，我得去给老郑扫墓，去看看他。最近老是梦见他又有了别的女人，我怀疑他墓地周边有哪个大姑娘或是小媳妇的孤魂。

在老郑坟前，我遇到了巧玲和大明。

巧玲先开口了："嫂子，郑哥

（推荐者：梅　良）

（发稿编辑：曹晴雯）

（题图、插图：孙小片）

好兆头

□ 马奕彦

清明节到了，阿宝带着妻子去扫墓悼念父亲，发现坟头草长得有点高了。这时，一个妇女走了过来，说她是墓园的绿化工，可以帮忙修剪坟头草，不过要收100元修剪费。阿宝很郁闷："我们已经付过墓地管理费了，除草怎么还要另收费？"

对方却笑眯眯地说："坟头草长得高，是好兆头，说明风水好。"阿宝听了，觉得很有道理，不郁闷了，爽快地付了费。

第二年清明节，两口子又到了墓地，发现坟头草比前一年还繁茂。草怎么长得那么快？两口子正在纳闷，墓园的绿化工来了，报价修剪费200元。阿宝和妻子面面相觑：咋涨价了？绿化工说："现在墓地价格水涨船高，这块墓地已经涨了好几万了，你们还在乎这200块钱？再说，草长得多是好兆头，说明你们红运

当头呀！"人都爱听好话，阿宝听了，又一次付了修剪费。

第三年清明节到了。为了错峰出行，阿宝和妻子特意提早一天去了，他们带上剪刀工具，打算自己去除草。还没走到父亲坟前，远远地，他们就发现坟头草长势惊人，连祭坛前的地面都爬满了草。两口子大吃一惊，要知道，今年罕见的干旱，这里竟能春意盎然？

这时，一个妇女走到了阿宝父亲坟前，手里拿着一样东西……阿宝大喝一声，妇女吃惊地转过身，阿宝认出来了，就是墓园的那个绿化工。阿宝质问道："你在干吗？"

这妇女一听，指指手里的浇水壶："这几年，我一直来浇水，去年修剪费涨价，我还过来施肥了呢！否则哪能有那样的好兆头啊？"

（发稿编辑：陶云韫）

大强最近很苦恼，他妈和邻居吴婶闹了别扭。吴婶有意和好，大强他妈却很倔强，就是不搭理吴婶。大强可是暗恋吴婶的女儿好久了啊！该怎么让两人说话、和好呢？

这天，大强发现老妈下地干活没带钥匙，就想：家里只有两把钥匙，他和老妈一人一把，如果将自己的钥匙交给吴婶，老妈一旦忘了带钥匙，不就得去找吴婶拿了吗？大强把想法告诉了吴婶，然后躲到了镇上。等老妈给他打电话，他就让她去找吴婶拿钥匙。谁知老妈不肯，她见有扇窗户没关，竟翻窗进了屋。

大强吸取教训，当老妈又忘带钥匙时，他故技重施，还将窗户都锁上了，然后躲了出去。不料老妈找了几块砖头垫脚，翻院墙进了门。大强感叹，老妈真是倔强啊！

这之后，大强在院墙上面插满了碎玻璃，以防老妈又翻墙头。而大强他妈每次出门前，都会再三检查有没有带钥匙。

大强决定创造机会！这天，他来到地里，对老妈说："我急着去镇上办事，可文件落在家了，我的钥匙还在吴婶那儿，但她现在不在家……"老妈赶紧把自己的钥匙递给大强，让他去办事。大强说："我办完事就立马回。"大强怎么会早回来呢？他找了个网吧打游戏。大强想：不能翻窗户、翻院墙，村里也没锁匠，这下老妈总得去找吴婶了吧！

不久，吴婶打来电话："回家吧，你妈马上就能进门了。"大强高兴地问："她找你拿钥匙了？"吴婶苦笑道："你看看村里人发的短视频吧！"大强疑惑地拿起手机一看，惊呆了：只见老妈正拿着干活用的铁锹挖洞，一个从门外通向门内的地道已经挖得差不多了……

（发稿编辑：曹晴雯）

□ 五月榴

倔强的老妈

壮胆神器

□ 六月的雨

老王是一家火葬场的经理。最近老保安退休，火葬场想招一名年轻保安。可招聘启事挂出去好久，都没招到人。求职者一看工作地点在火葬场，晚上还要负责巡逻，纷纷打了退堂鼓。老王急了，这大晚上的，没个人巡逻看场子怎么行？可去哪里找一个心理素质过硬、又对火葬场没有偏见的年轻人呢？

这时，人事科长介绍了一个叫小丁的老乡来。小丁刚来这座城市打拼，答应先在这里干一段时间。

不过，老王对小丁这个年轻人

并不看好。原来，有一次，老王跟食堂师傅闲聊，师傅说："小丁特别胆小，见我杀鸡，血溅了一地，当场就晕了。"看人杀鸡就吓成这样，让他巡视太平间咋办？

谁知半年过去，小丁都没提辞职，平常也是有说有笑，一点也看不出害怕的样子。

不过有职工向老王打小报告，说小丁上班时总是随身携带着一个包裹，同事想要看看里边有什么，小丁死活不让。老王十分好奇，于是就把小丁叫过来，直接问他的包裹里藏着什么东西。小丁神色紧张，半天说不出一句话来。老王见状，一把夺过包裹，翻了个彻底，不料里面竟然是一张黑白遗照！

老王咳嗽了两声，尴尬地说："你干吗带一张遗照在身边，还包得这么严实……"

小丁弱弱地说："经理，我胆子小，带着它给自己壮胆呢。"

老王不解地问："你胆小，整这东西干吗？"

小丁狡黠地一笑："这你就不了解了，这是我堂兄的遗照。他生前是职业拳王，没少罩着我，现在他离世了，我把它带在身边，那些魑魅魍魉想找我的麻烦，就得先掂量掂量自己经不经得住他的铁拳！"

（发稿编辑：曹晴雯）

最稳妥的报仇

□ 司仙庆

从前有个刘爷，家里有房有地，也算富裕。奈何他生养了两个不争气的儿子，俩小子迷上赌博，把家产输了个一干二净，还欠了一屁股外债。最后，爷仨被逼无奈，只得卖身给城里的贾财主为仆。

这姓贾的可不是什么好人，赌坊就是他开的。平日里，他横行乡里，无恶不作，对待仆人也是尖酸刻薄。刘爷他们吃着最粗劣的食物，穿着最破旧的衣衫，住着最简陋的房舍。风雪交加的一夜，爷仨受不住饥寒劳累，早早地挤在一起睡了。哪知半夜里大雪压垮了屋顶，父子三人都给砸死了。

黄泉路上，刘家俩儿子嚷嚷着要报仇雪恨。老大说："投胎后，我要做侠客，学一身武艺，执三尺利剑，亲手斩了那贾孙子！"老二说："我要投胎做学子，数年寒窗，考取功名，当个县太爷，亲手法办了那狗杂碎！"

哥俩说得热血沸腾，吐沫横飞，一旁的刘爷却泼来冷水："你们这报仇的法子恐怕都不稳妥。那姓贾的家中护院无数，个个武功了得，老大你一个侠客能对付？"刘爷又看向老二："姓贾的手眼通天，背后指不定还有什么大人物，到时候还没轮到你办他，上头就把你给办喽！"哥俩一听，顿时泄气，心里却又窝着火，老大问刘爷："那爹爹说，这血海深仇如何报得？"刘爷看了自己两个败家子一眼，苦笑道："要我说，还是我的法子最稳妥啊……"

一年后，贾财主的小妾给他生了三胞胎儿子，他欢喜得要命。没想到，仨儿子恃宠而骄，长大后个个不学无术、不务正业、蛮横跋扈，把家产败了个精光不说，还活活地把他们老子给气死了！

（发稿编辑：丁娴瑶）

科尔在竞选市长时承诺，如果他当选，会尽快改善市公立学校学位过少的问题。

然而，科尔当选三年后，市公立中学的学位依旧一位难求，大量平民子弟无法就近入学。

科尔言而无信，支持率越来越低。眼看四年任期将满，科尔急了，他赶紧请来自己的高参，专家斯坦。

斯坦胸有成竹地说："简单，搞个问卷调查，让媒体配合采访。"

科尔吃惊道："你开玩笑吧？"

"不开玩笑，这件事交给我。"

电视台的台长很快被叫了来，斯坦对台长直接下达了指令。

很快，问卷调查大张旗鼓地搞起来了，街上贴满了问卷调查的宣传海报，海报在明显位置注明了"媒体全程监督，信息公开公正"字样。

一个礼拜后，斯坦来到了科尔的办公室："市长先生，问卷调查结果出炉了！"

"结果怎样？"科尔焦急地问。

"市民对公立中学学位现状很满意。"斯坦说。

科尔马上叫来了电视台台长，得到的答复是：三千张问卷，满意率达到百分之一百。

科尔自己都不敢相信结果："这不是数据造假吧？"

斯坦说："全程媒体监督，调查者随机选取。"

"那怎么会是这个结果？"科尔还是搞不明白。

斯坦摸摸下巴上那几根胡子："主要是发放问卷的地点和时间，我做了安排。"

"你怎么安排的？"科尔问。

斯坦说："安排在全市公立中学的开学家长会上，发放给学生家长们了！"

（发稿编辑：陶云韫）

（本栏插图：顾子易 小黑孩）

专家指导　　□ 张 希